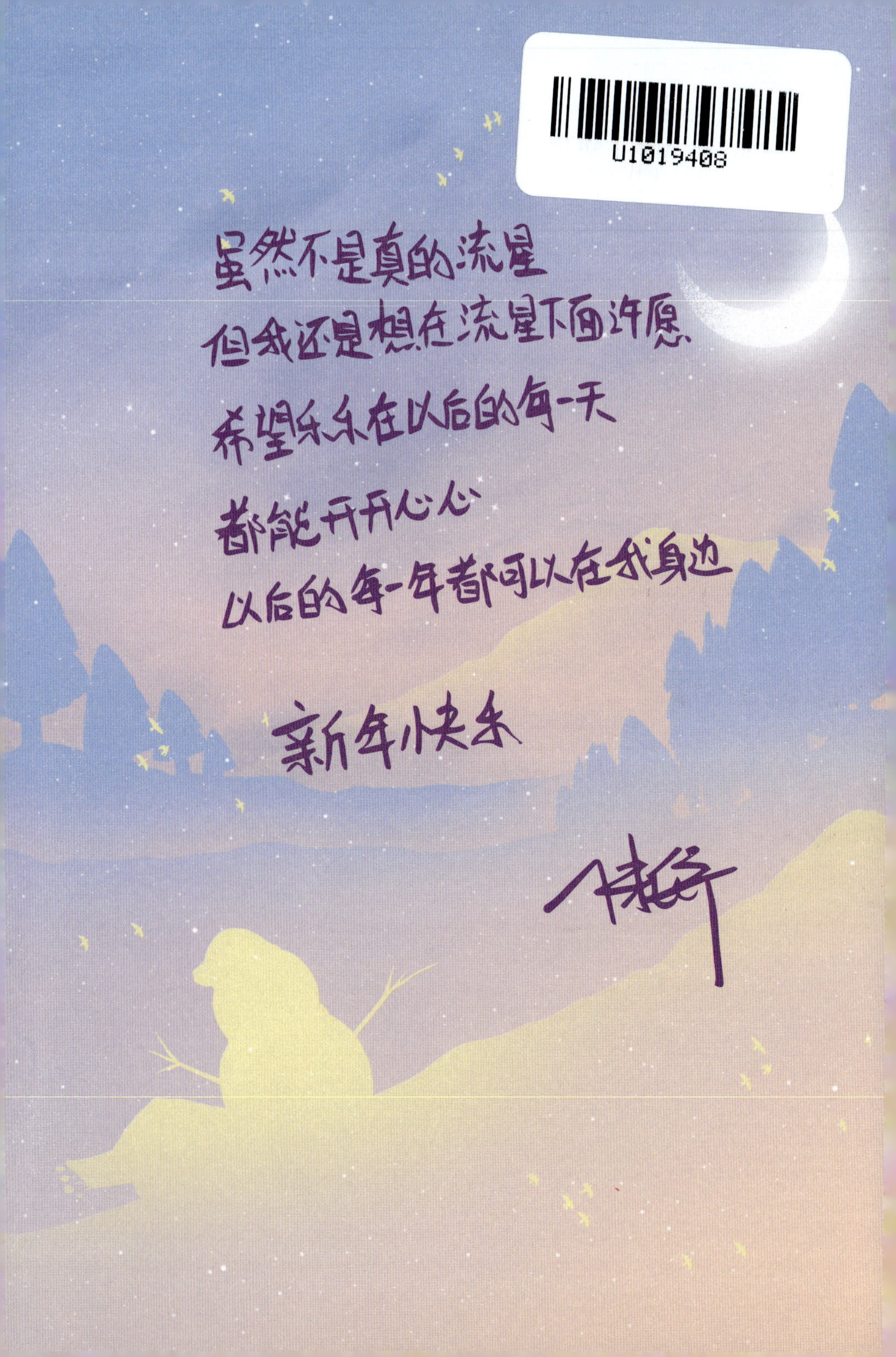
虽然不是真的流星
但我还是想在流星下面许愿
希望乐乐在以后的每一天
都能开开心心
以后的每一年都可以在我身边
新年快乐

云野

一个米饼 著

廣東旅游出版社
GUANGDONG TRAVEL & TOURISM PRESS
悦读书·悦旅行·悦享人生
中国·广州

『好了，再帮它剪个指甲，
以后你要顺便照顾它，
不要再被抓伤了。』

WEN
YE
“没关系，你只要
按几个键就好。”

YUN
LE
“我不会
弹钢琴。”

你从雪地里捡到我，把我捧起来，让我感受到了阳光。

阳光很奇妙，它耀眼又强大，将那层冰冷的外壳晒成了水，缓缓蒸发。

我仿佛从那一刻醒了过来。

目录

CONTENTS

目录

C O N T E N T S

第一章

“同学？同学打扰一下。”

入冬以后气温骤降，已经下了几场大雪。狭窄的楼道里无人清理，鞋底带进来的雪化成水，又冻成冰。

这一片人杂，住的是一梯几十户的蜂窝楼，没人用得起暖气，屋里屋外温度差不多。

五点不到，天还漆黑，103 室走出来一对四五十岁的夫妻。男人叫王松，穿着破旧的军大衣，女人叫陈巧玉，穿着掉色掉成粉色的红棉袄。两人正准备骑着门口的电动三轮车到早市卖菜，没走几步一声脆响，似乎是玻璃瓶子砸在了铁门上。

陈巧玉吓了一跳，赶紧回头，冲着自家隔壁看去。

王松戴上雷锋帽也跟着看了一眼，说了一声："管不了，走吧。"

陈巧玉拿出原本插在棉袄袖子里的手，忧心地说："别是又在打孩子吧。"

王松催促："赶紧的，一会儿被别人占摊了。"

"洗脸！我让你洗脸！"

陈巧玉刚要走，耳边就传来一句句带着脏字的怒骂。

"你要什么脸？！洗干净去勾引谁？我呸！我让你洗！洗！"接着又是"咣当"一声，像是装了水的铁盆摔在地上。

陈巧玉站不住了，不顾丈夫反对走到 104 门口，抖着手敲了敲门："乐……乐乐爸……这……这大早上的，怎……"

"滚！别多管闲事！啊！你敢咬我！让你咬，我打死你！"

陈巧玉不清楚里面发生了什么，刚要继续敲门，手上一空，生锈的铁门被猛地拉开，黑漆漆的房间里迅速跑出一道身影。陈巧玉急忙让开，生怕挡住他的去路，刺鼻的酒气迎面冲来，云锦鹏挥着拳头就要冲无辜的陈巧玉砸去，王松顺手抄起门口的扫把，用家乡话骂道：“敢打我婆姨！你个坏人！让你打我婆姨！”

云锦鹏醉酒，双眼赤红，挨了王松的几闷棍站不住，骂咧咧地道：“多管闲事！给我滚！都给我滚！”

他又冲楼道口喊：“云乐！你敢跑！你再跑，我打断你的腿！”

陈巧玉见他醉倒在地，急忙跑到外面。这一片的建筑密密实实，楼间距窄得只有一辆小型三轮车宽，陈巧玉穿过杂物堆积的细窄胡同，追上一个穿着单薄校服，背着卡通书包的人。

“云乐，乐乐！等等大姨……”

云乐听见声音，没有回头。他脚下不稳，看起来有些跛，陈巧玉加紧脚步追上他，从怀里掏出一半还热乎的烤红薯，抬头递给他时，突然就怔怔地红了眼圈，呜咽道：“这是造了什么孽啊……”

云乐脸上湿漉漉的，往后退了半步，看着闷声流泪的陈巧玉，睁开那只被玻璃划破眼角的眼睛，说：“我先走了，今天值日。”

陈巧玉慌道：“眼睛，眼睛不行，走，跟大姨去医院。”

云乐躲开她的手：“不用，还没瞎。”

陈巧玉着急：“伤着眼睛不是闹着玩的！你快听话，跟大姨去检查检查！”

云乐说：“不用了。”

陈巧玉说：“你这孩子怎么不听话？！”

云乐透过遮眼的刘海看了看她，侧着身从她身边经过，直白地说：“去医院花钱，你和王伯有钱吗？眼睛可大可小，一通检查下来怎么也要几百元。”

陈巧玉一怔，瞬间局促起来。她没钱，不仅没钱，家里还有两位患病的老人、一个即将上大学的儿子。两口子进城里起早贪黑地卖菜，为老的筹药费，为小的攒学费，省吃俭用，能花的没有几个子。

陈巧玉是个热心肠的人，可即便她心肠再好，在贫穷面前也不如一张红票子。她要是孑然一身，这孩子有个什么，她倾家荡产能帮就帮，可她也不容易，除了手里这半块快凉了的烤红薯，什么都拿不出去。

陈巧玉心里难受，眼泪粘在睫毛上冻成冰。她转过头，面对只穿了一件校服外套的瘦弱孩子，抹了把眼泪，走上前，把烤红薯塞进他那个看起来脏兮兮又年代久远的卡通书包里，转头去找骑着三轮等她的王松。

王松瞪她："让你多管闲事，那崽子不领情！"

陈巧玉戴上围巾，坐上车，哽咽道："走吧，别被占了摊。"

瑞海高中每天六点半自由早读，七点十分开始强制性早读，纪检部七点整就开始蹲校门口查迟到，被抓到就是一篇两千字保底的检讨书。

冯唐踩着点迈进校门，三步并作两步冲进教学楼，直奔位于三楼的高二（1）班。陈杨见他进来，坐在最后几排招手。他是陈杨的前桌，立刻进来放下书包，拿出本崭新的英语书，转过身说："昨天怎么样？通关了吗？"

陈杨拿着隔壁女同学那里抢来的作业，抄得马不停蹄："别提，普通模式都是S级！我昨天愣是没打过去。"

冯唐说："我普通模式全通用了三天！真是人比人，气死人。"

陈杨睡眠不足，傻呵呵地把女同学的名字一块儿抄了个大满贯，正到处找涂改笔，嘴上说："真不能比，以后闻野就是我大哥，我单方面做他的小弟、打杂的！”

冯唐说：“你刚准备臣服？我早就想跟着闻野哥哥了！”

陈杨翻白眼：“瞅你这点出息。”

冯唐说：“你出息大，刚到手直接跳剧情二十分钟、以 S/S+/S++ 的游戏等级，全部通关，那是人吗？那是神！”

陈杨扭头，看了眼斜后方的位子，问道：“闻野哥哥还没来？”

冯唐说：“不知道啊，我比你进来得晚。”

他又问同桌：“看见闻野了吗？”

同桌勤奋好学，六点准时开门，推推眼镜说：“他刚刚出去了，拿着两根火腿肠。”

陈杨和冯唐对视一眼，把课本往各自桌上一放，猫着腰溜出后门。

这所高中位于本市东城一角，算是市里数一数二的重点学校，主教学楼立于正中间，西边是图书馆、艺术楼，东边是行政楼、实验楼，南边则是几栋学生宿舍以及难吃的一食堂和每天人满为患的二食堂。体育馆和操场建在北边，看台上的雪还没化，东南角有一片神秘的小树林，说是提供给学生散步看书的阅读角，但基本没人来，到了冬天，只有光秃秃的树，以及无人打扫堆积满地的枯树叶子。

“喵——喵——喵——嗷！”

“好了，好了，别急。”

沿着鹅卵石铺成的小路往里走，看见一棵摇摇晃晃的洋槐树，树梢上挂着一只猫，树干上爬着一个人。

冯唐和陈杨找过来时，那人已经爬到了树杈上，正站在上面，伸着手臂将一只看起来只有两三个月大的小野猫钩到手腕上。

陈杨仰着脖子喊：“闻野！干吗呢？快八点了，该上课了！”

树上那人扭头，露出一张极帅气的脸，笑着说：“马上，等我下去。”

冯唐拿起地上的火腿肠，老花眼一样举起来端详：“宠物专用？嘿，我还想尝尝什么滋味呢。”

闻野抱着猫从树上跳下来，说：“想吃回头送你几根，味道还不错。”他又低头将小猫抱在怀里，捏了捏它的爪子，小猫立刻“喵喵”地哀叫起来，他揉了揉它的头说，“怪不得。”

冯唐拿过陈杨手上的火腿肠剥开，问：“它怎么了？”

闻野说：“估计是摔到了，应该不严重，不然也爬不到那么高。”

“用送医院吗？”

“不用。”闻野把它放在地上，看它行走没什么问题，说道，“它是小野猫，自愈能力比较强，小伤小病都扛过去，才能顺利长大。”

他说着掰了一块冯唐递过来的火腿肠，将小猫放在地上喂给它。小野猫不怕生，但极度护食，叼着半截火腿肠撒腿就跑。他拍了拍运动服上的灰尘，看了一眼说：“走吧。”

八点十分，第一节课的铃声响起来，本应该空无一人的树林里传来脚步声，小猫正捧着火腿肠吃得香，听到声音一惊，立刻弓着背防备起来。

来人并没有抢它的食物，而是找到一处没有雪的空地坐下，挽起裤腿，将扎进膝盖里面的碎玻璃硬生生地挤出来，又在伤口上涂了些碘酒。买碘酒时白送了纱布，正好能包上，整个过程那人哼也没哼一声，像是这种程度的疼痛，对他来说根本不算什么。

午休时，二食堂人满为患，冯唐拿着托盘挨个窗口给闻野介绍，闻野两周前转来瑞海高中，第一次在学校餐厅吃饭。

“二食堂的红烧肉最正宗，对了，你从小在国外长大，吃得惯中餐吗？”冯唐问。

闻野很高，净量一米八七，站在食堂里非常惹眼。他笑着说：“我从小吃中餐，虽然一直在国外生活，但是假期经常回来看爷爷奶奶，不陌生。”

冯唐说：“那就好，我们去打红烧肉，虽然不好看，但真的好吃，再晚一点估计连肉汤都没了。”

陈杨一早占好坐，等两人过来，厚着脸皮蹭了两块肉，又去买了一份带鱼，回来时嘬着牙龈：“二食堂好吃是好吃，就是贵，这要在别的学校，五块钱大锅饭能吃到反胃，在这里二十五块钱不一定能吃饱。”

冯唐说：“有什么办法？老王一直想让我们学校与国际接轨，别的没见起色，二食堂可是远近闻名了。”

陈杨喝着冰镇可乐，大冬天的冻得直哆嗦，对闻野说：“我真没想到你这种又高、又帅、又有钱的转校生这么好相处，电视剧里可不是这么演的。”

闻野毫不嫌弃地吃了一口卖相奇差的红烧肉，眼前一亮，问道：“电视里怎么演？”

陈杨说：“就和二五八万似的啊，不理人，还很狂傲，像是全世界都欠他的一样，就那还有人嗷嗷喊帅。”

闻野笑道：“都是为了电视效果吧，生活里会有这样的人吗？”

陈杨说：“当然有，我们学校就有，那个，（5）班，（5）班那个叫什么来着？”

“邹建。”冯唐说。

陈杨一拍脑门：“对对对，就是他，他在（5）班拉帮结派的，凶得很，你以后要是碰见他可得离他远点，他是瑞海一霸。”接着陈杨又跳脱地问，“对了，《POST》的第三层关卡到底怎么过去啊？”

闻野说：“你用手柄还是键盘？”

三人边吃边聊，陈杨一瓶饮料下肚，有些不舒服，站起来说：“我去一下卫生间。”

冯唐说：“二食堂的厕所坏了，你去隔壁。”

陈杨拿起桌上的餐巾纸揣兜里，急匆匆地往外跑。隔壁就是一食堂，虽然人也不少，但基本都是在二食堂排不上号没办法才过来。陈杨找到厕所解决了“人生大事”，一身舒爽地溜达出来，刚要回去找闻野、冯唐会合，突然看见食堂大厅靠后的位置聚了一群人。他爱看热闹，探头探脑地挤了过去。

“我说，我们云少爷挺会享受啊？看看，看看，半块烤红薯，还得配着一碗免费鸡蛋汤，生活得可以啊。”

这话说得阴阳怪气，逗得围观的人全部哈哈大笑，陈杨找到一个绝佳的位置，正好看见众人围着一个少年，那名少年他认识，叫云乐。

云乐咬了一口凉透的烤红薯，又撇了一勺热汤，似乎没察觉到眼前发生的一切，头也没抬。

刚才说话的人名叫邹建，（5）班的刺头一个，吃完饭闲着没事，特意过来找碴，见云乐默不作声，猛地推了他的肩膀一把：“你聋了？”

云乐手上不稳，正要放进嘴里的汤全部泼到嘴角上，嘴角被烫得通红，他放下勺子，继续吃着烤红薯。

邹建自己耍了半天，没得到回应，端起桌上的鸡蛋汤，手一抖，倒在了云乐的头顶上。他脸上满是鄙夷的笑容，道歉道：“呦，对不起哈，你看我，一个不小心没看见。”

邹建笑容可憎，甚至有些吓人，不少胆小的人觉得他做得过分，已经默默走开了。

陈杨听着这笑声极度扭曲，但也不敢出头，邹建这种人他惹不起，惹上一点，就会麻烦缠身，比如云乐。

蛋花汤放在食堂的塑料碗里色泽分明，让人很有食欲，可一旦这些黄黄绿绿的东西浇到头发上，只让人觉得恶心反胃。云乐也不觉得烫，独自吃着陈巧玉送他的那半块烤红薯。

邹建的脾气也涌上来，他抬手揪着云乐的衣领，将人拽起来，抢过云乐手里的红薯扔在地上，踩成了泥，恶声道：“跟你说话呢！”

云乐看着地上的红薯泥，想起一大早就为他掉眼泪的陈巧玉，平静的目光变了变，没等邹建耀武扬威，抬起拳头就挥到了他的脸上。

这一拳力道十足，邹建立刻嘴角出血，吼道：“你敢打我！活腻味了是吧？！”说着抬起脚把云乐踹到地上。

陈杨走时，云乐已经被四个体育队的男生围起来，他想赶紧去告诉老师，却不知道谁吼了一嗓子：“刘主任来了！赶紧散了散了！”

陈杨顺着声音看去，果然看见教导主任刘胖子带着保安颠颠地跑来，瞬间松了口气，心想估计出不了事，这才跑着回二食堂找闻野、冯唐，没想到两人早就吃完了，正站在门口等他。

冯唐问："你掉厕所了啊，这么半天才回来？"

陈杨说："我刚才看见有人打架，围观了一会儿。"

冯唐问："谁打架？"

陈杨说："我们学校敢大中午在食堂打架的能有谁啊？！邹建呗。"

冯唐立刻问："跟谁啊？"

"云乐，打得可凶了，我都看怕了！"陈杨说，"幸好刘胖子及时过来，不然怕是要出事。"

过了几分钟，一食堂那边出来一群人，陈杨指着邹建说："就是那个人，闻野哥哥，以后可得离他远点。"

闻野记住了邹建的长相，刚准备点头，目光却被刘主任身后的瘦弱少年吸引。那人的头发有些长，衣服有点脏，走起路来微跛。

冯唐说："那个就是云乐。"

闻野说："他们一群人，欺负他一个？"

冯唐说："算是吧，不过也没办法，毕竟邹建这种人能躲就躲着吧。"

寒风吹过，陈杨把双手插进兜里取暖，缩着脖子说："其实我觉得云乐挺可怜的，但是他又特别怪，比起邹建那种明着挑事的，我觉得他更可怕。"

闻野问："为什么？"

冯唐想了想，说："云乐算是我们学校的名人，成绩很好，但家里很穷。穷其实不是重点，听说云乐爸酗酒赌博，妈妈没办法离婚，受不了跟别人跑了，留下云乐独自面对他那个整天发疯的爹。听说高一的时候，邹建想让云乐帮他写作业，但是云乐没管，这梁子就算结下了。"

陈杨补充："对啊，当时邹建堵了他回家的路。本想教训他，但没想到他不但不服，还敢还手，让邹建吃了不少亏，这事就更没完了，两人隔三岔五就得打上一回。有时候他不理，有时候发起狠来不是一般吓人！再加上他话很少，总给人阴沉沉的感觉。"

"是啊。"冯唐说，"所以全学校除了邹建，也没人敢惹他，而且听他们班的同学说，以前有人向他示好，他也不接受，再加上有一次他们班主任家访，差点被他爸给打了……"

冯唐停顿了几秒，才说："反正大家都对他敬而远之，不敢跟他做朋友，生怕惹麻烦。"

下午第一节课是历史，冯唐作为课代表，路过办公室时被老师喊进去帮忙。

陈杨通宵打游戏，刺骨的寒风都吹不开他迷离的双眼，他打着哈欠对闻野说："回教室吗？我打算睡会儿。"

闻野看了一眼时间，距离午休结束还剩下半个小时，说："我自己逛逛吧，一会儿回去。"

陈杨说："行，那我先走了，你别迟到。"

闻野点头，顺着楼梯一层一层地往上走。瑞海高中的教学楼新建不久，褐色的墙壁，白色的廊柱，为了节约行走时间，还在每一层的中间位置架上空中走廊连接对面的行政楼。

闻野爬上六楼，站在栏杆前往外看，这所学校是他自己选的，一是距离家里近可以走读，二是听说教学质量还行，市级重点。

虽然闻野并不需要多好的教学条件成绩也可以名列前茅，但既然有条件选择，就不对自己敷衍。体验了两周校园生活，他整体还算满意，刚要转身离开，突然发现行政一楼后门的水池旁站着一个人。

闻野想了想，那人应该叫云乐。

云乐手上拎着校服，拧开水龙头。他被热汤浇湿的头发被风一吹，慢慢僵硬起来，现在是中午，最高气温保持在零下六七摄氏度。其实只要穿得保暖一些，并不觉得冷，可他身上只有一件单薄的秋衣，上面印着廉价的米老鼠图案。这是他初三暑假去杂货市场处理的小摊子上买来的，当时买了两件，到了冬天换着穿。

水管过了十几秒才冲破水龙头上的冰碴，云乐先把校服放在水池里，又俯下身冲洗头发。

好冷，云乐忍了忍，还是控制不住身体打战。

闻野站在高处看了一会儿，通过空中走廊走到对面的行政大楼。陈杨说那个人很怪，不接受别人的好意，总是阴沉沉的，最好不要接触。

可无论如何，这些都是从别人口中听说的，闻野不去发表意见，但也没有放在心上。他不喜欢轻易给任何人定位，人本来就是多面性的，或许表露出来的一面，并不是真正的自己。至于云乐到底怎么样，他暂时没有兴趣，只知道眼下这个人像一只在落在冰水里的小野猫，应该需要一些帮助。

细碎的蛋花粘在头发上非常难洗，彻骨的凉水浇在头皮上，冻得云乐双唇发紫，可是洗不掉，没有香皂，单凭着这样用水去冲，很难连着油渍一起清洗干净。他想了想，关闭水龙头，用手摸索着粘在头发里的碎屑。突然，有人走过来对他说："同学？同学打扰一下。"

云乐没理，继续手上的动作，那人见他不出声，在他身边转来转去，似乎寻找着什么，过了一会儿，又跑过来问："同学，不好意思，请问你知道学校超市怎么走吗？”

云乐忙着自己的事情，听那人继续说：“对不起，同学，我是新来的转校生，对学校还不熟悉，你可以告诉我学校的超市在哪里吗？”

云乐停下来，将始终盖住眼睛的刘海弄到后面，直起身，看到眼前这位转学生。这个人很高，脚上穿着一双看起来非常昂贵的运动鞋，身上是蓝白相间的同款校服，头发短而利落，眼尾很长，微微上翘，正一脸着急地看着他说：“拜托了，同学，我想去买一点喝的，要渴死了。”

云乐说：“行政楼前门二十米。”他的声音不大，有一种少年人特有的质感。

“行政楼……不就是这栋？”那人立刻弯了弯眼睛说，“谢谢同学！”

云乐等闻野走后，再次低下头清理头发，可没过几分钟，那人居然又跑回来，手上提着一个塑料袋，笑着自我介绍：“我叫闻野，谢谢你刚刚帮我指路，对了——”他把手上的塑料袋递过来，试探地说，“我刚刚去超市买东西，没想到碰到促销活动，只买一瓶水，就能送一条毛巾和香皂，好像是新推出的牌子，要三块钱，但是毛巾和香皂我都已经有了，你需要吗？”

云乐看了一眼闻野手上的毛巾以及那块看起来并不像赠品的香皂，冷淡地说：“不用。”

闻野料想如此，没有强求，看了眼时间说：“那还是谢谢你，我先走了同学，快上课了。”

历史老师上了年纪，讲起课来倒是趣味横生，但即便如此，陈杨还是一觉睡到下课，睁眼一看，哈喇子流了满手，赶紧从兜里掏出上厕所没用完的餐巾纸擦了擦嘴，又猛地发现桌角放了一袋零食，附带两瓶饮料。冯唐早转过来东翻西找，专拣贵的拿，陈杨问："这是什么？"

冯唐说："没什么，你睡觉吧。"

陈杨立刻抢过塑料袋问："谁买的？"

冯唐剥开一块巧克力，指着最后一排看书的人，小声说："当然是闻野哥哥！说是慰劳我们这几天带他逛校园！"

陈杨立刻把头钻进塑料袋里，饿狼一样找吃的："我们超市还卖进口食品啊？"

冯唐说："有啊，就是太贵，没什么人买而已。"

陈杨拆开一袋小饼干，一连吃了好几块，感动道："闻野哥哥以后就是我亲大哥，我愿意为他鞍前马后！"

冯唐嫌弃："瞅你这点出息，一兜子零食就被收买了？嘿！以后你是他的左膀！我就是他的右臂！"

"哈哈哈，咦，这饮料还是温的，也太贴心了吧？！"

瑞海高中有一点做得比较深入人心，虽然强制早自习，但没有晚自习，无论住校生还是走读生，都是五点二十准时放学。冯唐、陈杨同样走读，收拾好书包准备喊着闻野一起回家，却看见他刚刚挂断电话，遗憾地说："你们先走吧，一会儿有人过来接我。"

两人没多问，讨论着游戏通关问题，勾肩搭背地走了。

闻野抬手看了眼时间，拿起桌上的笔记本，去了一趟行政楼前面的超市。超市老板是个圆脸"地中海"的大叔，趁着没人，正在整理货物，听见脚步声，招呼一声说："买什么同学？"

闻野站在收银台前问："老板，下午有人过来领赠品吗？"

老板听见声音抬起头，立刻不善地说：“你啊，当然有，这种便宜谁不捡？就是给我弄了不少麻烦，要不是你留下的钱足够……”他又立刻摆出一副商人嘴脸，“我跟你说剩下的钱我可不退啊，五块钱的饮料我卖三块还给放在暖箱里加热，忙不是白帮的。那孩子过来问毛巾的事时我这里还有客人，一群人都听见了，害得我一连送出十几套，差点亏了。”

闻野笑着说：“没让您亏本就行，剩下的您买酒喝，辛苦老板，先走了。”

“买酒？”老板目送闻野离开，从兜里掏出十张崭新票子，抻着头往外看，占了便宜还非要嫌两句，凸显自己的精明，“看着挺帅，还不是个傻娃娃冤大头？”

五点半左右，校门口缓缓停下一辆低调的黑色轿车，一名西装革履的男人打开车门，看见闻野站在校门口等着，赶忙喊他一声，上前问：“久等了吧。”

闻野摘下耳机说：“没等几分钟，倒是麻烦你了，闵哥。”

闵川帮他打开后车门说：“不麻烦，走吧，闻总今天刚忙完，就赶紧订好位子，说是要带你去尝尝他小时候最常吃的菜馆子。”

闻野上车，夸张地说：“我爸小时候最常吃的，难道不是妈做的黑暗料理？”

闵川发动车子，恐惧地看着后视镜：“兰女士的手艺，还是几十年如一日……”

闻野苦笑：“一点没变，也是辛苦我爸，有这样一个青梅竹马的老婆。”

闵川忙说：“闻总可一点不嫌弃，这就叫什么……痛并快乐着吧，哈哈。”

两人边聊边笑，车子穿过绿灯时，闻野透过车窗看见了云乐的身影，没想到还挺有缘，一天居然遇到了三次。他似乎没有前两次那么狼狈，头发柔柔顺顺的，已经干了。手里拎着学校超市送的袋子，里面放着洗干净的校服和毛巾，还有一块使用过的香皂，不知是不是打算回家时晾起来。

闻野坐在车里与他擦身而过，从怀里掏出一支笔，翻开手上的本子，那个本子是记录校内野猫的成长情况，他在新的一页上面写道——

“白色的小野猫，云乐。

“身体瘦弱，防备心强，原生条件不好。虽然不接受别人的善意，却努力地为自己的生活争取希望，很认真地活着。”

云乐到家时，门还是像早上一样大敞着，云锦鹏已经走了，不是出去喝酒，就是出去赌博。但无论他去哪里，是死是活，云乐都不想知道。

云乐迈进房门，打开客厅的灯，说是客厅，其实只是一间三十平方米的小房子中间打了一层隔断，一半是卧室，一半当客厅，卫生间在进门的位置。水管已经冻住了，到了冬天只能放些杂物，根本没办法用。厨房更是狭窄，只有几平方米，地上摆着一个老式的煤气罐，茶油盐米，以及一口铁铸的炒锅，全部放在墙角。

云乐放下书包，把洗干净的校服挂在朝北的窗口前，那算一个简单的阳台。他小时候踩在桌上挂了一根晾衣绳，一直用到现在。

晚上又是阴天，也不知道明天衣服能不能干。云乐盯着校服看了一会儿，拿起放在一旁的扫把，将地上的碎玻璃打扫干净，又捡起早被云锦鹏摔在地上的洗脸盆，放在生了锈的洗脸架上。他本想把这天买水得到的赠品挂起来，想了想，只是把毛巾拿出来晾了晾干，准备再放回书包里。

云锦鹏见不得他用任何好东西，大概觉得这个坏女人生的儿子只配吃苦、受罪，高兴时骂几句，不高兴时拳脚相加。

云乐的母亲名叫段菲，在他很小的时候就走了。陈巧玉曾经问过他，怪不怪自己的妈妈。说完全不怪不可能，他又不是挨了打不会流血的圣人。他不怪段菲跟人跑了，身在这种地狱，不选择逃出去就只能一辈子睡在黑暗里。

段菲是幸运的，有人愿意带她逃走，为她开启新的生活，只有傻子才会留下坚守这样充斥暴力的婚姻。但是他怪段菲为什么不一起把他带走，难道是他不乖，不听话？还是他哭闹不休，赖着她要玩具，要零花钱？

段菲走的时候同样是冬天，云锦鹏出门喝酒，不在家里。晚上十点多，云乐睡在客厅的破旧沙发上被开门时灌进来的冷风吹醒，门外站着一个不高但是很壮的男人，段菲提着一早收好的行李，看都没看他一眼，跟着那个男人走了。

云乐顾不得穿鞋，光着脚追出去，踩着厚厚的积雪，穿过漆黑的胡同，大声喊："妈妈！妈妈，你去哪里？"

他永远记得段菲回头时厌恶的表情，她似乎在看一个甩不掉的拖油瓶，冷淡地说："快回去，不要跟着我。"

云乐的双脚冻得通红。他当时有一种直觉，似乎妈妈走了之后，再也不会回来。他急忙上前抱住段菲的腿，红着眼睛问："妈妈，你去哪里啊？我可以去吗？"

段菲说：“不行。”

云乐小时候很乖，段菲对他说不行，他就不会继续下去。可是那天真的很奇怪，他像一个正常的七岁孩子一样，抱着妈妈哭闹不止。

段菲频繁地看着时间，生怕云锦鹏突然回来，瞪着云乐说：“你先放开妈妈。”

云乐不听，掉着眼泪不停地问：“妈妈，我可以去吗？”

段菲生硬地哄他：“不行，乐乐听话，妈妈要去上夜班，明天早上就回来了。”

云乐哽咽道：“真的吗？”

段菲说：“妈妈不会骗你。”

她又看了一眼街边没关门的杂货店，难得牵起云乐的手，把他领进去选了一个卡通书包。

云乐一直知道家里没钱，懂事地说：“妈妈，我不要礼物。这些钱，我们可以做一碗红烧肉，妈妈最喜欢吃红烧肉，我知道。”

段菲怔了怔，没有感情的脸上突然流下一行眼泪。她还是把书包买了下来，蹲下身递给云乐，第一次正式地将他搂在怀里。

那是云乐记事后第一次感受到母亲的温暖，因为她的怀抱真的很暖。

段菲说：“回去吧，明天一早妈妈就回来，带着你背着新书包一起去上学？好不好？”

“真的吗？妈妈还没有送我上过学！”云乐期待地说。

段菲揉了揉他的头发，目光看着远方：“真的，乐乐乖乖在家里等着妈妈，哪里也不要去。”

云乐这么多年，从七岁到十七岁，从面对云锦鹏的殴打只会无助、小心地哭泣，到现在可以为了自己抗争还手。其实他不是没有离开的机会，可是就想着，段菲是不是真的对他没有一点感情，是不是真的把他忘得一干二净，是不是真的只要他一直在这里等着，他的妈妈就会回来把他带走，亲自送他上学，带他开始新的生活？

“乐……乐乐？”陈巧玉从市场回来，站在门口敲了敲门。

云乐蹲在厨房煮粥，听见声音走出来。陈巧玉手里拿着一个不锈钢的饭盆，里面放着十几个饺子，对他说：“大姨中午包了饺子，剩下几个，你热热吃了吧。”

云乐说：“不用。”

陈巧玉拽过云乐的手，将饭盆塞给他说：“拿着，又不是给你钱花，不多你那一疙瘩面几片白菜叶。”元乐想推回去，陈巧玉说，“乐乐，大姨知道你是心善的孩子，你对大姨这样，是怕你爸再朝你王伯动手吧？没事，你王伯年轻的时候也虎着呢，不怕你爸，你王伯虽然嘴不好，但是心肠不坏。你看大姨挺怕他的，他要是不说话，大姨哪敢给你端饺子啊？”

陈巧玉又撩起云乐的刘海，看了看他眼角的伤，算是放心下来，说：“乐乐啊，别害怕，以后大姨背着你爸跟你说话，可是我有的时候听见他跟你动手就忍不住，我们村里打孩子都没有他这样的。”她说着又哽咽起来，“你也别总拒大姨于千里之外，你王伯那三轮车的车闸坏了，好几次差点出事，他这人心又大，累了犯懒不想修，是你帮着修上的吧？你说，你说你帮着大姨，怎么大姨给你两口吃的，你都不要呢？我们不是邻居嘛，这人与人之间，不就讲究……讲究个相互往来？你对大姨好，也得让大姨有机会还你是不是？”

云乐看她的眼泪掉个不停，垂下眼看了看饭盆里的饺子，转身拿到厨房，找到用来热饭的屉子，把一个个白胖白胖的饺子放上去，又走回去把空了的饭盆还给了陈巧玉。

第二章

“我叫云乐，今年十七岁。”

云锦鹏一连两天没有回家。周六一早，云乐从沙发上起来简单地洗漱干净，换上一件蓝色的抓绒帽衫，这是他仅有的几件外套里面比较保暖的一件，听说这天一整天都要站在外面，要注意些别生病，毕竟感冒发烧这种事情对他来讲很麻烦。

云乐想了想，又在里面套上一件夏天穿的T恤，锁好门，冒着寒风走了出去。

上午十点左右，闻野背着运动包从网球场出来，正准备回家，电话响起来。他看了看来电，笑着接通。

“怎么想起我了？”

电话对面的人叫韩宸，是闻野出国前的伙伴，两人一起玩到七八岁，后来闻野跟着爸妈去国外发展，韩宸就成了他每年假期必约的朋友。

韩宸质问他：“我怎么想起你了？你回来两个星期都没想我？！”

球场外停着一辆山地车，闻野拿着电话，单手推车，无辜地说：“娟姐说你去海城了，我每天要上课，怎么找你？”

韩宸说：“行行行，我今天回来了，你休息吧？过来找我。”

闻野说：“去你店里？”

“嗯，瑞和路。”

瑞海市经济发展迅速，前几年就已经跻身超一线行列，但越是发达的城市，就越能突显贫富差距。瑞和路位于东区，汇集好几个大型商场，吃喝住行十分方便，每逢节假日更是人满为患。韩宸在这条路上开了一家高档咖啡厅，装潢价格不菲。他这人不爱学习，厚着脸皮跟他爹说自主创业，结果张口先借了五百万元启动资金，信誓旦旦地说了三个月后还，结果经营半年，亏得裤子都掉到脚后跟，家都不敢回。

闻野坐在二楼靠窗的位子上，笑着听他吐槽生意不好干。

“你看看外面人多！就是一个不来我家，是我咖啡卖得贵？我这店面一年三百万元租金，咖啡豆都是国外空运回来现磨的，餐具装潢是国际有名的设计师独立完成的，服务员都是外国语学院毕业的高等研究生，八国语言无一不通，我一杯咖啡卖二百五十元，卖贵了？”

闻野搅了搅那杯二百五十元的咖啡，闻闻味道说：“不贵。”

韩宸跟闻野同岁，披散着中长发，跟个大龄艺术青年似的。

“是吧，我就说不贵，但怎么就没人来呢？”

闻野说：“不贵的原因，是你跟我说了租金、装潢和咖啡来源，我当然可以理解，但是你要跟每一个客人这样解释一遍吗？”

韩宸唉声叹气地往窗外看：“我是挺想说的，但是没有人给我机会，你说怎么办？我爸给我下最后通牒了，我再不回本，就得关店考大学去，我不想学习，这小老板还没当够呢！闻野，你是亲哥，你得帮我！”

闻野喝了口咖啡，苦得直皱眉，赶紧放下漱漱口。

“本来还有救，但是你这味道也太绝了。”

他转头看向窗外，这个地段人流量很大，是连接几个商场的必经之路，设立了休息区，不远处还有一个喷泉广场，晚上会有一些人过来摆摊。按道理来讲，这种地段随随便便开一家小店，就算不赚钱，也绝对不会亏本，但是韩宸实在没有什么经营头脑，就算……

云乐？

闻野环顾四周的目光突然停了下来，云乐站在楼下不远处发传单，怀里抱了一沓，手里拿了一张。来来往往不少人匆匆走过，没有一个人去接他手里的传单，偶尔一两个好奇地主动去问，算是勉强发出去。他随后又拿起一张，规规矩矩地端着，没有表情，估计也不会开口介绍。

他是第一次发传单吗？闻野看了一会儿笑了出来。

韩宸问："你笑什么？"

闻野说："没事，看到了一只掉进人群里的小猫。"

韩宸嗤道："你已经是大男人了，怎么还喜欢那些毛茸茸的小东西？"

闻野但笑不语，看到云乐脚下还有厚厚的一摞传单，估计都是这天的任务。

到了饭点，和他一起发传单的同事走到云乐身边，不知道说了句什么快速地跑开了，大概是去换班吃饭，云乐等他离开，将脚下的传单往身后拖了拖，挡在后面。

闻野想：这是要藏起来？防止被别人抢走吗？

此时又过来几个人，站在他身边，围着他手上的传单看了一会儿，问了几句话，他点了点头，指了一个方向，那几个人明显跟他道谢，空着手走了。

闻野哭笑不得，心道：不要光指路，把你手里的传单给他们啊，笨蛋。

半个小时后，云乐开始时不时地转头，似乎在找些什么。

闻野记得，那是他同事刚刚离开的方向，如果只是简单吃个饭，这个时间应该回来了，难道同事欺负他想让他一个人完成任务？

韩宸抻着脖子，问他："你到底看什么呢，哪里有猫啊？"

闻野在桌面上敲了敲手指，说道：“你店里有什么促销活动吗？”

“没有啊。”

“传单、礼品之类的？”

“传单、礼品还是开业时剩下的，还有不少礼品袋子，都扔库房了，我这种高档咖啡厅不屑做促……”

“打住，传单和礼品给我。”闻野又看了一眼云乐单薄的帽衫，“再去买几样别的东西。”

韩宸一听，激动地问：“你……你打算怎么做？”

闻野说：“当然是帮你招揽客人啊，对了，你把店里昂贵的菜单收起来，再去别的店里买一些便宜的咖啡，如果有客人，就放在你店里的杯子中，咖啡在原价的基础上……加上十块钱吧，算是店面服务费。”

韩宸震惊：“这不是欺骗消费者吗？！”

闻野说：“哪里欺骗？你不是还在卖咖啡？”

韩宸说：“是……是啊。”

“既然卖的是咖啡就不存在欺骗行为，只是你的货源从国外变成隔壁，既然成本下来了，那么价格肯定也要下来。”

“那我不就成倒卖咖啡的了吗？万一被人家老板知道了，找上门怎么办？”

闻野说：“任何一个有头脑的老板都不会上门，在不影响他的生意的前提下，以销售价格给你供货，你才是那个冤大头。”

韩宸说：“那……那我为什么还要去做？”

“因为你需要客人，你必须付出一定成本吸引客人，留住客人，才能慢慢改善现状，具体咖啡品种你要重选。对了，你这里有没有那种发传单时穿的玩偶装？”

云乐看了一眼商场的户外大屏幕，上面显示一点钟，他派发的是一家快餐厅的传单，便宜实惠，距离这里不太远。

云乐每个周末都在这家餐厅打杂工，平时在后厨帮忙，洗洗碗、倒倒垃圾。他不怎么爱说话，也不喜欢跟人接触。

如果老板不是他班主任的亲戚，对他有些关照，他只能去做一些不需要交流的搬运工作，积攒学费。但实际上他也搬不了什么东西，干过一段时间，收入甚微。

昨晚得知发传单的兼职病了，老板一时找不到人手，想起他，顺便叫上帮厨的王达跟他一起。但是王达一个小时前借口吃饭，就没再回来。

突然，一道白花花的身影挡在他面前，云乐抬头，看见了一只拿着气球、系着黑色围裙的北极熊，那只熊旁边有几个人，正在准备活动道具，其中有一个幸运转盘，估计是用来抽奖的。

北极熊发出闷闷的声音，凶狠地说：“让开，我要在这里发传单。”

云乐立刻防备起来，瞪着他，没有挪动。

北极熊问：“你让不让？”

这地方是云乐发现的，此时他像一只守护着地盘的小猫，不退让地说：“凭什么让开？”

北极熊对他的反应十分满意，转过身一摇一摆地搬来一张桌上，轻快地说：“不让算了。”那桌子正好挡在他前面，北极熊说，“我觉得这个地方很好，你既然不让，那我站在这里没问题吧？”

云乐说：“随便。”

北极熊在桌面上铺好咖啡色的格子布，又在上面摆满糖果礼品。北极熊与云乐并排站在桌子后面，竖起一个免费抽奖的牌子，不少人早就围了上来，一个戴着毛线帽的小姑娘问："熊熊！要怎么抽奖啊？"

北极熊说："小公主是免费抽奖的。"

小姑娘一听，立刻问："那谁是小公主啊？"

北极熊说："就是你呀。"他递给她一个气球，让同事带着她转幸运轮盘。

小姑娘的母亲跟在后面，问道："这是什么活动啊？咖啡厅的？"

北极熊说："是的，这里是宣传单，您可以看一下，对了再送您一个手提袋，平时购物的时候可以使用。"

手提袋做工精致，如果放在商店里也要几块钱，后面的人一看真是白送，忙说："给我一个。"

"给我也拿一个！"

北极熊拿起喇叭喊："排队，排队，麻烦大家从左边排队领取。"

云乐就站在北极熊的左边，不知道的人还以为他们是一起的，看见云乐手里的传单，立刻抢了过去，再去接北极熊手里的气球和手提袋。

抽奖的事情当然不是完全免费，但是桌上的奖品货真价实，有帽子、围巾、马克杯之类，转盘上面没有"谢谢惠顾"和"感谢再来"，最次也是一个杯子。抽奖条件并不苛刻，只要进入咖啡厅消费一杯十五块钱以上的饮品，回来提供票据就可以选择抽奖，活动时长一百二十分钟，这怎么想都觉得划算。

聚集的人越来越多，云乐站在旁边，就算再没有表情不知道说话，也借了不少光。

快餐店的传单很快就发完了，云乐刚准备走，听见北极熊大叫一声：“啊！我的气球！”

云乐抬头，看见北极熊手里那一大把气球正慢慢悠悠地随风飞走。他大概第一次做这种事情，戴着分不开瓣的熊掌手套跳起来抓，结果跳来跳去，把气球扑得越来越远。

云乐看了两秒，等气球飞过头顶时，轻轻踮起脚，将一把五颜六色的气球抓在手上，递回去。

北极熊高了云乐一个头，伞状的系绳由下往上挡在两人中间，云乐等了一分钟，并没有等到北极熊把气球接过去，而是听他说：“你赶时间吗？”

没等云乐开口，他又说：“如果不赶，帮我发发气球不成问题吧？你刚刚站在这里，可借了我不少光。”

确实如此，如果没有咖啡厅的活动，云乐手上的传单不会这么快发完。他没说行或不行，而是站回原来的位置，连着咖啡厅的传单一起发给顾客。陆续有人拿着单据过来抽奖，北极熊彻底成了甩手掌柜，把派发传单的任务交给云乐，跑到幸运转盘前，明目张胆地偷懒。

两个小时很快过去，工作人员拿来几杯热咖啡分给大家，云乐也收到了一杯。他没有拒绝，对着纸杯吹了吹热气，喝了一口尝尝味道，苦涩的，并不好喝，可是很暖，让他早就冻僵的身体有了一丝知觉。

云乐又喝了一口，发觉一道视线长久地落在他身上，他转过身，看见幸运转盘后面大咧咧地露着一颗熊脑袋。

北极熊被当场抓包，只能走过来说：“辛苦了，同学。”又补充问，“是学生吧？”

云乐没回答，大概看了一眼没有别的事情，转身要走。北极熊拦住他，说：“你刚刚忙了半天，我也没钱给你，要不然你抽个奖再走呗，算是给你的酬劳。”

如果按人工来讲，派发一天的传单可以支付八十块到一百五十块。云乐只是冷漠，并不清高，人的生活窘迫穷困到一定程度，不会面对额外的收入转身就走。他很小就知道这一点，毕竟需要钱，就算没有钱，也需要吃穿住以及活着。他会去杂货市场买便宜的旧衣服，也会在促销活动时，权衡利弊，购买一些必需品。

北极熊料定云乐不会离开，亲自把转盘搬过来，半倚在上面斤斤计较道：“介于你先占用我的客流，又帮我派发了超出数量的传单，那我算你一半工钱，折合下来，给你三次机会。这三次机会你抽到什么是什么，现在只剩围巾和帽子，如果抽到马克杯和糖果，就没办法给你了，你自己把握机会。”

云乐看了看，并没有任何犹豫地抬起手。北极熊十分在意剩下的奖品会不会被抽走，双手背在身后歪着头死死盯着转盘，红色的指针飞快地滑过一件件抽空的奖品，又滑过帽子、围巾，渐渐地慢下来。

杯子、糖果、手套、帽子、围巾……一圈一圈地，最后指针停在了杯子和围巾之间，只差了一点点。

云乐本就没有期待，也不存在是否失望，可是突然，已经停下来的指针竟然又晃了晃，只歪了一点，就越过了分界线，指到了围巾上面。

北极熊不情愿地拿起围巾递给他，说：“还有两次机会。”

云乐拿着围巾看了几秒，再次转起圆盘，第二次指针停在了糖果上面，第三次没有任何悬念，稳稳当当地落在帽子上。

北极熊的双手终于伸出来，不太开心地晃了晃转盘，念叨着：“是不是坏了？”他转身把帽子拿给云乐，酸酸地说，“没想到你还挺幸运。”

北极熊又猛地想起什么，说了一句：“糟了糟了！忙了半天忘了拍现场照片！”

北极熊没经云乐允许，急匆匆地把帽子扣在云乐的头上，又把红色的围巾帮他系好，把他捂得严严实实，一把勾住他的脖子，对不远处的同事说：“快快，拍张活动照片交差！”

“咔嚓”一声，画面定格。

云乐回去时，摸了摸围巾软软的触感，并不知道这条围巾和帽子与正式派发的奖品之间存在多大的价格差距。

韩宸的咖啡厅开业以来第一次这么忙碌，店里环境高档，价格亲民，味道竟然也符合大众水平，不少人站在门口排队，想看看是什么咖啡这么火爆。服务生人手不够，韩宸亲自端着托盘点单，这一刻不管什么赔不赔本，恨不得拿出最好的咖啡请人家白喝，正忙得满头大汗，扭头就看见门口进来一只熊，兴奋地招呼道：“嘿！闻野！”

北极熊把头套摘下来，赫然露出闻野的脸。他单手抱着布偶熊头，甩了甩被压平的短发，笑着问：“怎么样了？”

韩宸说：“太厉害了！按着这个趋势发展，没两天我就能回本了！”

“想什么呢？人再多也是亏损状态，后续的事情自己想办法，至少一年不会赚钱，而且最好不要只卖咖啡，可以搭配一些餐点。”

闻野一边说，一边走到库房把身上的布偶装脱下来，又跟刚刚帮忙拍照的员工要了通信方式，让他下班的时候把活动照片发过来。

韩宸颠颠地跟在他后面，苦着脸说：“你不帮我了啊？救人救到底，送佛送到西啊！”

闻野看了眼时间，拍了一把他的肩膀说：“韩老板已经是大男人了，是时候独当一面了。”

韩宸觉得这套说辞有点耳熟，撸了把头发说：“我说你怎么还学会小心眼了呢？”

闻野拿过运动背包，抬起手算是再见，笑着说：“先走了，下周末来找你。”

晚上十点左右，咖啡厅的员工把照片发了过来，闻野刚刚洗完澡，拿起手机点开看了看，放在一旁。

照片上是一只胖乎乎的北极熊搂着一个红围脖少年，少年并没有看镜头，绷着嘴角，戒备地抓着横在他脖子上的手臂，像是稍有不妥，就会一口咬下去，转身逃走。

这个表情还真是凶啊，闻野回到房间，翻开笔记本，写下了几个字。

忙碌了两天，周末晚上十点左右，云乐才走进家门。他手上提着一个塑料饭盒，是从快餐店拿回来的晚餐，快餐店管两顿饭，他只吃了中午一顿，晚上的拿回来，准备明天带到学校。

回来时又是阴天，估计还要下雪，云乐把能穿的衣服又套上一件，又把抽奖中的帽子放在书包里。围巾很厚很宽大，到了晚上可以御寒，他洗漱干净，躺在沙发上，将那条暖烘烘的围巾盖在上半身，闭上了眼睛。

梦里，七岁的云乐遇到了那只大熊。大熊牵着他的手走在没有灯光的街道上，熊掌暖暖的，让他舍不得放开。可他又担心一直跟着大熊走，会找不到回家的路。他频繁地回头，期待离开许久的妈妈可以及时出现，把他接回去。

突然，大熊拽着云乐飞快地跑起来，云乐想要甩开大熊的手，却怎么也甩不掉。云乐不断地回头，却猛地发现云锦鹏不知从哪里冒出来，手上拿着酒瓶，骂咧咧地跟在后面。

云乐太小了，大熊带着他跑得很慢，云锦鹏嘴里喊着："跑！我看你能跑到哪里去？！我弄死你！我今天弄死你！"说着他就把酒瓶砸过来，砸到大熊的头顶上。

大熊痛苦地倒在地上，云乐想拉大熊起来，可大熊受了伤，根本动不了。他急忙挡在大熊跟前，只觉嗓子陡然一紧，钢筋般的手指钳住了他的脖子，陷进他的肉里，把他从地面上拎了起来。

云乐不停地挥动手脚，猛地睁开眼，惊恐地发现梦中的云锦鹏真的回来了。他如地狱前来索命的恶鬼一般面目狰狞地掐着自己的脖子！

云锦鹏不知从哪里受了刺激，喷着酒气不停地说："谁给你的胆子？嗯？！敢给我戴绿帽子让我当乌龟！"

云乐瞬间缺氧，强烈的窒息感迫使他张开嘴，像一只离了水的鱼，全身上下的力气仿佛被抽得一干二净。云锦鹏没打算放过他，松开铁钳一样的大手狠狠甩了他一巴掌。

云乐瞬间得以呼吸，顾不得眩晕的感觉，抬起腿踹到云锦鹏。云锦鹏痛呼一声，拽起云乐的衣领，将他甩下沙发，撞在洗脸架上。

云乐迅速从地上爬起来，盯着一步步走来的云锦鹏，此时的云锦鹏像一只凶狠残暴的怪兽，巨大的身影笼罩在云乐上方。云乐握紧拳头，与他对峙几秒，迅速捡起地上的啤酒瓶，砸了过去！

云锦鹏应声而倒，他捂着额角，半眯着眼睛，骂道："你敢打我？！我看你是不想活了！"

云乐心跳如擂鼓，面上却极度平静，云锦鹏一时半会儿爬不起来。他看了眼时间，颤抖地呼出一口凉气，冷静地走到没存放几件衣服的柜子前，找出一个手提的行李包，将一件件衣服放了进去。

云锦鹏意识到他在做什么时，恶狠狠地骂道："云乐！你敢走！你以为你躲得开我吗？！休想！我早晚有一天要收拾你！收拾你妈！收拾你们这些人！你逃不出我的手掌心！"

云乐充耳不闻，提着行李，背上书包，又把遗落在沙发上的红色围巾套在青紫交加的脖子上，头也不回地走出他生活了十七年的家。

晚上果然又下了雪，云乐踩在上面发出"咯吱咯吱"的声音。

云乐穿过黑暗的胡同，站在路口看着远方，半夜三点的街道上空无一人，雪簌簌地落在地上，静谧又让人觉得安心。

他站在那里，不知过了多久，直到天空泛起鱼肚白，直到路灯全部熄灭，才眨了眨干涩的眼睛，任含在眼眶里藏了十年的念想全数落在雪地上，砸出一个个不深不浅的小坑。

周一例行班会，陈杨沉迷游戏攻略，胆大妄为，当着班主任的面趴在桌子底下玩手机被抓了个正着，不仅被没收手机，还被严厉惩罚，让他一个人独立完成班内所有卫生，为期一周。

冯唐自诩是他的铁哥们，放学后坐在闻野前桌一边嗑瓜子，一边把瓜子皮往地上扔。陈杨见冯唐不帮一把还雪上加霜，当即悲愤欲绝，挥着扫把一通乱扫，使得教室里乌烟瘴气。

闻野这天有空，等着他们一路回家，吸了口浓郁的粉笔末子，捂住口鼻从抽屉里拿出一盒猫罐头说："我去喂喂猫，待会儿回来。"

冯唐准备同行，还没溜出去，就被陈杨一把抓住："冯唐！别想逃！"

天气预报提前发布了暴雪预警，雪从昨晚陆陆续续一直下到这天放学才停，此时校内白茫茫一片，还没来得及清理。

闻野拿着猫罐头去了东南角，那里有几只无家可归的野猫，他偶尔会过去看一看，帮忙改善伙食。

东南角的小树林里印着一串串圆乎乎的猫脚印，闻野用低沉的嗓音"喵喵"地叫两声，在皑皑雪地里显得异常温柔。躲在树后面暗中观察的小野猫发觉没有危险，欢快地跳出来冲着闻野跑过去。

闻野蹲在地上，笑着摸了摸小野猫的耳朵。这只猫看起来像只梨花猫，灰灰的，有些斑纹。它围着闻野跳来跳去，焦急地看着那一罐看起来很好吃的铁盒子。

闻野看了看四周，问道："只有你自己吗？"

小野猫急得扒他的手背，他无法，只能把罐头举高一些，单手拉开拉环，叮嘱："不可以吃太多，知道吗？"说着把罐头放在小野猫的嘴边。

小猫第一次尝试美味的三文鱼罐头，恨不得一并把脑袋瓜扎进罐子里。

闻野静静地看着，偶尔把罐子挪开一些，逗得它在雪地里打滚，天气这么冷，别的野猫都换了地方取暖，只剩下这只小东西，也不知是不是跟丢了。不过闻野看它这么活蹦乱跳的，应该有住的地方，倒也不用担心。

闻野正想着，小野猫似乎吃饱了。还好它不贪食，蹭着闻野的手背一直撒娇。闻野把罐头扣好，将它抱起来，却在它毛茸茸的肚皮上发现了一些红色的线头，不仅如此，脖子上竟还缠了一根细细的毛线。闻野赶忙帮它弄下来，生怕它一个不注意勒到自己的脖子。

奇怪，红色的毛线很长，如果不是线球上面的，就应该是一条围巾。闻野猜想，估计是小野猫玩耍的时候用爪子将围巾弄坏，又把线缠到了身上。

这太危险，闻野责备地戳了戳它的头，把它放在地上，准备偷偷地跟踪它，找到那条围巾藏起来。

小野猫吃饱后果然有些犯困，又缠着闻野玩了一会儿才跑开打算睡觉。它下午的时候发现了一个窝，暖暖的，躺在里面很舒服。

闻野跟在后面，顺着树林往里面走了几步，路上又多了一串浅浅的脚印，已经被降雪盖住不少。

小野猫时不时回头，生怕这个人抢了它的窝，“喵呜”几声加快脚步，消失在光秃秃的大树后面。

闻野悄声地跟过去，本以为会看见一个小小的猫窝，却怎么也没想到，竟然看见了一个人。

那人穿着校服，身边放着行李，脖子上围着周六时才抽到的幸运围巾，正靠在树上，眉眼紧闭。小野猫跳到他身上，窝在他怀里，找了个舒服的姿势，发出了“咕噜咕噜”的声音。

闻野看着那人的脸颊泛着不正常的红晕，走过去摸了摸他的额头，果然，滚烫的。

闻野没多想，抬手将人横抱起来，又看了眼那只弓着背、爹起毛，捍卫着自己的领地的小猫，一同将他们抱出树林。

云乐睁开眼睛时，分不清自己身在何处。他缓缓坐起身，有些茫然地看着四周，这里应该是一间卧室。单人床挨着浅杏色的墙壁，墙壁上挂着咖色的窗帘，挡住了一扇窗户，床边摆着一张书桌，书桌上放着可调节的台灯。此时的灯光很暗，能让他看清屋里的布局，又不会觉得太过刺眼。

屋子不大，除了床和书桌，还有一个半敞开设计的衣柜，方便挂一些常穿的外套。

云乐抬起手，看见手腕上贴着胶布，应该有人把他送去医院打过了点滴。他掀开被子，穿上放在房间里的拖鞋走了出去。

客厅里亮着灯，同样杏色的壁纸，简约的家具，墙上挂着一台很大的智能电视机。浅色的沙发上扔着一条深蓝色的毛毯，几何形状的茶几很像艺术橱窗里面摆放的样品，上面放着游戏光盘和手柄，还有许多张凌乱的报纸。

云乐盯着看了一会儿，却没发现那些报纸都是同一天的，同样的内容。

“同学？你醒啦。”

身后突然传来声音，云乐回头，看到了一张有些熟悉的笑脸。

是那个问路的转校生。

他拿着一杯水递给云乐，关心地问："怎么样？感觉好点了吗？"

云乐迟疑半晌，确定了他的善意，接过水来点了点头。

转学生立刻松了口气，见他眼中带着疑惑，主动解释："你发烧了，晕在阅读角的树林里，刚好我过去散步，就把你送到医院，但是你一直没醒，我也不清楚你家住哪里，就冒犯地把你带回来了。"

云乐点了点头，哑着嗓子说了声："谢谢。"

转学生似乎很开心，道了句"不客气"，又把医院里开的药递给他，告诉他用量，说道："现在已经很晚了，你可以再休息一会儿。"他指着门厅的行李说，"你的东西我放在那里，你如果想回家，楼下也可以叫车，很方便。"

云乐喝了口水，并没有说话。

闻野也不再理云乐，胡乱地抓了抓头发，坐在沙发上，拿起马克笔涂涂画画，皱着眉念叨："也太多了吧，这要怎么选……"

云乐安静地站在原地，几分钟后，握着水杯开口问："你……要找家政？"

"对啊。"闻野苦恼地抬头，拿起刚买回来的报纸说，"我回国不久，爸妈工作又忙，一个人住在公寓里，没人收拾、做饭太可怜了，但我已经找了两周了，还是没找到合适的人选。"他抬手看了眼时间，说，"你不回家吗？不过今天也已经很晚了，你不嫌弃也可以……"

云乐动了动手指，说："我。"

“什么？”

“我……可以……”

闻野笑道：“可以啊，可以住下。”

云乐摇头，望着他手上的报纸说：“我可以……面试家政，我会做饭、打扫卫生。”

云乐犹豫了一会儿，才说出这句话，也不知转校生会不会同意，但还是想要争取机会。突然离开了生活多年的地方，一时之间也不知道去哪儿，人都有求生的欲望，生活越是对他残忍，他越得抵抗。云锦鹏那样的父亲，还不至于让他放弃一切，段菲那样的母亲……也让他耗尽了所有希望。

他此刻孤身一人，对生活已经没有任何期待，只想努力一点，考上一所可以远离这座城市的大学，再也不回来。至于更远的未来，他没有想过。或许，他这样的一生，根本不会再有未来。

“你？可以吗？我给的薪水并不多，但是可以管你吃住。你刚刚睡的那一间房，就是给家政准备的。”闻野说。

云乐点头：“我可以试试，如果不合格，我会主动离开。”

闻野思考了一会儿，说道：“既然这样，我可以了解一下你的大概情况吗？毕竟你要住在我家。”

“我叫云乐，今年十七岁。”

闻野问：“我看你带着行李……是离家出走？”

云乐说：“我没有家，也没有父母。”

闻野张了张嘴，“哦”了一声，没有刨根问底，又问：“你是哪个班的？”

“高二（5）班。”云乐想了想又直白地道，“我在学校并不受欢迎，如果可以留下工作，我会尽量避开你，以免给你造成不必要的麻烦。”

“这个不用特别注意。”闻野说，但云乐的表情十分坚定，显然不会妥协。

闻野倒也无所谓，站起来说：“那就先试试吧，一周？如果没问题你就留下，门口的行李你先放到房间里，收拾完我为你介绍一下这里的布局。”

这是非常整洁的高级公寓，看起来并不像一个男生居住的地方。主、次两间卧室，宽大敞亮的阳台，开放式的厨房和餐厅连在一起，厨具一应俱全。浴室很大，进门左边是一面宽大的镜子以及整洁的洗手台，白瓷浴缸镶嵌在灰白相间的池槽里，靠着墙角，墙壁凹进去些许空间，方便放置洗漱用品，马桶、淋浴间也各自分配在合理的位置。

云乐听着转学生细致地教他如何使用全自动洗衣机，默默记在心里，刚准备转身出门，就感觉有什么东西抱住他的脚踝。他低头，看见了一只灰灰的小猫，正瞪着圆溜溜的茶色眼珠与他对视。

“啊，这是跟你一起回来的小猫。”闻野解释，“他当时把你的红围巾当成自己的窝。”

云乐动了动，想让那只小猫离开一些，谁想小猫不仅没跑，还将他抱得更紧了。

闻野看了一会儿，笑着说：“我本来想帮它洗干净，既然你的身体没什么大碍，那就由你负责吧。”他又问，“这是第一份工作，可以接受吗？”

云乐点头，说了声“可以”。

闻野打开洗手台下面的储物柜，说：“那就交给你了，洗澡的盆子你随便找一个就好，都是新买回来的，没有具体分类。”他拿起一个标签还没卸掉的洗猫袋说，“它第一次洗澡，肯定不会听话，你把它装进去，以免受伤。”

“嗯。”云乐等他交代完走出去，才一步步轻轻地拖着那只趴在他的拖鞋上乱啃的小猫，拿起一个白色的塑料盆。

云乐并不喜欢动物，或者说没有任何喜好，没有闲暇的时间观察这个世界上到底有多少美好的事物。他甚至不知道第二天一早，是不是能在那张睡了十几年的沙发上醒过来。

闻野站在浴室外面并没有走，而是虚掩上门，静静地看着。

他从第一天就知道云乐需要什么，只用了一块香皂、一条毛巾，就从背地里拿住了他的软肋，给了他一些机会。这些机会并不明显，可真的需要它们的人，绝对不会放过。

但闻野也不是一味善良愚昧的慈善家。他确实有能力收留无家可归的云乐，为云乐提供一份自己并不需要的服务，但云乐这个人到底如何，他还不了解，除了偶尔的几次碰面，以及从冯唐、陈杨嘴里听来的过往，再没有更多详情。

不过这个看起来沉默寡言又有点凶的人，是不是过于单纯了？为什么每次都能毫不犹豫地上钩？就像自己手里拿着逗猫棒，只要轻轻一晃，无论他在做什么，都会跑过来，抿着倔强的嘴角争取机会。

浴室里出了一些小状况，小野猫抱着云乐的拖鞋直到他将温水准备好，都没有发现危险降临。

云乐把盆子放在地上，缓缓抬起手，他的手指时不时弯曲，犹豫中带着试探，由于刘海过长，只能看到他白皙的下巴以及秀挺的鼻梁。

小野猫玩够了打算跑开，竟然发现了一双大手从天而降！它“喵呜”一声奓起毛跳上洗手台，吓得云乐立刻攥起拳头站起来防备。小猫很凶，弓着背来回踱步，似乎在试探云乐是否会对它进行攻击，云乐从来没有抱过这种东西，多少有些害怕，但这是工作，必须完成。

一人一猫，盯着彼此试探良久，同时发起进攻。小野猫四肢大敞冲着云乐“喵喵”地扑了上去，云乐下定决心再次抬起双手，想要将它锁在手心里，但人的动作还是比猫慢了半拍，小野猫抢先一步扒在云乐怀里，露出尖利的爪子，对着校服上的拉链又挠又啃。

云乐从未见过这样自投罗网的敌人，一时之间竟然愣在原地，几秒钟后反应过来，立刻僵硬地搂住自己的双臂，将小野猫困在怀里，小猫咬着拉链玩得正欢，此时有云乐托住它更肆无忌惮。

怀里瞬间充实起来，有了温度，云乐说不出那是什么感觉，十分新奇。这只猫很小，软软的，很脆弱，但又很暖，像梦里那只大熊的手，让他舍不得放开。

电话铃声从客厅里传来，过了一会儿转学生接起了电话，云乐不再出神，把小野猫放进袋子里。

“我不要礼物，你每次都要买一堆，家里都放不下了。”闻野站在阳台上，接通了来自大洋彼岸的电话，电话对面是他的妈妈，一位非常著名的电影明星，“啊，知道了，我这么大了还不会照顾自己吗？你是不是太小看我了？倒是你什么时候回来？我过去接机。”

这通电话打了十几分钟，挂断之后，闻野再次走到浴室门口，发现那一人一猫又有了新的进展。小野猫果然不喜欢水，整只落汤猫困在袋子里，可怜兮兮地叫唤，听起来凄惨极了。

闻野想，云乐应该是个冷漠的人，无论这只猫再怎么叫，他也应该无动于衷，毕竟他只是在完成任务，不需要考虑猫的感受。

可他没想到，云乐只听几分钟，就毫不犹豫地解开洗猫袋。

“等等！”

“喵！”小野猫得到解放立刻撒了欢地挥舞起爪子，云乐的手背一疼，被它划出一道细长的伤。

闻野快步走进去，打开水龙头帮他冲洗伤口，略有责备地说：“不是告诉你，它会不听话吗？”

云乐想把手缩回来，却没能挣脱，只能回答：“它怕水，不舒服。”

闻野找出一块香皂，在他的伤口上面搓了搓，无奈地道：“它是骗你的。”

“骗……”云乐看了一眼站在水盆里跳来跳去的小猫，似乎真的没有一点胆怯，还玩得十分开心，说道，“可它是动物，不会骗人。”

闻野将云乐的伤口洗到发白，确定没有大碍才停下来，幸好云乐在医院打点滴时，闻野把野猫送去宠物医院检查身体，确定没有携带疾病，不至于去打疫苗。

“谁告诉你动物不会骗人？它只是不喜欢被束缚的感觉，所以才会装可怜骗取你的同情心。”

同情心？云乐怔了怔，自己受到过不少人同情，难道他也存在这种心理吗？

“上当了吧？”闻野说。

“上当，我没……”

云乐长这么大，除了段菲那次，真的没怎么上过当。他从小到大因为家庭关系，对所有人都是冷漠的态度，防止别人接近他。受到云锦鹏的威胁或者有人欺负他，他更会还手，自我保护，毕竟挨打是家常便饭，不还手就会被打得更惨。

认真说起来，他除了陈巧玉两口子、云锦鹏，以及学校里那些热衷欺负他的人，也没怎么接触过外人。打工的地方大家也各干各的，都是成年人，不会去搭理一个勤工俭学沉默寡言的孩子。或许分工会不太明确，但是只要不动手，他都无所谓，所以陈杨、冯唐那样的普通学生更多的是怕他，觉得他不是软弱可欺的善茬。

“你什么？”

“我没有上过当。”云乐抿着嘴，浅茶色的眸子里竟然有些说不出的自信。

闻野拿过消毒纸巾帮他擦了擦手背，突然盯着他，露出一个意味深长的笑，那笑容有些奇怪，和闻野阳光俊朗的气质完全不符。

“你确定吗？”

“嗯。”云乐肯定。

“那我呢？”闻野把他往自己身边拽了拽，单手撑住洗手台，附在他耳边悠悠地说，“你对我了解吗？我们只见过一次吧？你就不怕我是故意把你留在这里，趁着你熟睡时，拿着刀子划开你的胸膛，卖掉你的内脏？”

云乐明显一怔，猛地推开他，握起拳头，与他身后那只再次被吓到的小猫一样，汗毛竖起。

“哈哈。”

闻野看清云乐的反应忍不住大笑出声。他实在没想到，看起来又凶又冷漠的少年不仅单纯，还是一个小傻子？

他去客厅找到一张创可贴，递给依旧神经紧绷的云乐，眯着眼睛笑道：“这次，上当了吧？”

第三章

“你很好，我知道。”

云乐盯着闻野走出浴室的背影看了许久，把创可贴贴在已经清理干净的伤口上。他再次将小野猫抓回来放进洗猫袋，这次无论它再怎么装可怜，都没有停下手上的动作。

转校生应该也在观察他，他刚帮小猫洗完澡，转校生就拿着吹风机走进来说：“你抱着它，我帮它吹干，不然会感冒。”

猫也会感冒？云乐因为他刚才变脸的事情还是有些提防，双手托着湿淋淋的小猫，举到他跟前，保持距离。

闻野倒没在意云乐的举动，把吹风机调到最低挡，一点点地帮小野猫吹干毛发。他的动作十分轻柔，骨节分明的手指细致地梳理着小猫灰白相间的绒毛，嘴上还轻声安抚，不管那只猫是不是能听懂，依旧让它面对“嗡嗡”的吹风机，发出了“呼噜呼噜”的舒服声。

云乐的身体不知不觉地跟着放松下来，目光莫名地停留在闻野好看的手指上，随着他的动作来回地移动。

“好了，再帮它剪个指甲，以后你要顺便照顾它，不要再被抓伤了。”

闻野把吹风机放在一旁，带着云乐去了客厅，简单的猫用工具全部放在门厅的鞋柜上，显然是新买回来的。

闻野拿出一把蓝色的小钳子，走过来对云乐说：“坐，你只要抱着它就好。”

云乐很少和别人挨得这样近，闻野盘着长腿坐在沙发上，侧过身撑开野猫毛茸茸的小爪子，小心翼翼地避开粉色的血线，随意地开口道：“你是自己考上的瑞海高中？”他的声音低沉好听，就萦绕在耳边，让人十分舒适。

“嗯。”

“那你学习成绩应该很好？”

“嗯。”

“可以拿到奖学金？”

“可以。”

“啊，很厉害呀。”

瑞海高中的奖学金不多，但对云乐来说，应该不算少。

闻野毫不吝啬地夸奖他，剪完一只猫爪，又揉了揉昏昏欲睡的小猫脑袋，拿起另外一只，垂着眼睛继续和他说话：“我刚回来不久，瑞海市有什么好玩的地方吗？”

云乐又把目光停留在他一眨一眨的浓密睫毛上：“我不知道。”

闻野：“不知道？”

云乐：“我没出去玩过。”

闻野点到为止，又问：“那你平时都做些什么？”

云乐想了想说：“上学，打工。”

“打工？”闻野明知故问，“你还有别的工作吗？”

云乐点头：“嗯，在快餐店洗碗，会冲突吗？”

“不会。”闻野突然弯着眼睛抬头，“你不怕我吗？为什么我问什么，你就答什么？”

云乐对上他的视线，停顿半晌，说道：“你不是坏人，不会卖掉我的内脏。”

"嗯？"闻野说，"你怎么能肯定？人并不是只有一面，可能我真的很坏呢？"

云乐摇头："你不是。"

闻野笑道："你确定？"

云乐："嗯。"

"为什么？"

"你的眼睛。"云乐想了想，形容道，"很温柔。"

云乐从来不是一个会拐弯抹角的人，因为生活的环境单纯，并不懂如何圆滑处世。他如果真的聪明，就不会因为段菲的一句欺骗性的承诺等了十年；不会用冷漠又疏离的方式对待所有人；不会任由邹建欺负了他一年多，依旧没能改善自己的处境；不会对善良且贫穷的陈巧玉冷言冷语。他更不会直到生命受了威胁，才选择离开那个黑暗的家。

云乐从小一个人长大，云锦鹏就是他见过的最凶恶的人。当然，这对一个孩子来说，已经足够了，云锦鹏至少教会了云乐如何自我保护，虽然笨拙又十分不讨好。

闻野听云乐说完，愣了愣，展颜道："你都是这样面无表情地夸奖别人吗？"

云乐认真地说："我没有夸你，只说实话。"

这个转校生应该是个好人，笑起来很好看，眼睛里似乎存着一汪泉水，泉水里泛着淡淡的光。

闻野同样注视着云乐，突然发现就在刚刚，他对这个少年的认知有些偏差。云乐或许单纯，但并不傻，可以分辨善恶，也知晓是非。

修剪完猫指甲，小野猫困得迷迷糊糊，“喵喵”叫了几声，强撑着不睡。

闻野突然想起一件事：“对了，它还没有名字。”

名字？

“你觉得，它应该叫什么好？”闻野询问云乐的意见。

云乐第一次接到这样的邀请，就像课后小组讨论，虽然班主任帮他分配了成员，可从头到尾，他都是坐在角落，空气一般的存在。

闻野似乎一直等着云乐的回答，云乐想了想说：“小猫。”

闻野眨了眨眼，确定没在他的脸上看出敷衍两个字，才笑出声：“它本来就是猫，这样太没有辨识度了。”

云乐又想了想，看着它的花色说：“灰白猫。”

闻野忍笑，试着引导：“一定要加上猫吗？我觉得可以省略掉。”

云乐就真的干脆地省略掉，说：“灰白。”

“嗯？”闻野说，“太酷了吧，你看它这么小，软软的，可以起一个可爱的名字。”

可爱？云乐并不觉得它十分可爱，它刚刚很凶，还抓伤了自己。

闻野注意到云乐时不时看着手上的创可贴，显然记得被野猫抓伤的事情，不禁提示道：“它很喜欢你的红围巾，我把带回来时，它怎么都不肯离开，把那个当成自己的窝。”

云乐收拾行李时，也发现自己的围巾被抓烂了，倒没觉得心疼，只想去买些针线补一补。似乎想到什么，他问道：“那可以叫它围巾吗？”他又说明理由，“听起来就暖烘烘的，很可爱。”

闻野不知道他是如何定义“可爱”这个词的，但这不重要。

“你觉得这个名字不错？”

“嗯。”

闻野笑道：“那好，那它以后就叫‘围巾’吧。”

云乐没想到自己起的名字可以被主人采纳，一时有些无措，握了握拳，紧张地问：“你……你喜欢吗？”

闻野说：“当然啦，我觉得很好听。”他站起来说，“你去休息吧，这里距离学校不远，十几分钟路程，暂时没有什么烦琐的工作，只要每天晚上回来准备晚饭就好。”

云乐把刚刚拥有了姓名的“围巾”放在沙发上，跟着站起来，叫住准备回房的闻野：“老板。”

闻野没听清，问道：“什么？”

云乐以为他不喜欢这个称呼，又想了想，改口道：“主人，你明天晚上想吃什么？”

主人？！闻野脚下踉跄，表情有些复杂，问道：“你忘了我的名字？我自我介绍过。”

云乐显然忘得一干二净，望着他说：“你的名字是……”

他到没有介意，又说了一遍：“闻野，听闻的闻，田野的野。”

“哦，好。”云乐点了点头，记在心里。

“再问一遍。”闻野双手抱胸，靠在卧室门口，“用我的名字。”

云乐听话，又问了一遍：“闻野，你明天想吃什么？”

闻野满意地点了点头：“什么都可以，就做你最拿手的尝尝吧。”他跟云乐道了声“晚安”才打开房门走进去。

第二天一早，大雪封门，昨晚不知又下了多久，让整座瑞海市银装素裹。

闻野被闹钟叫醒，穿着灰色的运动睡裤，打着哈欠去浴室洗漱，几分钟后又回到房间换好校服。刚要出门，他闻到一股淡淡的香味，顺着味道走去厨房，发现餐桌上放着一碗粥，像是盛出来有一会儿了，温温热热的。他这才突然想起昨晚收留了一只人形“小猫”。“小猫”显然极为负责地为他准备好早餐，已经出门了。

闻野没有吃早饭的习惯，但还是拿起勺子喝了两口，米粒煮得软软糯糯，稠度适中。

早上六点左右，这栋公寓里的大多数人还在睡梦中。闻野换好拖鞋出门走到楼下，看到厚厚的积雪上有着一串孤零零的脚印。他观察了一会儿，踩在那串脚印上面，跟着它一直往前走。公寓距离学校需要拐三个路口，脚印的主人似乎第一次来，在第一个路口徘徊，在第二个路口犹豫，到了第三个路口更是走错了方向，绕了一个大圈，才逐渐混入杂乱的脚印中，找到了自己的学校。

闻野想：看来是要再告诉他一次了，天气这么冷，凭空浪费了几分钟时间挨冻。

“闻野！”冯唐背着书包大老远地挥手，陈杨跟在他后面一步三滑，花样溜雪。

闻野冲他们抬了抬手，冯唐快走了两步，跟着闻野一起迈进校园，心情不错地说：“今天肯定要大扫除了，哈哈，至少两节课不用上！”

陈杨从后面滑着追上来说：“有什么可高兴啊？！今天本来就有体育课啊，现在不能自由活动了只能干活！”

“你懂什么！劳动最光荣！”

早上这话还言犹在耳，到了下午冯唐就缩着冻得通红的双手倒在地上，悲切地说：“这得干到什么时候啊？我们难道不是祖国的花朵？！”

陈杨跟着抱怨：“就是！交了学费还要出卖劳动力，我准备去消费者协会举报王老头！一告一个准！让他下台！”

“对！举报还不够！必须网上曝光！”

闻野手上拿着扫帚，站在操场上。蓝天白云，暖阳融雪，雪后的寒风有些刺骨，却没冷到心底。他站在原地，看见几个女同学盯着他窃窃私语，见他看过去，又赶紧低下头假装无事发生。

陈杨一早就注意到了，站起来说：“闻野哥哥，自从你来了之后，我们瑞海高中就出了一件大事。”

闻野问：“什么事？”

陈杨回道：“一看就知道你没去过我们学校的BBS（论坛）！你不知道吗？你来了之后，我们学校的校草重新票选，结果你超了原校草二百七十票！那是怎样压倒性的胜利，你知道吗？！”

闻野笑道：“校草？我？”

“不是你还是我吗？！就你这俊朗的五官、优雅的气质、宽厚的臂膀、窄细的腰身、一米五的长腿、一米八的身高，说话温和有礼，待人不骄不傲，一身破校服愣是能穿出高级定制感，一双破……呸，那是限量球鞋。哥，你告诉我，你是哪里来的富家贵公子？我要求也不高，我以后要是没考上好大学，先预定个给你擦鞋的活行不行？”

闻野被他逗得笑了两声，没有强行否认陈杨对他的夸奖，而是说：“即便如此我也要每天六点起床上学，迟到同样两千字检讨，下雪天必须劳动，晚去食堂半分钟照样吃不上美味的红烧肉。”

“哈哈哈，没错！”陈杨本来“柠檬精”附体，被闻野一说瞬间平衡不少。

操场上热火朝天，每个班级都划分好各自的区域，高二从（1）班至（5）班负责校园北侧，一阵欢呼声从不远处传过来，（5）班那群刺头趁着班主任不在，玩起打雪仗了。

“哈哈，邹哥打得准啊！”陈兵是邹建的狗腿，看穿着也是个富家子弟，脸上被雪球砸个正着，还得捧着他，夸他几声。

陈兵拍了拍身上的雪，走到邹建身边。

邹建眼圈发黑，不知道昨晚又去哪里鬼混了。他偶尔来学校几天，还是被他爸逼着过来的，来了就不安生，次次都要找碴。

邹建把嘴里的口香糖啐在地上，眯着眼睛，终于找到了这天的目标，哼笑道：“走，叫上人，关爱一下不善交际的同学。”

他口中不善交际的同学自然就是云乐。

云乐一个人站在角落铲雪，没人帮他，也不太需要。他刚准备将积雪埋在树根下，一颗被刻意攥得异常扎实，如冰坨般的雪球就朝他的头顶袭来。他没有准备，错开了闪躲的时机，雪球瞬间在他的头顶炸开，让他一阵恍惚，接着便是熟悉的哄笑，以及避不开的轮番攻击。

“哈哈哈！”

“菜啊！云小少爷，怎么不躲了？”

“来啊来啊！打雪仗，你说你一天天的自己形单影只，也不融入集体！搞得我们（5）班出了名的不团结，今天就给他们看看我们（5）班有多团结！”

陈兵这话说得咬牙切齿。他其实跟云乐没什么仇怨，可是看见这种弱小还打不服的人就想往死里揍，想看看云乐求饶时到底是什么样。

邹建估计跟陈兵的心理一样，任由陈兵等人往云乐身上不停地砸雪球。他这人就喜欢以多欺少，打得越狠他就越高兴，但雪球还是软，砸身上不疼不痒，怎么都不解气。他“屈尊降贵”地蹲下身，捡起一块埋在雪地里的石块。

云乐为了护住眼睛根本无法抬头，想走却被堵得严严实实，突然一股尖锐的刺痛夹杂彻骨的寒风撞上他的额头，比雪球更甚，疼得他一阵目眩，熟悉的潮湿感顺着脸颊滴到雪地上，晕出一片血迹。

“同学。”

邹建还嫌不够，又想蹲下身去捡石头，却感觉肩膀一沉，扭头看见了最近新转来的学生。邹建自然知道闻野，毕竟学校人多嘴杂，闻野转来的第一天就闹得沸沸扬扬，不过对方确实低调又没在自己眼前瞎晃，邹建也就忘了这么一号人。此时他眯起眼睛，狠狠地说：“少管闲事。”

闻野皱了皱眉，刚要开口，就见被众人围在中间的云乐抬起头。陈兵抓住机会，立刻将一记雪球砸在云乐的鼻梁上，哈哈大笑，却没想云乐不管不顾地直冲邹建跑去，猛地将他推了个踉跄。

邹建气急，刚要叫人将云乐按住，就见王校长背着手带着教导主任站在看台上巡查。他拳头握得“咯吱”响，迁怒闻野：“让你多管闲事，他这种人不会领情！”

闻野看着云乐走远的背影，并没搭理邹建，跟了上去。教学楼内没什么人，高三的学长都在苦读，高一、高二的学生都在劳动，云乐顺着走廊往班上走，却被迎面而来的一道身影挡住了去路，光看那双鞋就知道是谁。他没有停下脚步，而是稍微躲开一些，与那道身影擦肩而过。

放学时，云乐依旧顺着早上来的路回到闻野的公寓。

地面的积雪已经清理干净，有些商家童心未泯，在店门口堆了雪人。还有半个月就是圣诞节，雪人戴着红帽子，抢先预热了节日气氛。

云乐路过一家小杂货店，店里除了烟酒零食，还有简单的瓜果蔬菜。云乐拿起一棵白菜称了称，付了二块五毛钱。要走时，他犹豫了一会儿，又转头去货架上拿了一样东西。

闻野到家时，云乐的鞋子放在门口，对方显然比他早到一些。厨房传来“哗啦啦”的水声，还有娴熟的切菜声。闻野手上提着一个纸袋，换好鞋，又回到卧室换了衣服，再出来时发现“围巾”的食盆里已经放好了猫粮。

厨房飘来淡淡的米香，这点体验倒是有些新奇。闻野的母亲不会做饭，父亲应酬很多，虽然一家人非常幸福却聚少离多，好不容易凑到一起也是出去吃饭。上到高级餐厅，下到街边菜馆，闻野吃过许许多多的美味，却第一次有这样的感受。他挑了挑眉，直接走进餐厅，坐到了餐桌前。

云乐把炒好的素白菜盛出来，放在闻野面前，又帮他端了一小碗米饭，做完这一切，站在他面前看着。

闻野眨了眨眼，跟他对视几秒，发现他的额头已经简单地处理过，问道：“你的呢？”

云乐说：“我不能跟你一起吃饭。”

闻野：“为什么？”

“你是老板，我是打工的。”

闻野看他态度坚决，放下碗筷：“没那么多讲究，你坐吧，可以一起吃。”

云乐依旧没有主动坐下，闻野说：“你又要无视我？”

云乐藏在刘海下的睫毛突然颤动两下，闻野皱了皱眉，竟然有些委屈地说：“你在学校就无视我。”

云乐问：“你生气了？”

闻野说：“当然，任谁被无视都会不开心，况且我不是你的老板吗？我让你坐下吃饭，你应该听话吧？”

云乐没有继续坚持，又拿了一副碗筷，坐在闻野对面安静地吃饭。

冰箱里面有很多食材，都是闵川帮忙准备的，他是闻野的父亲的特助，事事周到。云乐早上打开看了看，没有一样是他能做的，他只会简单的家常菜，冬天最便宜的就是白菜，可是闻野家附近的物价很贵，陈巧玉家才卖几毛钱。

闻野觉得味道不错，也没嫌弃这位新来的家政只放了盐，口味单一。云乐自坐下以后，明目张胆地看着他，似乎有话要说。

闻野在心里猜了一圈，埋头吃饭，就是不开口跟他搭话。

云乐垂了垂眼，拨了口饭放进嘴里。

闻野很快吃完，走出餐厅，云乐望着他的背影欲言又止，最终站起来转过身，默默刷碗。两个人的餐具收拾起来很简单，刀具、砧板都放回原位，云乐刚准备回到房间，就见闻野提着纸袋走了过来，云乐的目光再次落在他身上，嘴角动了动。

闻野走到他跟前，从纸袋里面拿出一管没有名字的药膏，又拿出一包杀菌纸巾以及一盒棉签。

他就像对待树林里的小野猫，不说话，却轻柔地撩开云乐额头靠上的头发，用纸巾帮云乐清理干掉的碘酒痕迹。云乐没有躲避，而是继续盯着闻野的眼睛，握着拳。

闻野时不时瞥他一眼，又故意错开目光，就是不让他张嘴。

云乐抓不住机会，犹豫半晌，终于说："闻……"

闻野立即说话，问道："邹建总是这样欺负你吗？"

云乐要说的话，瞬间就被堵了回去，他只能应一声，作为回应。

闻野清理好伤口，又拿起药膏问："从什么时候开始的？"

云乐说："高一。"

"哦？"闻野说，"那有一年了，为什么还在被他欺负？"

"邹建有钱，认识校长。"

"啊，那也算有钱有势了，确实有点难办。"闻野说，"他不好对付，那你呢？要一直这样忍受着吗？"

云乐说："我没有忍受，会还手。"

闻野轻轻地在他彻底暴露出来的红肉上吹了吹，说："还手有用？"

云乐松开拳头，缓缓挪到校服的兜口处，说："没用，但也不会被打死。"

"所以你还是在忍受。"闻野用棉签蘸了些药膏，涂在他的额头上，说，“无谓的反抗和忍受，对你没有任何好处，反而让他觉得欺负起来更加顺手，你说呢？”

云乐听着闻野低柔的声音，不禁顺着他的思路问道：“那我该怎么办？”

从来没有人教过他怎么办，也没有人为他解答。

闻野笑了笑，很满意云乐主动发问，说道：“人活在这个世界上，很多时候不能一味依靠倔强，既然无法改变别人，你又没有足够的能力坚持自己，可以适当服软换取自己的平安，这不是让你放弃尊严，而是让你如何生存下去。”

云乐抿了抿嘴：“我不想对邹建服软，他如果想打就打，反正老师也不会让他打死我。”

闻野说：“你这么肯定？我今天看他的戾气可是很重，况且并不是他不想你死就不会被打死，人的生命可是非常脆弱的，有可能他一个失手呢？”说着在他的伤口上面轻轻按了按棉签，让他感受疼痛。

“今天是不是很傻？用脑袋去接石头，你练了铁头功？”

云乐咬了咬下唇，说：“我不想对邹建服软。”

闻野扔掉手上的棉签，觉得云乐的表情实在倔强，无奈地抬起他的双手，把它们交叉在一起，帮云乐挡在脑袋上。

“我所说的服软不是让你对他摇尾乞怜，而是让你在挨打的时候护住自己的要害，不是傻站着，直到别人踹向你的膝盖，都不懂先跪下保护自己的双腿。”话已至此，闻野便不再多说，把药膏递给他，叮嘱了用量。

闻野准备回房时，被云乐从后面拽住了衣角。他回过头去，问道："怎么了？"

云乐从兜里拿出一个泡沫做成的圣诞雪人，六七厘米大小，非常便宜，便宜到老板都不想卖给他。他递给闻野，等着闻野接过去问："这是什么？"

云乐准备了许久，对他说："对不起，我在学校不是故意无视你。你不要生气，也不要开除我。"

闻野拿着那个廉价的雪人"扑哧"一声笑出来，忍不住戳了戳他的额头，说："你不是不会服软吗？怎么对我这么直白？"

云乐稍稍躲开，说："你很好，我知道，你今天想要帮我。"

"那以后呢？再遇到这种情况怎么办？还要躲着我，无视我？"闻野端详着手里的雪人问道。

闻野第一次收到这样的礼物，饶有兴趣地研究做工，竟还真的是泡沫做成的，很轻。

云乐见他不嫌弃，反而很感兴趣，"嗯"了一声。

"嗯？！"闻野没想到云乐可以回答得这样干脆利落，那刚刚道歉又是为什么？

云乐一副"我知道我做得不对，但是我必须这么做"的表情，让闻野哭笑不得，想了想说："你跟我来。"说完，他就带着云乐走进自己的卧室。

闻野的卧室十分整洁，浅色的地板，灰色的床单，衣帽间镶进墙壁里，节约了很多空间。置物架、CD 架更是精简，由一块块格子箱组成，里面分门别类地放着各种模型，让宽敞的房间不显空旷也不觉杂乱。卧室里没有特意划出阳台，但房间尽头有一面通透敞亮的落地窗，可以看到星星点点的夜空挂着一轮弯弯的月亮，月光又透过窗户照在附近的杏色地毯上。地毯上摆着一把沙发椅，椅子角下放着几本书，种类繁多，涉及各个领域，还有一本没有看完的汽车杂志，摊在一旁，等待翻阅。

“你先等一下。”闻野把雪人放在床边的柜子上，小雪人做工粗糙站不住，闻野便把它靠在台灯的底座上，见它没有滑倒，才走到置物架前拿来几本东西，看起来像是证书，红的绿的厚厚一沓。

他让云乐伸出手，拿了一本递给云乐，说：“这个，跆拳道，黑带，六段。

“这个，散打，中段，六级。

“这个，自由搏击，曾经的学校举办比赛，第一名。”

闻野又将剩下的几本一一交代清楚，抬手和云乐比了比身高，问道：“你有一米七五？”

云乐点头。

“也不算矮啊，就是太瘦了。”闻野笑着说，“我比你高了十二厘米，腿长，跑得很快，会打篮球，小前锋。”

他捏着下巴想了想，突然有些调皮地戳了戳腹部，说：“经常健身，有六块腹肌。”

云乐拿着一本本证书，没什么表情。很奇怪，他完全不觉得闻野是在向自己炫耀，也没有在对方的脸上看出一丝一毫骄傲。

“你觉得，我和邹建相比，会输给他吗？”

云乐微微摇头，说：“不会。”

“那你觉得，就算他们人多，我如果出手帮你，能不能带着你全身而退？就算他们以多欺少，我能不能拽着你，把你从人群中拉走？”

云乐的手指不禁动了动，面上依旧冷淡，目光却有了淡淡的转变，像是想到了那个场景，带着一丝从未有过的光芒。

他猜，闻野可以。

闻野说：“我把这些拿给你看，是想告诉你，我如果没有足够的能力，不会上前一步，我也有很多种别的方式救你，可以告诉老师，也可以请来校长。”

他无奈地说：“但是你也太傻了，就那么又傻又倔地站着挨打？你是不是故意吸引我过去的？”

云乐怔了怔，认真为自己澄清：“不是。”

“哈哈，我知道。”闻野没再逗他，说道，“你是怕我受到牵连，对不对？”

云乐盯着他含着笑意的眼睛，无法移开。

闻野说：“其实，我希望你可以自己跑开，如果真的跑不开，可以试着把手交给我吗？我有足够的能力保护自己不会受伤，也有足够的能力帮助你逃离困境。”

试图帮助云乐的人不少，可云乐能接受的不多。以前他住在家里，会牵连陈巧玉挨打，王松上了年纪，就算可以跟云锦鹏动手，也会有些剐蹭，他们两个人五十几岁每日操劳，和云乐非亲非故，做到这个份上已经足够了。云乐没办法回报，也不知道如何回报，只能躲在暗处帮王松的三轮车上个油，修个闸。

还有他的班主任钟老师，大学毕业不久，为了他的情况特意家访，却被云锦鹏恐吓。一个刚刚进入社会工作的善良姑娘，为什么要受到这样的惊吓？可即便如此，她也没放弃他，还帮他找了打工的地方，让他安心上学。他一直记得钟老师的话，无论如何成绩都没有掉下来，但他到底要怎么帮老师抹去阴影，再去回报她？

云乐并不是没有尝试过接受别人的善意，可是这些善良的人连保护自己的能力都没有，又凭什么去保护他？

云乐苦恼，什么莫欺少年穷，什么等多少年以后赚了钱，有了工作，再去回报这些恩情。他真的有以后吗？他明明什么也没有，每天活在黑暗之中，连眼前的路都看不清楚，又怎么去期待未来？

云乐从来不抱怨为什么自己过得这样悲惨。他心里等着段菲，是自己选择留下，对待那些想要帮助他的人，唯一的保护就是疏离冷漠。但是这样不仅隔离了别人，还隔离了自己，让他除了抵抗云锦鹏，对外界一无所知。

其实相比云锦鹏，邹建又算得了什么？云乐从来没有把邹建的欺负当回事。

可此时，闻野对他笑着，笑得极为耀眼，笑着对他说“我能帮你，我不会受伤”，仿佛他是一只独自生活了多年的小兽，离开了黑暗的巢穴，本以为生活不会有任何变化，却突然看到了一缕最灿烂的光。

那缕光，温柔地洒在他被阴影笼罩的身体上，大大咧咧地照进了他的心里面。

周五一大早，云乐煮好了粥准备出门，换鞋的时候，看了一眼鞋柜上多出来的零钱盒，没停留，走出门去。那个零钱盒子是周二早上出现的，里面放着十块、五块的零钱，每天都会增加一些，偶尔还会放些硬币。他知道那是闻野准备的，如果没猜错，闻野是希望他可以拿着这些零钱买菜。

闻野没有明说，等着云乐自己决定，就是希望他能改变一些错误，也希望他有自己的坚持。闻野没有问过云乐为什么不用冰箱里的食材，嘴上说不挑剔，就真的云乐做什么他吃什么，从未挑剔。

这几天天气回暖，路边的积雪渐渐化掉。云乐没有拿过日渐增加的零钱。他留在这里，已经占了足够的便宜，虽然微薄，但还是固执地回报一些。

昨天闻野说这晚要和朋友见面，估计晚些回家，不用准备他的晚饭。云乐想着放学后可以去陈巧玉摆摊的菜市场买些品质相同，又价格低的蔬菜，顺便报个平安。他突然离开家里，陈巧玉会担心。

到了中午，云乐吃过饭从食堂出来，路过行政楼，一名身穿灰粉运动服，梳着整洁高马尾的老师叫住他。那名老师看起来极为利落，正做着原地扩胸高抬腿的伸展运动，很有活力。

云乐走过去，叫了一声："钟老师。"

钟老师名叫钟灵，和某一部大师作品里的女配角同名，人如其名甜美灵透。云乐最开始见她时，她喜欢穿漂亮裙子，人也温温柔柔，自从家访的事情发生之后，她就变了很多，虽然她依旧没有改变自己，依旧在夏天穿着漂亮的裙子，却经常在放学后，一个人绕着操场跑步锻炼，累得气喘吁吁。偶尔碰到云乐，她还会踢着腿说："等老师锻炼好了，再去家访，能把你爸打得满地找牙！"

过去了这么久，她依旧在锻炼身体，退去了柔柔弱弱的气质，又健康，又坚强。

“头发是不是太长了？”钟老师停下来，说，“虽然这样看起来比较酷，但是也请你遵守学校的纪律。还有，这次可别自己剪了，挺好看的一个孩子，愣是把自己给剪成个土豆成精。”

云乐抿着嘴没说话，跟她一起走进办公室。

这会儿办公室里没什么人，钟老师走到自己的位子上，喝了口糯糯的养生银耳羹，说：“还有半个月就元旦晚会了，我们班也准备了一个节目，我找了几个会乐器的同学合奏，排了一首歌，其实不缺人，但是老师就想要你也参加参加，不为难你，你站最后面一排露个脸就行。”

云乐说：“我不会乐器。”

钟老师说：“不会就学啊，谁天生就会？”说着她从抽屉里拿出一支竖笛以及一张简谱、一本教程对他说，“这个笛子很好学，几天的事情，回去自己研究研究，不懂就翻书，周一过来一起彩排试试。”

钟老师说一不二，没等云乐拒绝，就把他轰了出去。

云乐回到教室，把笛子放进书包，放学时去了陈巧玉的菜市场。

冬天白日短，六点半左右天已经漆黑。云乐坐公交车过去，快到菜市场的时候，很多人都已经收摊回家了，但他知道陈巧玉不会走这么早。他们最能吃苦，很认真地在赚钱。南边的菜市场是露天的，不如闻野家附近的干净卫生，却因为没有昂贵的摊位租金，菜卖得非常便宜，菜场的布局也简单，一块面积很大的空地，每家几平方米的小摊，摆着各类蔬菜，早上还新鲜的就贵点，到晚上蔫巴的就便宜点。

陈巧玉坐在马扎上，双手抱着暖水袋处理最后一点绿叶菜，见有人过来，立刻招呼，看清来人怔了怔，赶紧站起来，说："乐乐？"

云乐淡淡地叫了声："大姨。"

陈巧玉为他担心了好几天，这孩子一下子就消失了，她连着几天睡不好，生怕是出了什么事，此时见云乐自己过来，赶紧拉着他问："乐乐你去哪儿了啊？怎么都不回家啊？"她来回地看他，见没什么大碍，才放心地问，"快告诉大姨，你是去哪儿了？过得怎么样？"

云乐说："我以后不会回去了。"

陈巧玉说："那你去哪儿？你有地方住吗？"

云乐说："我找到了打工的地方，给别人做饭和收拾房间。"

"那……那是什么人啊？可靠吗？"

云乐说："是学校的同学。"

"还……还是学生啊？有钱人家的孩子吗？"云乐点头，陈巧玉又担心地问，"那他没有为难你吧？有钱人家的小孩，好多都跋扈着呢，没受欺负吧？"

云乐说："没有，他很好。"

"那就好，那就好。"陈巧玉又叮嘱说，"那……那可得给人家好好干活啊，别偷懒。"

"嗯。"

她这人爱哭，说着说着又红了眼圈："挺好的，离开你那个爹挺好的，别回，以后都别回了。你也长大了，能自己过日子，我们乐乐成绩好，以后考上好大学，不给那个东西养老送终。你走后他也没回两趟家，我听说是又去赌了。你别嫌大姨心肠恶毒，我就想他有一天喝死在外面，我……我真是……”

她颤着声音道：“挺好的，别回去了……”

云乐不是个会说话的人，也没办法阻止她掉眼泪，只能从兜里掏出几块钱说：“我买菜。”

陈巧玉赶紧抹眼泪，说：“要……要什么？大姨给你装起来。”

云乐选了几样，陈巧玉称也没称直接递给他说不要钱，但他还是硬塞给她，然后离开菜场回到了闻野的公寓。

第四章

“云乐同学加油，不要紧张啊！”

八点左右闻野还没有回来，云乐把蔬菜放进冰箱，又把笛子拿出来放在客厅的桌上。想起钟老师说的话，他走进浴室洗头。

闻野这晚被韩宸哭天喊地地叫走，韩宸的咖啡厅经历了几天的改革之后，终于主动降了档次准备迎接普罗大众。韩宸定了新菜单，硬拽着闻野跟他一起试菜。一道道不走寻常路的黑暗料理吃得闻野头脑发晕，他竟然有点想念家里的素炒白菜。

闻野进门时，浴室的灯亮着。他没有第一时间回房换衣服，而是去厨房倒了杯水，倒在沙发上感受白开水的甘甜，清清苦涩的嗓子。

几何茶几上放着云乐的竖笛，闻野看了一眼全新的教材，又听着一时半刻不会停下来的水声，悄悄把笛子拿起来，摆弄一会儿又没事人一样放回去。此时云乐从浴室里走了出来，闻野也起身回房，瞥了他一眼后，猛地一怔，捂住胸口倒退几步，震惊地说："你干吗？！"

云乐顶着一脑袋湿漉漉的头发，眉目冷淡，手里举着一把厨用大剪刀，看起来十分阴森，说："闻野，你会剪头发吗？"

剪头发？

"会！"闻野想也没想，直接回答。

云乐把剪刀递给他，想了想说："可以……那可以请你帮我剪头发吗？"

闻野眨眨眼睛，看着云乐圆乎乎的脑袋，接过剪刀，郑重其事地说："可以。"

剪头发？这种体验也太新奇了吧？！

闻野说：“那你等等，我去搬一把椅子，我们就在客厅剪吧？”

闻野与往常没什么不同，转过身去餐厅时，却不自觉加快脚步，像小孩子发现新鲜玩具一样，急着体验一番。

云乐很听话。他试着提出找闻野帮忙，更不会要求太多，只希望头发短一点。家里没有剪发用的围裙，闻野就到厨房拿了做饭用的，兜在他的脖子上，随后拿着剪刀“咔嚓”两下，尽量平静下来，说：“准备好了吗？”

云乐点了点头。

闻野说：“那我开始了。”

闻野手起剪刀落，一排遮住眼睛的刘海就齐刷刷地落在地上。客厅没有镜子，云乐不知道闻野到底把自己的头发剪成什么模样，但闻野既然说会剪，就应该不会有什么问题，只是他不停地在云乐耳边说：“歪点头，啊，对，再歪点。

“啊，对不起，这里剪多了，我帮你补一补。

“哎呀，不好意思不好意思，这里剪少了，我再帮你补一补。”

二十分钟后，闻野终于停下了手里的动作，站在云乐跟前，双手放在膝盖上，俯身欣赏自己的杰作。云乐也静静地看他，发现他黑亮的眼睛里面藏着浓郁的笑意，嘴角也不停地抽动，想笑又尽量忍着。

闻野终于有些憋不住了，赶紧站起来说：“我去拿吹风机。”他说着肩膀一颤一颤地走了。

云乐不明所以，也不太关心。

吹风机接在墙角的插孔上，闻野把风力调到最低，一点一点地帮云乐吹着头发，修长的手指穿插游走在云乐的发间。云乐突然想起此时窝在沙发上瞪着眼睛看他们的“围巾”，那天帮“围巾”洗澡时，闻野也是这样温柔细致。

吹干头发以后，闻野再次对着他的脸端详半晌，竟然满意地点了点头，说：“去照照镜子？”

云乐说：“不用了，我把客厅收拾干净。”

闻野趁着云乐收拾的空当回房换了衣服，再次走出来时，云乐已经拿起自己的竖笛研究指法。他无论在哪里吹都会发出噪声，于是征求闻野的同意：“我可以回房间学这个吗？可能有点吵，不会太久。”

闻野坐在沙发上，“围巾”迈着毛茸茸的小腿扑倒在他怀里，腻味地“喵喵”叫唤。他抬手揉了揉它的脑袋，对云乐说：“你可以在客厅学。”

云乐见闻野不在意，就按着书上的内容，规规矩矩地坐直身体，拿着竖笛琢磨半晌，吹了一口。

没出声。

难道是气不够？他又按着书上写的，调整了坐姿和指法，又吹了一口。

依旧没出声。

如此几个来回，云乐白净的脸已经涨得通红，此时他顶着一颗刚出炉的新鲜西瓜头，乖巧得像个小学生，看向抱着“围巾”，眉眼带笑的闻野，疑惑地问：“你会吗？为什么不出声？”

“嗯？”闻野清清嗓子，走过来，假装研究几分钟，拧开笛子底部的出音孔，竟然从里面掏出一团小纸球，说，“被堵住了，估计是买来时没有发现。”

云乐不疑有他，接过笛子再次尝试了一遍，竟然真的发出了声音。他对闻野说了“谢谢”，接着翻开钟老师给的演奏谱。

六孔竖笛非常简单，只有几个音，钟老师一早就准备让他参加，选的曲子也异常简单，属于入门级别。

云乐稍微研究了一会儿，记住每个音符的指法位置，就没再发出噪声。他对闻野说：“我明天要去快餐店打工，下午五点左右回来准备晚饭，你如果有事出门，我做好帮你放起来保温，这样可以吗？”

闻野说：“可以，时间上你自己调整。”又想起没见云乐用过手机，他周到地说，“如果有什么事情耽搁了，也不用着急，我会自己解决，不会饿肚子。”

云乐说：“我知道。”他拿着竖笛站起来，刚要迈开腿，想了想，又说了句“晚安”才回房间睡觉。

第二天闻野照常拿着运动背包去网球场运动，原计划结束后去咖啡厅帮忙，吃早饭时却接到了韩宸的电话，说是这天临时有事，改日再约。他没问原因，吃完后把碗筷放进水槽清洗干净，换鞋出门。既然韩宸不在，那他运动过后可以回家打打游戏，也不觉得无聊。

网球场距离公寓不远，大冬天的人不多，场内除了陪打教练，零零星星只有四五个人，勉强凑个双打。闻野的队友是一位四十几岁的大叔，名叫卓文，身穿藏蓝色的Polo（文化）衫、亮黄色运动裤，下巴上一圈精心设计过的胡子，不显邋遢，还挺时尚。

闻野将球弹起，一记反手挥拍，定下最终比分，大获全胜。

十点左右，卓文拿着球拍走过来，爽朗笑道："可以啊，野哥不愧是我教出来的，有我反手王者的一点风范。"

闻野和他一同走到休息室换衣服，说："我还差得远，卓叔如果不搞创作，可是国家队的级别。"

卓文心情愉悦，拍着他的肩膀说："怎么样？回来还习惯吧？"

闻野笑说："习惯啊，其实也没什么太大的区别，都是一样上学吃饭。"

卓文咂嘴，套上羽绒服说："也是，你就是一个大龄留守儿童，这么多年要不是自己懂事，早长成叛逆少年了。"

闻野把球拍放进包里，说："我哪有这么可怜啊。"他又问，"卓叔，最近不忙吗？"

卓文说："还行，唱片业不景气也没什么忙的，我都打算收拾收拾投奔你爸，准备抱着他的大腿作威作福了。"

卓文算是业内著名的词曲制作人，跟闻野的爸妈很熟，从小就认识，趁着这天没事，出来锻炼锻炼身体，顺便跟老友的儿子叙叙旧。他自认还是十七八岁的小年轻，跟闻野没有代沟，胡乱称呼。

"你妈妈呢？我听小道消息说是准备息影了？"

"嗯。"闻野说，"她把手上的工作结束后就回来了。"

他神情复杂地道："说是，以后要相夫教子。"

"就她？四十好几的人了，还这么没有自觉？"卓文"啧啧"两声，心疼道，"要不，你给叔叔当儿子吧，你阿姨做饭好吃。"

"哈哈，最近请了人做饭，比我妈手艺强很多。"

两人有说有笑，一路走到不远处的露天停车场。停车场十分空旷，一排排低矮的景观树种在四周当作围栏，防止车辆越线。闻野发现左侧的景观树后面是一条公路，可以直通自己的公寓，准备将卓文送走后，骑着自行车来这边走近路。

“嘀嘀”几声从远处传来，卓文掏出车钥匙的手顿了顿，皱着眉说：“这谁吹的笛子？这么难听？”

他本来就是音乐大师，对待乐器十分敏感。闻野仔细分辨吹奏的内容，顺着声音找过去，心道：不会这巧吧？他不是去快餐店打工了？

闻野走到停车场尽头，站在及膝的景观树前，看到马路边上蹲着一个人，正拿着白色的竖笛磕磕巴巴地吹奏乐章。

闻野惊讶：“云乐？”

云乐听到声音抬头，眼中也闪过一丝惊讶，站了起来。

闻野道：“你怎么在这里？”

云乐说：“钟老师帮我请假，让我这周练习，不用去打工。”

闻野又道：“那你为什么不回家？”

虽然天气回暖，但是冬天的气温也低至一二摄氏度，云乐身上依旧是发传单那天穿的绒帽衫，根本不抗冻，他双手通红，僵硬地拿着笛子。

云乐说：“这里没人，回去练习会打扰你休息。”

闻野不赞同，看着他的手说：“那你学得怎么样？”

云乐诚实道：“手指僵了，堵不住孔，会漏气。”

“你还知道会漏气？”闻野哭笑不得。他挺喜欢云乐这一点，直白、诚实，心里怎么想，就会怎么说，没有任何弯弯绕绕，非常真实。

卓文也走了过来，问道："认识吗？"

闻野点头，突然想到什么，说："卓叔，你下午有空吗？"

"有空，怎么着？决定跟叔叔回家喝酒去了？"

闻野求饶说："饶了我吧，叔叔，我距离成年还好几个月，不要一直拉着未成年饮酒好不好？"

他笑着向卓文介绍道："他叫云乐，是我同校的同学，正在学竖笛，不知道卓叔能不能指点一下？"

"竖笛？那不是小学生的玩意吗？"说着，他示意两个孩子跟上，"都高中生了还学这个表演节目？"

卓文自己开的工作室，几百平方米，有练歌房、录音室，还有各种各样的乐器收藏。他这人出了名的有才华，算不上泰山北斗，也是首屈一指，但是艺术家都有点自己的坚持，不过，他的坚持与艺术无关。

到了工作室刚好中午十二点，卓文把两人带到自己的办公室，让加班的助理去食堂端来两份米饭，拿出自己的食盒，挨个摆出来对闻野说："好长时间没吃你阿姨做的饭了吧？学校的饭菜怎么样？"

闻野期待已久，说道："学校食堂还好，就是人很多，要一直排队。"

闻野对始终跟在他身边默默无话的云乐说："卓叔口味挑，吃不惯外面的饭菜，就算是出门应酬都带着顾姨做的爱心便当，带了好多年。"

云乐认真听着，点了点头。

饭桌上，闻野和卓文两人继续聊天，从娱乐趣闻到股市沉浮，再到社会人情科技发展，天南海北的，无论卓文转到什么话题上，闻野都能和他说上几句。

很多事情云乐听不懂，能听懂的也是一知半解。他开始只认为闻野是个有钱人家的转学生，这一刻却觉得，闻野又立体、又饱满。

“嗯？吃饱了？”闻野察觉到始终有一道目光看着他，转过头问坐在身边的云乐。

云乐点头，目光不躲不闪，似乎没有偷看被抓包的意识，或者他根本不认为自己正在偷看。

卓文也拿起纸巾擦了擦嘴，看向云乐：“那我带着这小西瓜皮去学学，好多年没教这么简单的东西了，我这儿还不一定有，先跟我去找找。”

闻野对坐着没动的云乐说：“去吧，卓叔很厉害。”

云乐有些迟疑，但还是起身，跟着第一次见面的陌生人出门，走到门口时脚步又顿了顿，回头看了一眼还在吃饭的闻野，像是怕他走了。

幸好卓文的乐器室储备繁多，还真被他翻出一支笛子，他带着云乐去练歌房。练歌房中间摆着一架钢琴，钢琴脚下靠着一把吉他，地上放着两支话筒，还有两把椅子并排摆在门口，除此什么都没有。

云乐不知道是谁在教他吹奏竖笛，只知道同样款式的笛子，到了卓文嘴里，竟然像被施了魔法一样。

曲子不长，只有两分钟，卓文吹奏完，开始像模像样地教云乐技巧。云乐听得认真，可不知道为什么，总觉得一颗心提了起来。卓文很细心，并没有因为他是高中生，学的乐器简单就敷衍了事。可云乐对待初次见面的人依旧有些防备，看了看门口，也不知道自己在等着什么。

“你的指法没有问题，自学得不错，刚刚跟你说了，重点是用气，气息调整好，即便是质量一般的笛子，也可以吹出圆润的声音，自己练一练，有不懂的再找我。”卓文说完，走了出去。

云乐看着他离去的背影，本以为那种奇怪的感觉会随之消失，可几分钟过去，依旧没有任何变化。他不明所以，拿起笛子练习起来。

“怎么样，卓叔？”闻野站在练歌房不远处，看到卓文出来问道。

卓文说：“还可以，挺聪明的孩子，多练练就行。”

闻野笑道：“多谢卓叔。”

卓文说：“谢什么？走，你没什么事来录音棚，我前几天刚写了一首，唱给你听听。”

练歌房隔音效果非常好，闻野听不到声音，不过刚刚卓文教学时他过去瞄了一眼，见云乐学得认真就没去打扰。

“也快十八岁了，以后规划得怎样？是接你爸的事业啊，还是继你妈妈的人脉，闯荡闯荡？”

闻野说：“还没想好，不过我应该会自己做些事情，他们两个的事业我都不是很感兴趣啊。”

卓文说：“要不跟着叔叔混吧？”

“哈哈，您只要不嫌弃我半吊子的水平。”

闻野是卓文的半个学生，跟他学过一些乐器，整个下午卓文都拉着闻野给自己伴奏、改曲子，任时间匆匆溜走，也没打出什么水花。

几个小以后，闻野回到练歌房敲了敲门，问云乐：“学得怎么样？”

云乐的表情带着明显的疑惑。他抬手摸了摸自己的胸口，又放下来，对闻野说：“还好。”

练歌房的空调让云乐的手指早已经不再僵硬，间隙让助理送来放在椅子上的水也都被喝得干净。

闻野靠在门口歪头笑道：“那现在回去？”

“嗯。”

已经六点了，晚饭还没做，两人告别准时准点回家吃饭的卓文，沿着工作室外寂静的小路往前走。

“这里不好打车，还要再走一百米。”

云乐跟在他身后，听着自己落回原位且平稳的心跳声，踩在他的影子上。

突然，闻野弯下腰，捡起一枝干枯的树杈回过头，云乐也跟着停下脚步，听他假意严肃地说：“接下来，闻老师要检查作业，验收一下云乐同学的学习成果，准备好了吗？”

云乐应了一声，不知不觉就把竖笛拿起来放在嘴边。

“好，那我来给你起个头，喀喀！

“黑黑的天空低垂，亮亮的繁星相随，虫儿飞，虫儿飞，你在思念谁。”

随着枯树枝在夜空中挥起，像是开启了盛大又精彩的演出，闻野站在一排排昏黄的路灯之间，像一位优雅的指挥家。他唱歌的声音不如说话时低沉，多了些清亮的色彩，那首歌一字一句地跳入云乐的耳朵里，留下一串串有质感的颗粒，久久不退。

云乐站在灯光下，看着为了自己专注指挥的闻野，愣怔半晌，青涩地吹奏起还未完全背熟的音符。

元旦晚会定在十二月的二十八号，等结束之后再连着周末一起放个小长假，学生就要准备期末复习了。

周日云乐留在家里练习，原本怕吵到闻野，却没想到闻野根本没做自己的事情，而是找出一把小吉他，坐在沙发上抱着猫盘着腿，跟他一起练习。他是后来才知道那把四根弦的小小吉他叫作尤克里里，“咚咚”几声，就可以弹奏出美妙的曲子。

闻野带着笑，像是炙热的太阳，又像温和的月光，爱玩爱闹，懂的东西很多，弹着弹着就跟云乐合奏起来，还教了他很多乐理知识。他虽然不懂，但光是听着低低柔柔的声音在耳边说话，就觉得那颗到处防范的心平静安稳。云乐从没有过这样的感觉，七岁以后，他虽然学会了坚强冷漠，却也提心吊胆。

周末的时间总是一闪而过，云乐看了看时间，放下手中的笛子，说：“我去做饭，你有什么想吃的吗？”

闻野思考了一会儿，说：“牛排。”

云乐说：“我没有做过，可能做不好。”

闻野把趴在身上疯狂踩奶的“围巾”抱起来，说：“我会，我可以教你。”

冰箱里储备的食材终于有了用武之地，彩椒、西蓝花、口蘑，以及两包密封好的上等牛排肉，闻野又拿出一些红萝卜、洋葱，以及两个番茄，准备做道罗宋汤。

“罗宋汤是什么？”云乐站在闻野身边，看着闻野把配菜一样一样洗干净。

“嗯……”闻野解释道，“是一种混合菜汤，味道偏甜，也可以根据自己的口味调整。”

闻野将洗菜的水流开太大，不小心溅到身上，对云乐说：“帮我拿一下围裙。”

云乐应了一声，把挂在一旁的灰条围裙拿过来。闻野转过身，双手沾水没找到毛巾，笑着弯了弯腰，云乐便走过去帮忙，将围裙挂在他的脖子上，又等他转身后，帮他系上。

闻野道了声谢，问：“你喜欢什么口味，甜的还是咸的？”

云乐说：“没有喜欢的。”他又问，“你会做饭，为什么还要请家政呢？”

闻野拿起白瓷刀，理直气壮地说：“因为我懒啊。”

这倒是无法反驳，云乐盯着闻野的双手，学着如何将配菜切好入锅，又捞出来摆盘。准备就绪，他拿出一柄煎锅，将放在一旁解冻的牛排下锅。

“你要几分熟？”

“嗯？”

闻野说：“牛排的成熟度，五分比较嫩，七分适中，十分全熟，你喜欢什么口感？”

云乐说：“我没吃过。”

闻野：“啊啊，那我来帮你决定？七分熟怎么样？”

云乐说：“嗯。”他好奇地问，“你好像什么都会？”

厨房里面是香煎牛排的“嗞嗞”声，闻野注意着火候说道：“因为我空闲的时间很多，我的父母虽然非常爱我，却经常不能回家，国外的朋友不少，可始终没有什么归属感。”他又装可怜道，“毕竟只有我一个黑头发、黄皮肤，还长得这么帅，很容易遭人嫉妒的。”

云乐“哦”了一声，显然把这句话当真了，毕竟闻野是真的很帅气。他拿起剩下的蔬菜清洗干净，方便闻野一会儿做汤。

闻野看他凡事都认真的模样，忍不住笑，又继续说：“所以为了充实自己，就学了很多感兴趣的东西，运动、做饭、乐器。”

“那些证书呢？”

闻野把七分熟的牛排装盘，说道：“那些学着学着，就自然而然地考出来了呀。”

云乐面无表情地夸奖：“你很厉害。”

闻野说了声：“谢谢。”

闻野拿过洗好的红萝卜切成滚刀，汤要慢一些，但七分熟的牛排已经出锅了。他找到一副刀叉，切下一小块，递给云乐，说：“尝尝味道？”

云乐没有多想，就着闻野手上的叉子低下头，将上面那块鲜嫩多汁、喷香扑鼻的牛肉吃到嘴里。等他站直身体细细品尝，闻野才笑着问：“味道怎么样？”

云乐点头，说了句：“好吃。”说完又觉得自己表达得过于平淡，他看着闻野的眼睛，补充道，“很好吃。”

两人吃过午饭，闻野拿出电脑帮云乐搜出罗宋汤的具体做法，又接到了韩宸的电话。韩小老板一阵哭天抹泪，说是昨天回了趟家，被他爸揪着领子臭骂一通，此时此刻极度需要爱的关怀。

闻野一边讲着电话，一边找出几本美食杂志，说：“行了，可千万别上吊，我现在过去。”

他挂断电话对云乐说：“这几本书上面也有一些料理的做法，如果笛子练得太辛苦，你可以稍微放松一下，冰箱的食材可以随意尝试，我知道你不会浪费。”

云乐接过杂志，问：“那你晚上会回来吃饭吗？”

闻野说：“晚饭不用管我，我应该回来得比较晚。”说完他换好衣服出门。

云乐没有继续练习笛子，而是翻开闻野给的美食杂志，那上面的许多菜肴云乐没见过，更没吃过，但是他的手脚不笨，跟着步骤也可以很快学会。他偶然翻到一页，看着上面的名字、步骤思索许久，想了想，同样走出门，来到学校附近的杂货店，买了一件东西。

周一早上，闻野准时起床，昨晚被韩宸拽着哭诉半宿，这天难得没什么精神，睡眼惺忪地去浴室洗漱，换了校服又照常去餐厅吃饭。

这些天闻野不吃早饭的习惯被云乐无声地扭转过来，餐桌上换了新花样，竟然是牛奶和三明治。闻野新奇地坐下，尝了尝味道，暗自打了个高分。这显然是云乐昨天新学的，这天特意做了出来，桌上还有一个绿色的塑料饭盒，上面印着卡通人物。

闻野把饭盒打开，里面装着两道青菜，还有几份温热的饭团，饭团分了三种颜色，小米、紫米、白米依次呈心形摊开，饭盒下面压着一张字条，写着：“谢谢你帮我找老师，陪我练习，这是爱心便当，饭盒不要扔掉，我会洗干净再用。”

爱心便当？闻野对着饭团哭笑不得。

学校的生活乏味又枯燥，除了上课就是考试，大半年赶不上一个让人雀跃欢呼的节日，导致一年一度的元旦联欢有不少人积极准备。

陈杨连续通宵了几天，黑着眼圈像只大熊猫，午饭和闻野及冯唐同桌，问道：“我们班准备了什么节目啊？”

冯唐看着他，陡然一笑，神秘兮兮地说：“天鹅湖。”

陈杨立刻精神抖擞：“档次这么高？这是要艳压全场吗？谁谁谁，我‘女神’要上吗？”

陈杨的“女神”坐在班级第一排，名叫乔霜，双眼皮、大马尾，身高一米七零，清清冷冷的冰山美人。

冯唐说：“当然不上，我的‘女神’怎么可能参加这种节目？！”

陈杨兴致缺缺：“那还有谁能上啊？除了我的‘女神’剩下的都是野鸭子跳水吧。”

冯唐说：“我得到了消息，听说有刘宇。”

刘宇，性别男，一米七五，二百多斤，一直励志推广肥胖美，开学第一天，上课玩手机，被当众批斗。

“廖杰。”

廖杰，性别同是男，一米八三，体重一百一十斤，瘦得像根竹竿，走路一晃一晃看似营养不良，人送外号“螳螂君”。两个月前，他上课玩手机，被当众批斗。

“王鹏。”

王鹏，性别还是男，一米六，体重九十斤，背影娇俏萝莉，扭头暴力金刚。半个月前，他上课玩手机，被当众批斗。

陈杨心中隐约浮现出不好的预感，怀有一丝希望问道：“还有谁？”

冯唐嘿嘿一笑，瞬间将他推向无底深渊：“你，一米七八，网瘾少年，一周前，上课玩手机，被当众批斗！”

陈杨瞬间如遭五雷轰顶，还没从巨变中反应过来，就看到闻野手中的饭盒，惊道：“爱心便当！”

闻野笑而不语。

“谁做的？女朋友？”

闻野拿起一颗饭团，没说话。

冯唐立刻道：“这么精致一定是女朋友啊！而且我们闻野哥哥有女朋友怎么了？大惊小怪！”

陈杨当场崩溃：“真是人比人气死人，我眼看就要身败名裂，竟然没有个女朋友！我不甘心！”

闻野尝了尝味道，又在心里打了个高分。他没过多解释，这种事情被误会，解释再多，也是无力的狡辩。

瑞海高中的晚会在礼堂举行，临近演出，不少班级放学后都会留下彩排。陈杨被迫套上芭蕾舞裙跟着另外三名同学一起上台，即便一动不动也惹得同学哄堂大笑。冯唐看热闹不嫌事大，和闻野站在门口围观。

闻野的突然出现让不少女生兴奋起来，还有人拿起手机偷偷拍照，发到小群里分享快乐。

这几天下来，云乐的笛子已经练得十分熟练。他看了眼站在门口的闻野，闻野也透过人群看到了他，无声地说了一句“加油”。

云乐原本无所谓好坏，此时却莫名地握紧笛子，隐隐觉得紧张。

钟灵这天换上了长靴冬裙，挺嫌弃云乐的新发型，但相比“土豆精”已经好了很多，就没再多说什么，只是问：“学得怎么样？”

云乐说：“可以完整地吹下来。”

钟老师满意：“我就知道你聪明，好了，去台上试试看。”

（5）班的节目共有十几个同学参加，云乐的任务不重，位置也不明显。

节目的重头戏是独唱和钢琴演奏，独唱的女生叫作图璃，名字好听，长得过分成熟。她特意把头发放下来，脱掉校服外套。她唱歌前站在台下打了个电话娇滴滴地说：“哥哥，我一会儿就排练完了，你来接我吗？啊？讨厌！不要总是让人家等你嘛！”

演奏钢琴的女生嫌弃地瞥她一眼，几名好奇的姐妹早就闻到了不寻常的气息，聚到一起议论纷纷。

图璃挂断电话，台上的女生一哄而散，站在各自的位置上，假装调音。

“那个就是图璃，跟乔霜完全两种风格。”陈杨连衣服都没换，跑过来跟闻野两人一起围观，激昂道，“图璃要是红玫瑰，那乔霜就是我的白牡丹！”

冯唐说：“什么你的我的，说话注意点，乔‘女神’可是大家的！当然，图璃我也能接受。”

青春期的男同学大多有点想象力，无伤大雅，不会烦人，有幻想对象，只敢跟自己的哥们一起讨论。冯唐给闻野科普学校里两位风格迥异的美人，可闻野似乎并没有兴趣，而是盯着台上的某个角落，看得极为认真。

闻野确实没顾冯唐说些什么，自从（5）班上台以后，就发现云乐非常紧张，紧张到笛子拿反了都没发现，还傻乎乎地鼓足气跟着节奏“嘀嘀嘀”地吹。他像往常一样没有任何表情，不知道的人，还以为他无比淡定。

闻野的神情有些复杂，这只外表冷酷的小猫还真是又认真，又傻得可爱。他无奈地笑了笑，对正在滔滔不绝的冯唐说：“抱歉，我这边有点事情，先回家啦。”

直到门口的那道目光消失，云乐才发现笛子拿反了。太奇怪了，他并不是第一次被别人注视，按道理讲，无论是嘲笑还是讽刺都不应该对他造成任何影响，可是面对闻野真诚的鼓励，他就想努力表现好一些，也不知是为了班级的荣誉，还是为了那道始终落在他身上的温柔目光。

闻野放学回到家的时间比平时晚了半小时，虽然提前说了要彩排，云乐还是换了鞋就准备去厨房做饭，免得耽误闻野的晚餐。他刚走进客厅，便停下了脚步。

这天的客厅有些不一样，餐厅的椅子全部搬了出来，每把椅子上面都摆着人物模型，云乐不知道具体角色名称，但也认识擎天柱和大黄蜂。人物模型有几十款，一个个坐在椅子上、沙发上，正齐刷刷地歪着头看他。

闻野抱着“围巾”，和它们坐在一起，笑着说：“下面有请二年（5）班的云乐同学，为我们表演竖笛独奏，大家鼓掌！”说着他扶着“围巾”的小爪子像模像样地拍起来，又叮嘱道，“不过他是第一次登台，难免紧张，无论哪里出现错误，大家都一定要体谅他知道吗？”

“围巾”跟着“喵喵”叫了两声，像是高兴地回应闻野的话。它是一只小话痨，跟云乐的寡言十分互补。

云乐再次看向屋内的模型，似乎明白了闻野的意思，怔怔地问：“他们是……”

“啊。”闻野笑道，“他们都是我的朋友，被我邀请过来欣赏你的演出。”

随后他又从椅子旁边拿起一个简易的纸牌，上面用红色马克笔写着——

“云乐同学，加油，不要紧张啊！”

连续几天彩排之后，到了二十八号那天，晚会四点开始，六点结束，不至于太晚，对走读生相对安全。

这天闻野特意早起一些进厨房，云乐把做好的便当装进饭盒里。他会的花样不多，来来回回都是心形饭团，倒是蔬菜的味道越来越好，显然认真研究过。

“你起来了。”云乐转过身，看见了叼着牙刷的闻野。

“嗯。”闻野瞒嘴的牙膏沫子，含混不清地说，“先别走，一起吃早饭。”

云乐点头，给自己盛了碗粥，等着闻野换好衣服，坐在他对面，两人一边吃饭一边随意地聊天。

早上的时间不多，大多是闻野在说，说着圣诞那天被塞了一抽屉的礼物，又说礼物被冯唐、陈杨瓜分，试图带到夜市上摆摊售卖。

闻野没有刻意提到元旦晚会的事情，也没有絮絮叨叨地叮嘱云乐不要紧张，就好像一切如常，再自然不过。

下午四点左右，表演节目的同学都去了礼堂二楼由空教室组成的临时化妆间，（5）班独占了一间，没人和他们共用一室。虽然不能以偏概全，但是有邹建存在，正常的学生全部对（5）班避之不及。

图璃趴在走廊的栏杆上打电话，瞥了一眼下课过来的云乐，嚼着嘴里的口香糖说："哥哥，你可答应我咯，这次我要是做得好，你要带我出去玩。"

对面的人不知说了什么，惹得图璃咯咯一笑，她又从口袋里拿出另一部手机，摇摇晃晃地嗲声道："讨厌，我这么聪明怎么会出问题嘛。"

合奏表演其实没什么准备的，带好乐器就行，除了爱漂亮的女生需要化化妆，男生们校服整洁即可。

节目顺序由抽签决定，（5）班的靠前，开场半个小时后就轮到他们。

图璃把头发别在耳后，等了几分钟，推开化妆间的门，娇声道："云乐，钟老师找你，在礼堂后台。抱歉啊，刚刚忙着打电话忘了告诉你。"

云乐原本坐在角落里等着，听到声音拿着笛子站起来走了出去。图璃看着他的背影勾起嘴角笑了笑，又悄声地关上门。

瑞海高中不小，全校师生加起来将近五千人，后台熙熙攘攘，大多是学生会的干部，以及主动让出座位的老师。云乐找到了幕布左边观看节目的钟灵，问：“您找我？”

钟老师怔了怔：“没有啊，怎么了？”

云乐说：“图璃告诉我，您有事找我。”

“哦？”钟老师没往心里去，同学之间经常会有些恶作剧，更何况还是云乐，估计是有人故意整他，她看了眼时间说，“没事，你就在这里等着他们过来吧，紧张吗？”

云乐看着台下黑压压的人，心里奇怪。面对这种场合，他依旧不觉得紧张，但是那天彩排，他为什么会那么在意自己的表现？

云乐顺着班级指示牌找到了二年（1）班的位置，闻野果然坐在那里和冯唐一起哈哈大笑。舞台上是（1）班的节目，四个男孩滑稽又笨拙地跳着天鹅湖，云乐只看了两眼，又把目光挪到了闻野身上看得出神。

他笑起来可真好看。

“怎么还不来？”（1）班的表演结束后，钟老师看了眼时间皱皱眉，中间还有一首诗歌朗诵就该轮到（5）班了。她想给吴笛打个电话，翻遍全身，却发现手机没了，只好让云乐站在这里等着，自己去临时化妆间催场。

钟老师刚走，主持人学姐就急匆匆地跑到候场区，问道：“你是（5）班的云乐吗？”

云乐点头。

学姐问：“你们班的人呢？只有你自己吗？”

云乐说：“在教室化妆。”

学姐急得跺脚，刚想让云乐去帮忙催催，钟老师去而复还，面色焦急地对主持人说：“珍珍！赶紧赶紧，把我们班的节目往后推，不知道哪个人恶作剧把我们班要上台的学生都锁在教室里面了！还是防盗锁，得找安保才能打开，这一时半会儿出不来，快往后推推。”

学姐一听更急了：“不行啊，钟老师，（4）班和（6）班的两个节目都被推后了，（7）班杂技和（8）班魔术都还没准备好，根本没办法上台啊！”

钟老师惊道：“那怎么办？今天是怎么回事？要不然穿插个讲话？”

学姐急得要哭，说：“讲话都是安排好的，主任、校长都是掐着点来，您又不是不知道。”她看了一眼云乐，“这……要不就让他自己上吧，一个节目而已，您又不想着拿奖，救个急救个急！”

钟老师也没有想到更好的办法，问道：“自己上台行吗，云乐？”

云乐说：“可以。”

钟老师说：“太好了！就吹一首，吹完就下台，我们也不要名次，就给学姐争取个时间。”

学姐说：“别别别！五分钟，能在台上待五分钟吗？你吹两遍也行。”

云乐面上毫无波澜，说：“可以。”

学姐完全没想到云乐能答应。她对他有印象，还以为是个不好说话的人，激动得跺脚，忙说：“你这个是竖笛吧？那你准备好，我去报幕！”

钟老师又对云乐叮嘱了几句，便急匆匆地跑回去看开锁情况。

危机解除，主持人学姐再次挂上甜美的笑容，拿着话筒走到舞台中央：“下面有请，二年级（5）班的云乐同学，为大家表演，竖笛独奏！”

掌声还未响起，先迎来一片窃窃私语的讨论声。

“云乐？是我知道的那个云乐吗？”

“没有第二个云乐了吧？”

“他那么可怕，会表演节目？我不信。”

他们刚说完，就看到云乐拿着笛子走上台。

“妈呀，还真是他？他那是什么头发？哈哈哈。其实我一直觉得他好脏啊，经常血淋淋的，上次还被邹建倒了一头的鸡蛋汤，太恶心了。”

“是啊是啊，而且用的东西都很旧，你看他的校服，都掉色了。还有他那个书包洗得都发白了吧，上面还有补丁呢，扔大街上都不一定有人捡。”

台下一道道异样的眼光集中在云乐身上，议论声很小，但架不住人多，只字片语传到云乐的耳朵里，又句句分明。

“他那个爸太可怕了，我觉得他们班的钟老师也挺那个的，还管他呢？”

“就是，这事要是发生在我身上，我早就躲着了。心善也得有个程度吧，他根本就不领情，谁没事还倒贴？”

“不过他成绩挺好。”

“有什么了不起，不就期末考过两次全校第一吗？”

“啊？第三次还没考吧？”

闻野坐在议论声中，皱了皱眉。闻野不知道合奏曲为什么会变成云乐一个人的独奏，只知道这些天相处下来，云乐并非别人口中的样子。云乐很积极，也很认真，会说谢谢，也知道回报。

虽然衣服不多，但是会把每一件都洗得干干净净，就算不善言辞，也没有任何弯弯绕绕，单纯直白。

“吁——”台上的笛声刚刚响起，不知谁起头唱衰，喊道：“下来吧！吹儿歌就别给（5）班丢人了！”

“竖笛不是小学生的玩意嘛！哈哈哈！下台下台，（5）班也太丢人了吧？！”

一句一句，没人阻拦，就算有些同学觉得不满，也被更大的声音压制下去，五千人的晚会现场像是被张牙舞爪的恶意笼罩，愈演愈烈。

云乐本以为自己可以承受，却忽略了自己并非铜墙铁壁，面对成百上千人的讥讽嘲笑，还是会觉得恐惧，想要逃离。

他想求助，懂事以来第一次想要寻求帮助……

“闻野，你去哪儿？”

笛声越来越弱，台下此起彼伏的嘲笑讽刺声仿佛要掀翻楼顶。突然，一道清晰的歌声在人群中响起，简简单单的几句歌词，就让乱哄哄的现场渐渐安静下来。

“黑黑的天空低垂，亮亮的繁星相随，虫儿飞，虫儿飞，你在思念谁？”

云乐怔怔地放下笛子，看到梯形的台阶上面站着一个人，那人正向自己一路走来，挥动着手指，唱着歌，像是拥有强大的魔法一样，将所有的恶意一扫而空。他眨眨眼，走到舞台上面，背对观众，向云乐伸出了一只手，笑着说：“这次，可以把手交给我吗？”

云乐目光狼狈地点头，立刻抓住他，叫了声：“闻野。”

舞台的角落摆着一架钢琴，是给需要的班级准备的，闻野拉着云乐坐在钢琴椅上，没有对台下说任何一句话，也没有介绍自己。

云乐目不转睛地看着闻野，像是一只受了惊吓的小野猫，闻野拍了拍他冰凉僵硬的手，问道："怎么了？"

云乐抿着嘴角微微颤动，对他说："我……有点害怕。"

闻野被他的诚实逗得笑起来，问道："只是有点害怕？"

云乐："嗯。"

闻野道："那你也太厉害了吧？如果是我一个人站在台上，可能会吓得哭出来，乐乐可真坚强，不仅没有掉眼泪，还只吹错了几个音。"

现场鸦雀无声，没人可以听到他们之间的对话。

云乐不安的内心渐渐地平息下来，他说道："不厉害，一共也没有几个音。"

"哈哈，你还知道啊？"闻野掀开钢琴盖子，抬手八段滑奏，惊艳全场。

他看起来十分不满，说："刚刚有人说你吹的是儿歌？"

云乐："嗯。"

"我不太高兴。"闻野扶起他的双手，放在琴键上，"既然如此，我们就表演一个有难度的节目怎么样？"

云乐说："我不会弹钢琴。"

闻野说："没关系，你只要按几个键就好。"

话音落下，华丽的音符便响彻礼堂，竖笛独奏转眼间变成了四手连弹，云乐不知道闻野弹奏的曲名，只知道那急速飞舞的手指在琴键上不停地跳跃，令人眩晕。

“喂喂，到你了，快按，快按！”

“嗯？”云乐还没有反应过来，左手就被闻野抓住。

闻野带着他滑过清脆琴键，发出一串美妙的滑音，调皮地眨了眨眼：“笨蛋，还是我扶着你吧，他们看不到。”

云乐呆愣着，刚刚平静下来的内心，又随着钢琴的声音，怦怦急跳。

瑞海高中校内 A 版首页有一个飘红帖，名为——我们家闻野哥哥到底弹了什么？！元旦晚会还没结束就异军突起，短短几分钟翻开了十多页，回帖量还在无限增加。

楼主叫“高一的小豆豆”。

高一的小豆豆：“有人在吗？有人在吗？闻野到底弹了什么？乐盲不懂！求求了！”

帖子刚发出去，二楼立即回复：“同求！虽然我感觉不太好听，但是好帅啊！闻野哥哥的侧脸，我觉得特别像一个明星！”

三楼说：“这个问题不是早就讨论过了吗？长得像兰舒啊！就是那个著名影星，著名大奖的影评人，拿遍全球影视金奖的兰舒老师！！”

四楼说：“回楼主，《唐璜的回忆》。”

五楼说：“真的像兰舒啊！那个眉眼我的天，你们记不记得兰舒老师反串过一部戏？那不就是我的闻野哥哥吗？！”

六楼说：“太厉害了吧，《唐璜的回忆》那是人弹的吗？能弹下来的都是虎口分瓣的神人！”

七楼说：“不是四手连弹吗？”

……

十一楼说：“七楼那位也是新来的转校生吗？你觉得云乐会弹钢琴？我估计他都没摸过！”

……

十九楼说：“闻野哥哥就是我的超级英雄！其实我忍很久了，五千多人！欺负一个瘦瘦小小的男同学？简直不要脸！云乐是怎么得罪他们了？！我要不是又屃又蠢又没有一技之长傍身，早上去了！”

……

五十楼说：“我觉得闻野弹奏得没有感情，就是单纯炫技，但是也很厉害，真的专业水平。”

……

一百一十楼说：“我为闻野哥哥落泪了，又帅气又善良又有能力！”

……

二百二十五楼说：“结束了，结束了啊！最后竟然还转成了《虫儿飞》！琴笛合奏！首尾呼应！”

第五章

"我要买一套游戏，可以加钱。"

晚会结束之后，终于迎来元旦假期，两人没有刻意去提那晚的事情，可云乐再次面对闻野，却有了微妙的变化。他还不懂，只觉得闻野在他身边，能让他安心。

陈杨期待已久的《末日游戏》昨天发售，放假前一天求着闻野跟他联机，闻野从网球场回来，换下衣服搭在椅子上，在房间的浴室里洗了澡，又去客厅逗着“围巾”，等陈杨的电话。

云乐没去快餐店打工。临近年底，老板让过几周晚上再过去帮忙。正好，他来闻野家这么久，虽然每天都在收拾，却没有完完整整地大扫除过。他一早起来，就拿着抹布扫把收拾起房间。

十点钟左右，陈杨终于打来电话急急忙忙地求带，闻野应了一声挂断，打开了连接到电视上的游戏界面，和陈杨组队成功。

云乐把厨房打扫干净，又提着一个小喷壶转移到阳台上给绿植浇水。这天阳光很好，金灿灿的，从窗外洒进来，照得人暖洋洋的。“围巾”赖在闻野腿边腻了一会儿，又注意到阳台上来回走动的云乐，趴在地上磨蹭指甲，蓄势待发，冲着云乐的脚踝猛扑了上去，啃咬他的拖鞋。他没被吓到，习以为常地拖着它走。

“对了，你明天有什么安排？”闻野操控着手柄问云乐。

云乐说：“没有，快考试了，要复习。”

闻野说：“这样啊？本来还想让你陪我出去一趟。”

“嗯。”云乐没有犹豫，转过身说，“可以。”

闻野笑道：“你不是要复习吗？其实也没什么大事，我自己去也可以。”

云乐摇头，面无表情地说：“复习没关系，你的事比较重要。”

闻野的手一顿，十字键上的大拇指用力过猛，在地图上拐了个弯，连带陈杨一起掉进地沟里。他很多时候会被云乐直白的话语惊到。

闻野猜，云乐凡事以他为首，是因为心存感激。他不阻止云乐对他的回报，这样可以让人安心，又不会在以后离开时抱有任何的亏欠感。

“你的房间我可以去打扫吗？”云乐问。

闻野说：“可以。”

游戏进行到途中，冯唐也加入进来。

闻野一马当先带着两人闯过三张高难度地图，陈杨忙着截图发在三个人刚刚建立起来的交流群里说：“就这战绩我能吹一年不带停歇，以后谁敢说我菜，我直接把这几张图甩他脸上，让他感受一下职业选手的犀利操作！”

冯唐跟在后面拆台：“确实能感受一下什么叫职业菜鸟，嘿，快躲开，别挡我的视角！”

闻野看着两人斗嘴笑个不停，又听见打扫完卧室的云乐叫了他一声，站在门口问：“可以帮你把衣服洗干净吗？我看椅子上放了几件。”

闻野没多想，歪着头说：“可以。”说完觉得有些事情没交代，可一时之间又想不起来。

此时游戏界面紧张激烈，三人闯进丧尸巢穴，刚准备将变异的丧尸一锅端起时，闻野猛地停下了手中的操作，怔在原地。

陈杨仗着有强大的保护伞横冲直撞，却突然发现闻野的角色一动不动，当即被丧尸啃了一口，在屏幕上呼救：“野哥！闻野哥哥！Help（求助）！Help——Help——Help——Help！急救包！

哥！醒醒！ Help！”

冯唐也发现不对，立刻挡在闻野身边，无脑地往他身上砸大药，陈杨骂道：“你傻啊！没看我哥挂机了吗？你救我啊！”

冯唐不管，一边往闻野身上砸药一边“咔嚓咔嚓”地截图，发进交流群里，不忘解说：“野哥，这是我的全部家当，就算你挂机，我也绝对不会让你挂掉，我愿意为你付出我的全部、我的所有，以及我的生命！以后我们毕业了，擦鞋的活，记得给我留着！”

闻野顾不上一连串的消息声和陈杨将要喷出屏幕的“Help”，他的大脑空白了几秒，扔掉手柄站起来直奔浴室，由于过分着急脚下打滑，险些四肢着地。

希望云乐还没有帮他洗衣服，千万千万不要洗！

闻野来不及站稳，趔趄前行，猛一把推开虚掩的浴室门喊道：“云乐！等等！”

云乐刚刚把其他衣服放到洗衣机里，此时正站在洗手台前，双手拉着一条内裤歪头研究，听到声音看过去，问道：“怎么了？”

闻野盯着云乐手上的东西，张了张嘴，觉得呼吸有点困难。

云乐和他对视半晌，说：“这个我不能洗吗？”

闻野耳根通红，说：“我……我自己洗。”

“哦。”云乐点了点头，把手上的内裤还给闻野，又发现他涨红着脸，想了想，认真地安慰道，“我们还是男孩子，可以穿卡通内裤。”

他不说还好，此时一语道破，闻野的头顶险些冒烟。他手里拿着自己的内裤，打算神不知鬼不觉地溜回卧室洗干净再偷偷挂起来，就听云乐再次安慰：“海绵宝宝很可爱，你不要害羞。”

次日，云乐做好午餐，等着闻野一起开饭。昨天的事情云乐没有放在心上，更不懂为何越安慰，闻野的脸色越红。

五分钟后，闻野来到餐厅，还是有一丝尴尬。他偷瞄了好几眼默默吃饭的云乐，才放下心来。虽然知道云乐不会笑话自己，可身为高中男生，穿卡通内裤的事情被抓包，确实有些不好意思。归根结底还是因为他妈妈热衷为他购买各种衣服，每次都是一大包，其中有不少小学生风格，就好像他长得再高，在妈妈心里都是小孩子。

闻野挑挑拣拣，最后能穿的只有内裤一种，毕竟内裤这种东西没人看得见，但是……世上真的没有不透风的墙，就连穿在最里面的内裤也不行！

说到衣服，前些日子天冷，闻野想过送给云乐几件衣服御寒，云乐穿得十分单薄，手上还长了冻疮。可闻野的衣服价格贵，在瑞海高中那样的环境下，穿在云乐身上，不但不能帮他，估计还会为他招来不必要的麻烦和非议，如果单独送他，他应该不会接受。

盘子里的煎蛋早就没了，闻野依旧拿着叉子戳着空盘，想得出神。

云乐放下碗筷，发觉闻野心事重重，难道还在为内裤的事情害羞？

云乐想了想，站起来说：“你可以来我的房间吗？”

“啊？”闻野点了点头，跟在他身后。

云乐的房间空旷干净，因为行李不多，看起来也没有居住的痕迹，他的衣服放在行李袋里，大多是随洗随换。他打开行李袋，把最上面叠放整齐的衣服拿出两件，又翻出一件四四方方的……白色……内裤？

闻野站在一旁，惊得眼皮跳起，刚要开口阻止，云乐却没给他说话的机会，抖开手上的棉布料，一本正经地道：“这是黑猫警长。”

他又拿出一条抖开：“这是小猪佩奇。”再次拿出一条抖开，“这是舒克贝塔。”

“好，好了，好了。”闻野急忙制止，防止云乐把所有的内裤都介绍一遍，又哭笑不得地说，“不要随便把内裤拿出来给别人展示啊！”

云乐看着闻野的眼睛说：“你不一样。”

具体哪里不一样，云乐也说不清楚，只是不想让闻野因为这种事情不开心，又说：“我也穿卡通内裤，真的不会丢人。”

闻野明白云乐的意思，看他努力开导自己的模样笑道：“我没有把卡通内裤放在心上，是在想别的事情。好了，快收拾起来，跟我出门，我要去买点东西。”

云乐再次看到闻野的笑脸，点了点头，又把衣服一件件叠好，跟着他下楼。

瑞崎路新开了一家图书馆，设计前卫，书类齐全。一楼出售音像、游戏、周边，二楼挑高几十米，以流动的曲线为阶梯，一层一层的分类图书，艺术感十足。

闻野主要过来购买一套限量的游戏光碟，和云乐赶到时，图书馆门口的游戏摊位前已经排出四五米。

“幸好是冷门游戏，不然会更加火爆，估计要半夜十二点过来排队。”闻野看了眼时间对云乐说，“大概要二十分钟，之后我们去书店逛逛，这里的书类很全，顺便看看有没有你需要的。”

云乐应了一声，站在闻野旁边等着队伍慢慢缩短。

还有几个人时，闻野的手机响起来，他一看来电，是韩宸韩小老板，几天不见韩老板的声音越发萎靡，电话里嚷嚷着累，显然是要大肆吐槽一番。闻野把手机拿开一些，抽出钱包给云乐几张现金，对他说：“你在这里排队帮我买一套，我待会儿回来找你。”

“嗯。”云乐点头，看着他走到街边一处安静的角落，笑着说话。

闻野真的很爱笑，不虚伪，也不过分热忱，就像对待生活充满期待喜爱，每一件小事都值得他探索追求，值得他开怀一笑。此时日光正好，斑驳交错的树影洒在他身上，就连周围的空气都受到他的感染，充满暖意，微风吹起的枯黄落叶，也仿佛变得色彩斑斓。

那一瞬间，云乐仿佛感受不到冬天的寒凉，像是迎来了充满惊喜的夏天，炙热、开朗。

“啊？真的没有了？早知道我就一直站在这里不去书店了！”一个男生大吼。

又一人跟着问：“不会吧，老板？你确定一套都没有吗？我们是小厂游戏啊！为什么会卖完？！这不科学！”

云乐听到队前乱哄哄的声音，转头看过去。

前面四五个人围在摊位前鬼哭狼嚎，店主小哥套着宣传横幅，赔笑解释道：“刚刚有人一下子买走了二十套。”

“不是说每人限购一套吗？那个人是倒卖吧？！”

就算是倒卖，小哥也没办法：“可是他拿了二十个人的身份证，我……我也不能拒绝啊。”

“怎么这样啊？！到底是谁这么缺德？”

小哥也觉得这种风气不好，指着不远处手提着二十套游戏扔进车里的人，说：“就是他。”

云乐听明白意思，来不及多想，看了一眼车牌号就攥着闻野给他的钱，跑到路边拦下一辆车，让司机先生追了上去。

司机先生估计刚看过赛车电影，听见“跟车”两个字眼前一亮，一脚油门下去差点闯了红绿灯。大叔技术可靠，几个急速转弯，竟然超车无数追上高架桥，又一路风驰电掣地前往西城。大叔全程高度紧张，连话都没有。

一个小时后，大叔踩下刹车，摸了一把油光锃亮的光头，牛气冲天地说：“到了。”

云乐说了声“谢谢”，付钱下车，来不及问清自己身在何处，冲着方才那人跑过去。

那人也刚刚打开车门，还没把游戏拿出来，就见一名穿着蓝色帽衫的男孩子气喘吁吁地跑过来，面无表情地递给他一把钱，说：“我要买一套游戏，可以加钱。”

那人二十八九岁，穿着灰色的超轻羽绒服，戴着厚底眼镜，像个大龄宅男。他显然不愿现在出手，越是冷门的限量游戏越难搞，几年后势必价值翻倍，并非游戏体验多好，都是为了情怀收藏。他不理云乐，提着东西就回到自己开在西城的音像店，没想到云乐也跟了进来，站在店里一动不动，怎么都不走。云乐不像别人懂得溜须拍马，讨好卖笑，但光是一双乌溜溜的眼睛时时盯着他，就让他觉得自己罪大恶极。

云乐等到天色漆黑，等到宅男即将关门，才再次开口：“我要买一套游戏，可以加钱。”想了想，他又补充一句，“求你。”

宅男坐在收银台里，点了根烟跷着腿问：“你这么喜欢这款游戏啊？以前的都收集全了？”

云乐说：“没有。”

宅男说：“没收集全你买这个干吗？又凑不成一套，没一点意义。”

云乐说：“我帮别人买。”

“嘿。”宅男说，“你帮别人买这么上心干吗？这东西就是随缘，能有就有，没有也不强求。”他随口问了一句，“难道是送给重要的人？你很喜欢她吧！”

重要的人？

云乐想，闻野对他很重要吗？这个问题不用质疑，便点了点头。

宅男也不想再跟个貌似高中生的孩子耗时间，良心发现地拿出一套游戏说：“你女朋友也挺厉害啊，一般没有女生玩这种过分紧张刺激的悬疑游戏，看你长得这么瘦小，别是被欺负的那个吧？行吧，哥哥我单身，看在你为了爱情这么卖力的分上，原价卖你一套，就当我做做好事，来年能搞个对象。”

云乐付了钱，接过游戏说：“不是女朋友。”

宅男把烟一掐：“不是女朋友还这么卖力？是喜欢人家没敢表白？”说着他和云乐一起出门，锁上店门，一副过来人的模样，“小伙子，哥哥告诉你，喜欢一个人就立刻去表白，如果不小心错过了，可能就要后悔一辈子。”

云乐摇头，认真解释：“可他不是我女朋友，他是男生。”

宅男脚下踉跄了几步，没站稳。

云乐不解，说道：“我是因为他人很好……”说到一半，他又不知怎么解释。

闻野是第一个让云乐心存感激的人。

“闹了半天……你从市中心打着车一路追我追到西城，又在我店里直愣愣地站了四五个小时……哥们义气啊！为了一个破游戏光碟做到这个份上，毕竟这东西破解版和网络付费的版本很多，收藏是个很私人的事情。如果是我，这种绝版的东西哪天半路碰上了买就买了，转手送朋友。

“但是我不会大费周章，为了朋友穿越半个市，为他浪费整整半天的时间蹲在一个陌生人的店里，厚着脸皮轰都轰不走。当然，我要是有钱就另当别论，毕竟有钱别说是朋友，乞丐我都送份防寒大礼包，我看你这个样子……”宅男打量他半天，“就是个穷学生吧？所以你这么用心，是为什么呢？”

为了什么？

云乐提着终于到手的游戏光碟站在路边拦下一辆车，灯火璀璨的西城映在出租车的窗户上，他静静地看着。宅男仿佛给他出了一道难题，他也不知道自己为什么对闻野这样用心？

是回报吗？好像也不全是。他想完成闻野交给他的任务，听到闻野再次笑着对他说：“乐乐可真厉害。”

直到赶回图书馆时，云乐才发现已经到了晚上九点多，此时图书馆已经闭馆。门口空荡荡的没有行人，想来闻野已经回去了，不过幸好游戏买到了，就算耽误了一些时间，花了一些打车的费用也值得。他刚想走到公交站坐车回去，就听身后有人喊他的名字，语气里带着一丝放松下来的紧张，还夹杂着少有的不悦，低沉沉的。

云乐愣在原地，急忙回头。

闻野站在他身后几步，手里拿着一个纸袋，以及一杯热饮和一块热气腾腾的烤红薯，走过来说：“你去哪儿了？”

云乐把手上的东西递给他说：“帮你买游戏。”

闻野皱着眉接过游戏，又把热饮、烤红薯，以及手提袋一起塞到他手上。

下午打完电话后，闻野没看到云乐，只好询问正在收拾宣传展架的摊位小哥。小哥说了大体情况，闻野猜想云乐或许为了帮自己买游戏追了上去，但具体追到什么地方不知道，小哥为了客人隐私不能轻易透露买家的住址。

闻野在这里等了许久，一步没敢走远，想着云乐如果买到游戏，还会返回图书馆，不管他知不知道自己在这里都会过来看看再选择回家。

果然不出所料，但闻野还是不高兴，抱胸站着。

云乐打开纸袋，先是一怔，抬头问他：“为什么买了这么多烤红薯和饮料？”

袋子里面至少四五份，都凉透了。

闻野说：“因为我不知道你什么时候回来，又不能随身背着微波炉，这里距离吃饭的地方至少两公里，我怕你跑得太远，累了饿了还不知道吃饭。”

闻野又见云乐呆呆的，不发出声音，从兜里掏出一部崭新的手机，再次递给他：“这个你收下，算是工作需要，以后有任何事情记得打电话告诉我一声，不然我会担心。”

云乐用热饮和烤红薯夹着新手机，目不转睛地盯着闻野，“哦”了一声。

“还‘哦’！”闻野气得戳他的脑门，转身道，“快走，回家了。”

假期第三天，闻野病了，一觉醒来头昏脑涨。他抬手摸了摸额头，心情复杂，前一天才被发现了卡通内裤，隔一天就因为受凉风，感冒发烧。

闻野警铃大作，自己一米八七的大个子，在寒夜的冷风中站了几个小时，就娇气得卧床不起，这说得过去吗？根本说不过去！他急忙看了眼时间，晃晃悠悠地起身，扒在门口偷偷摸摸地观察正在喂猫的云乐。

不行，不可以，不能再暴露弱点了。就算云乐不会笑他，他也要保持该有的伟岸形象，明明前不久才让人家觉得安全可靠，难道帅不过三秒，竖立起来的信任感就要轰然倒塌？！

云乐起身回头，闻野赶紧退后几步跑到浴室洗了把脸，套上衣服，没事人一样走了出去。

云乐见他路过，问道：“吃早饭吗？”

闻野默不出声地点了点头。

为什么他默不作声？因为只要张嘴就会暴露浓重的鼻音。

闻野情不自禁地为身处高烧之中依旧能如此机智的自己点了个赞。

“你病了？”云乐一眼看穿，问他个措手不及。

闻野大惊，拖着浓重的鼻音无辜地道：“没有啊，刚睡醒，没什么精神。”

云乐注视他半晌，说：“可是你的脸有点红。”

闻野赶紧抬手扇扇风，咧开嘴说：“没事，是空调温度太高了。”为了证实自己没撒谎，他还特意找到遥控器调低两摄氏度，笑着转移话题，“早饭吃什么？”

两人一起走到餐厅，云乐说：“我做了三明治，还把昨天剩下的烤红薯放进小米粥里，不知道你吃不吃得惯。”

闻野目眩耳鸣，对着云乐的四颗脑袋强颜欢笑，说道：“吃得惯，你帮我盛一碗。”他又趁云乐转身的瞬间颤着无力的双腿扶住餐桌边缘，坐在椅子上。

好冷……刚刚他为什么要调低温度？莫不是烧傻了，连带智商一起被烧出了黑洞？

闻野内心吐槽，正准备抱住自己取暖，云乐就端着三明治转过身来。他来不及多想，立刻摆出一副小学生坐姿等着开饭。

云乐对着那张过分灿烂的笑脸看了许久，才把盘子递过去，问：“家里有药吗？”

闻野装傻，惊讶地问道：“你生病了？”

云乐面无表情地说：“你生病了。”

闻野清清嗓子，精神抖擞地狡辩：“我没有，我经常锻炼身体你知道的，不容易感冒。”

云乐明显不信，刚要开口，又被闻野利落地堵回去：“昨天给你买的手机会用吗？许多功能没有设置，吃完饭我教你。”他又补充道，“我没生病。”说完囫囵吞下两口粥，理直气壮地顺着拐走了。

他生病为什么不承认呢？云乐看着他站不稳的背影，收拾着餐桌，疑惑不解。

手机是在图书馆旁边的旗舰店随便买的，云乐没用过，除了接打电话不用学，连最基本的短信都是第一次发。

“我的手机号已经存进去了，通用设置里面可以修改一些基础信息，包括铃声、壁纸，侧键是调节音量大小的。”闻野坐在沙发上面，拿着黑色的智能手机来回操作演示，一边说，一边问云乐是否记住了。

等云乐应声，他接着说：“这里还有游戏，平时无聊的时候可以玩。”

闻野烧得眼皮打架，又坚持帮他下载几个必要的软件，说明用法，具体说了什么他自己也记不清楚。一阵阵疲倦感袭来，正拉扯他的意识，让他无法集中精力。

云乐将目光停留在闻野泛白的嘴唇上，无心继续研究手机。他起身去厨房倒了杯水，又找到药箱，对照说明书拿了一款自己吃过的感冒药。

云乐再次回来时，硬挺着的人已经把手机放在一旁，倒在沙发上睡着了。

谁都会生病，过去很多年，闻野都是一个人，这种普通的感冒发烧稀里糊涂地就挺过去了。他虽然生活富足，但自从懂事之后，就没请过保姆，家里人能团聚的日子很少，细数下来，十根手指都有剩余。大家都很忙，妈妈忙着拍戏，爸爸忙着开会。他也忙，忙着学习，忙着充实生活，忙着避开空荡荡的房间，忙着锻炼身体，忙着忘记孤单。说不酸涩是假的，但是父母给了他无比优越的生活，他又有什么理由去怪罪父母不能陪在自己身边？

世上哪有什么两全其美的事，卓文说他懂事，他又何尝不是强迫自己懂事？

熟悉的灼热感掺杂丝丝寒战游遍全身，闻野模模糊糊地想，第二天应该会稍微好一些，如果严重了，估计要吊一瓶点滴，想着想着，额头上一阵冰凉。

闻野缓缓睁眼，隐约看见一道人影从他身边走过。又过半晌，那人抱来一床被子，把他严严实实地裹在沙发上，又怕他躺着不舒服，将枕头垫高了一些。耳边“嘟嘟”两声，是有人操纵着遥控器，正在调节空调温度。之后又传来一串水声，像是把浸湿的毛巾拧干，让多余的水落回盆子里。

闻野随着并不动听的声音熟睡过去。他说不上来这是怎样的感觉，却莫名让人舒适，让人安心。

转眼之间，指针溜到了正午，太阳大咧咧地挂在窗外，照得人眼前发黑。云乐坐在沙发旁刚要起身将窗帘拉上，手腕一紧，被睡梦中的闻野紧紧攥住，他似乎在做梦，皱着眉发出断断续续的低语。云乐走不开，只好轻俯下身，为他遮挡炙热的阳光，生怕他突然醒过来睁不开眼。

云乐心里依旧想着宅男的问题，眼睛一眨不眨地看着闻野熟睡的脸，似乎想在他的脸上找到答案。

可是没有，他除了觉得闻野温柔好看，什么都看不出来。

下午三点左右，闻野终于睁开眼靠着沙发坐起来，一瞬间有些茫然，看着云乐拿着杯子从厨房走出来，才想起自己病了。药箱、体温计，还有两块搭在水盆上的毛巾都预示着云乐坐在这里照顾了自己很久。

闻野想说声“谢谢”，云乐却把水杯放在桌上，坐在他身旁抬手扣住他的后脑勺，又倾身抵住了他的额头测量体温。

闻野被突如其来的动作惊在原地，不知如何反应。

他握了握拳头，还未发出声音，云乐已经回到原位，把水递给他说：“吃药吧，还有一点发烧，一会儿再量量体温。”

闻野拿过水杯，吃了药，又裹着被子坐在沙发上连打两个喷嚏。“围巾”一直趴在他脚底下睡觉，听见动静猛打了个激灵跳起来后退几步。他鼻头通红，冲它招了招手，“围巾”迟疑半晌，没有任何危机感地跳进他怀里仰着头“喵喵”叫唤。

“嗒”的一声，厨房里传来电饭煲自动跳起的声音，空气中散发着浓郁米香，似乎煮了皮蛋瘦肉粥。闻野静静听着云乐拿出碗筷放在餐桌上，不禁戳了戳“围巾”的额头，又一把将它举起来，抻着头顶在它毛茸茸的脑门上。

闻野想了想，把“围巾”挪开一些，深呼一口气，再次对着“围巾”的脑门迎头顶上，“咚”的一声，“围巾”明显被撞蒙了，瞪着溜溜的眼珠呆呆地蹬了蹬腿。

闻野急忙打住，盯着“围巾”的脑门又一次贴了上去，还贴个没完，前后左右都要感应一遍，跟寻找信号发射器一样。“围巾”被愚蠢的人类弄得不胜其烦，怒从心生，挥着小肉垫一巴掌拍到主人的脸上，挣扎中蹿到一旁，躲得远远的。

闻野掀开被子，冲着围巾“嗷呜”一声，走到餐厅里。

云乐正在准备晚饭，冰箱里面的食材他会得差不多了，每天便当的花样也逐渐多起来。厨房不再如样板间一尘不染，越来越多的使用痕迹让这间屋子沾上了生活气息。闻野选择这套公寓的初衷是因为它小，一个人居住太空旷，也会觉得害怕。寂寞孤单这种东西平时不会怎么样，可到了夜深人静的时候，就偷偷地钻出来嘲笑讽刺他是个没有父母陪伴关心的可怜鬼。

闻野大多时候是坚强的，强到父母为他感到骄傲，朋友对他信赖依靠，可是没人知道他也有脆弱的一面，并不是无坚不摧。

“好点了吗？”云乐听到脚步声，回头问。

“好多了。”闻野说了声“谢谢”，坐在饭桌旁，室内的温度很高，倒不觉得冷了。

云乐把饭菜端上桌，抬手贴了贴他的额头，说：“你量体温了吗？”

闻野怔了怔，目光停留在云乐的双手上，那双手明显不属于一个十七岁的少年，十分粗糙，除了冻疮，还有许多伤疤。

“疼吗？”闻野突然问。

“嗯？”云乐把粥递给他，不知他问的什么。

闻野说：“你的手。”

云乐看了一眼，坐在他对面说：“习惯了，到了冬天就会这样，会痒，不会疼。”

闻野说：“太痒的话，你不会抓吗？”

云乐说：“不抓。”

“忍得住？”

“嗯。”

闻野笑道：“好厉害。”

云乐拿着筷子的手动了动，闻野又道：“那其他的伤呢？那些很小的疤痕，是烫的吗？”

“嗯。”云乐说，“小时候不太会做饭，热油溅到……手上，躲不开。”说完他垂了垂眼。

闻野道：“小时候？你几岁会做饭的？”

云乐说：“七岁。”

“七岁？”闻野震惊，“好厉害啊。”

嗯？云乐立刻抬头，乌溜溜的眼睛忽闪忽闪的，带着显而易见的喜悦。他喜欢听闻野夸奖他，他主动说：“我七岁还会自己洗衣服，大人的衣服也会洗，水很凉，我不怕。”

“笨蛋……”闻野能感受到云乐情绪的变化，他在努力地表现自己，闻野笑了笑说，“以后要用温水洗啊。”

第六章

"一米八七的宝宝，是不是太高了？"

假期结束，即将迎来期末考试。陈杨依旧因为通宵打游戏眼圈青黑，他的成绩不高不低，不是优等生，也不是吊车尾，只要不是特别难看，父母也随他。

冯唐不一样，元旦假期回来就开始着急复习，他爸妈相对严格，对待学习成绩过分看重："我没在爸妈的高压之下成为一个叛逆少年，真的太不容易了。"

陈杨哈欠连天，说："你爸妈还管你呢，我爸妈都不管，爱学不学，只要不考太差，就不会挨揍。"

冯唐羡慕地说："你妈多好啊，你天天考五十分还给你织毛衣呢！"

陈杨说："她给我织毛衣和跟我考多少分有关系吗？我就算考八分，她也不能冻着我啊！我可是她的亲儿子！"

冯唐嫉妒地说："我要考八分，别说毛衣了！你很快就会失去我这个铁哥们！"

陈杨震惊地问道："你妈真的那么狠？"

冯唐哭着说："你以为呢？！"

闻野听着他们聊天，看了一眼陈杨校服里的圆领红毛衣，上面有老式经典的菱形花纹，简单大方又好看。

织毛衣？闻野想了想，打开手机在地图上面找了一家店，放学后直接打车找过去。

云乐等了将近一个小时，闻野才从外面回来，手里提着一个袋子，放在客厅里。餐桌上的饭菜是温热的，凉着一杯白开水，药片和体温计都放在碗筷旁边。

“今天还难受吗？”云乐问。

闻野洗干净手进来，鼻音轻很多，笑道：“没什么事了。”

云乐点头，不放心，又一次抬手贴上他的额头，动作自然，却让闻野再次怔了怔。

“吃完饭再量一下吧。”云乐说。

闻野的手指动了动，说：“好。”

一顿饭吃得安安静静，除了碗筷碰撞，还有细微的咀嚼声。闻野看了云乐一会儿，垂下眼眸。

这没什么，云乐只是在报答他，对他关心也是理所当然。

吃过晚饭，闻野把买回来的东西递给云乐，里面有一件白毛衣还有几团毛线，长针和技法图书都放在里面，笑着说：“毛衣是送给你的。

云乐没接，问道：“是回礼吗？”

“嗯？”

云乐说：“是因为我照顾你，所以你要给我毛衣？”他认真道，“我照顾你是应该的，不要回礼。”

闻野早知如此，天气越来越冷，他不知道云乐以前是怎么过的，可是既然在他家里，他就不能让人继续受冻。

闻野难得强硬地把毛衣和毛线递给他说：“不能算回礼，算是交换吧。”

“交换？”

闻野笑道：“我现在送你一件毛衣，你学着织一件给我怎么样？毛线很便宜，就在你的工资里面扣掉。我去年穿的毛衣都变小了，你帮帮我，春节时让我穿上一件新毛衣怎么样？我还没有穿过别人特意织给我的毛衣呢，也不知道是不是特别暖和。”

这次云乐没有拒绝，拿着袋子回到房间。

闻野对他好，拐弯抹角地希望他能接受自己送的衣服，其实就算他不答应，闻野也会想办法让他穿上。

云乐好像瞬间明白了闻野的心，不想让他为难。

毛衣有点大，高高的领子软乎乎的不扎人，这是云乐穿过的最好的衣服，不仅身上暖和，就连心里都暖洋洋的。

闻野在客厅里逗弄“围巾”，笑得特别开心。云乐靠在门板上仔细听着，轻轻地抱住自己，心想：闻野那么好，像毛衣一样……这么温暖。

编织技法不难，云乐聪明，学起来很快，每天放学回来做好饭，就回房间织毛衣。距离春节还有一个多月，他得快点编完，让闻野穿上。

周末一早，闻野出门打球，韩宸忙过劲了，趁着上午没事，跟他一起去了网球场。别看韩小老板是个运动白痴，但装备齐全，限量运动衣、经典运动鞋，脑袋上还套了个运动发箍，看起来像个高手，结果挥起球拍就能砸自己的脑袋，打了几回合，直接累得坐在地上气喘吁吁。

闻野走过去递给他一瓶水，问道：“最近怎么样？”

韩宸说：“还行，虽然还在亏本，但已经有回头客了。”

他疲惫地抬手，让闻野拉他一把，一起去了更衣室。

“你呢？春节是在这边过还是去找妈？还有闻叔，你们一家三口今年总能团聚了吧？”

“嗯。”闻野说，“不出意外应该在国内，我妈那边的工作差不多结束了，她还问起你，准备给你带礼物。”

“真的？！”韩宸兴奋起来，“要不带一沓签名照吧！回头我卖给顾客，几天就能回本。”

闻野笑道：“这不是挺有经济头脑？”

韩宸蹬鼻子上脸地说：“必须有啊，也不看看我是谁！对了，中午吃什么？我请客。”

闻野看了眼时间，突然想起出门前没告诉云乐不回去，想了想说：“改天吧，今天有事。”

挥别韩宸，闻野骑着自行车回家。电梯门打开时，他闻到了楼道里的饭菜香。他打开房门，换了拖鞋抬起头，刚要出声，却蓦地没了动静。

房间里面没什么特别，阳光依旧透过宽敞的窗户照进客厅。云乐穿着白色的高领毛衣，坐在沙发上面，垂着眼睛，睫毛卷长，正一下一下地织着毛衣袖。几天的时间，他织了小臂那么长，藏蓝色的线绕在小指上，连着沙发上面的毛线球，“围巾”在他身边撒欢，抱着线球蹬着后爪又啃又咬。

云乐停下手上的动作，把毛线球从它嘴里救下来，又看了眼矮几上面的技法书。他想在袖子中间织一道花纹，正在一点一点地学步骤。

闻野站在门口怔怔地看着，这个画面他记了很久。

“你回来了。”云乐翻书时注意到闻野，站起来问，“吃饭吗？”

闻野回神，走到云乐跟前。室内的温度不低，有二十几摄氏度，他的脸红扑扑的，额头上还冒出了细汗。

“不热吗？”

云乐抿着嘴，承认：“热。”

闻野哭笑不得：“那你为什么不把毛衣脱掉？出门时可能会……”

“是你送我的，我想穿。”云乐看着闻野，像是喜欢极了这件衣服，不舍得脱，“我不能穿吗？”

衣服是用来御寒的，并不需要时时刻刻一直穿着的呀。

闻野本应该这样说，可张了张嘴，却变成：“可以穿，但是室内温度太高了，怎么不调低一点？”

他抬起手，想帮云乐抹掉额角的细汗，意识到自己要做什么时，又不着痕迹地把手收回去，拿起遥控器将温度调低了几摄氏度，含着笑说：“怎么傻乎乎的，不知道冷热吗？”说完，他转身回了房间。

门外是云乐去餐厅准备碗筷的声音，闻野把运动背包放在地上，靠在门上，收敛起脸上的笑，盯着手指出神。

吃过午饭，云乐依旧坐在沙发上面织毛衣。闻野从房里出来几次，见他始终保持一个动作，连口水都没喝，无奈地走过去，问：“你是机器人吗？”

云乐抬头，立刻为自己证明：“我不是机器人。”

“扑哧。”闻野忍不住笑道，“好了，周末休息休息，你几点去打工？”

云乐说：“七点钟。”

“嗯……那还早，走吧，陪我出去看电影？”

“好。”云乐没犹豫，放下手中的针线，把毛线球装进袋子里防止“围巾”啃着玩，穿好衣服陪着闻野出门。

云乐没有主动去看过电影，以前学校会组织班级在校内的放映厅看些军旅题材电影，然后写写观后感，可是没来过电影院。

周末电影院的人很多，门口摆着几个正在热映的宣传展架，爱情的、恐怖的、文艺的，还有一部最新上映的视觉大片。

闻野挨个看了看，回头问：“你想看哪部？”

没人回应，云乐站在离他两米开外，跟陌生人似的。闻野眨眨眼，一脸问号，几步迈过去，佯怒道：“这位同学，请问你是和我一起看电影的吗？”

云乐严肃地点了点头。

闻野气笑了，说：“那你离我这么远干吗？”

云乐看了眼人群，那里有个姑娘穿着瑞海高中的校服，正拿着爆米花和朋友一起排队。他没敢靠近，怕人发现自己和闻野站在一起。虽然元旦晚会所有人都看见闻野帮了自己，可他还是不希望别人知道他和闻野认识，怕给闻野带来麻烦。

他说：“我看什么都行。”

闻野抱胸：“没有《什么都行》这部电影。”

云乐眨了眨眼，问：“那你看什么？”

闻野说：“我们不是一起来的吗？我也要问问你的意见啊。”说着闻野抓起他的手腕，把他拉到展架前。

云乐担心地看着那名同校生，等着她检票进场，才放下心来。不过他确实不知道应该看什么，最后还是闻野做的决定，选了那部国外的3D大片。云乐第一次看3D电影，规规矩矩地没有乱动。

影厅内的灯光渐渐地暗下来，随着气势磅礴的开幕音乐，片头闪出一片星光，无数星星就在他眼前飘。他知道那是假的，可还是傻傻地抬起手，捏住了其中一颗。

闻野看着他，轻轻地笑出声。

云乐转过头，黑漆漆的电影院里什么都看不见，可他偏偏能看到闻野那双黑亮的眼睛里闪着光，像是他手里的星星。

他捏着那颗星星，把手递过去，轻声问："你要吗？

"我想把它送给你。"

看完电影已经五点多了，两人随着人流一起出来。影院距离闻野的公寓只要十几分钟，还剩一些时间，云乐想要回家做饭，还没开口就被闻野拽去了商场一楼的西式餐厅。

闻野简单地点了些东西，合上菜单，端起桌上的柠檬水，云乐坐在他面前正望着窗外。餐厅外面有个小小的游乐区，旋转木马、跳跳床，还有一个彩绘的小摊子，在白石膏做的存钱罐上面涂颜色。这种时候客人不多，天寒地冻，没有小孩耐得住。

云乐只看了一会儿，又把目光收了回来，低下了头。

闻野形容不上来云乐那抹稍纵即逝的表情，就好像一个懂事的小孩，明明想要玩耍，又怕给大人添麻烦，只敢偷偷地看着。就算被发现了，他也嘴硬地说不感兴趣，担心花费过高，给父母增添负担。

"一会儿我们去画那个石膏存钱罐吧，你玩过吗？"

云乐抬起头，闻野好奇地看着外面，问他："是直接用水彩在上面涂抹颜色吗？"

"嗯。"云乐跟随闻野的目光再次看过去，认真地科普，"我没有玩过，但是看别人玩过，用水彩，可以按着画册的颜色涂，也可以随便涂。”

“哦？还可以自由发挥啊？”闻野转头看他，“那我们现在隔着窗户挑一个怎么样？待会儿吃过饭就过去画，应该不会耽误你打工的时间。”

云乐喜欢跟他相处的氛围，所以怎么都好。

石膏罐子一排排的，大多都是国产的卡通人物，两人扒在窗户前挨个看。云乐虽然没怎么看过电影，可这些东西倒是认得比闻野齐全。

“那个是什么？第二排第三个。”闻野指着问。

云乐说：“是懒羊羊。”

闻野眨了眨眼：“不是叫喜羊羊？”

云乐一本正经地解释：“有四只羊，主演。”

“哦？”闻野忍不住笑，又问，“那个呢？第三排第六个。”

云乐说：“是熊二。”

“熊二？”闻野一直分不清这部卡通片里面的兄弟俩，认真请教，“熊大和熊二有什么区别？”

云乐说：“熊大是深色的，熊二是浅色的。”

“嗯？”闻野又看了看，说，“你不会欺负我没看过，骗我的吧？”

云乐摇头：“我没骗你。”

闻野立刻说：“可这是石膏存钱罐啊，都是白色的，你是怎么分辨出颜色的？”

云乐面无表情地眨眨眼，轻轻地“哦”了一声，低头说：“我觉得是熊二。”

闻野眯起眼睛“哼哼”笑道：“原来乐乐还是个唬人精？欺负我归国子弟没有看过国产卡通？”

云乐垂下眼，他想在重要的人面前表现得无所不知，结果露了馅，被当场抓包。

吃过饭两人直奔门口的小摊子，走近了才发现除了各种存钱罐，还有一些很小的几何图形，估计是给幼儿玩的。摊主冻了一天，临收摊时终于来了两名客人赶紧招呼。他面前放着几张小矮桌，桌上有台灯、电暖扇，还有五颜六色的水彩颜料，以及粗细不一的画笔。

两人先跟店主确认了那只熊，店主找到了对应的说明书，扯着嗓子说：“这是熊二。”

云乐立刻看向闻野，虽然还是没有表情，可眼睛里带着得胜的骄傲，像是说着“你看，就是熊二，我没骗人”。

闻野抬了抬手，想揉揉云乐的脑袋夸奖他，可不知为什么，又一次把手收回去。不知从什么时候开始，云乐对他来讲似乎变得不一样了，就好像他可以随便去摸一只小猫小狗，去关心它、照顾它。可是对待云乐，他突然随便不起来。

他们选了两个存钱罐，都是云乐刚刚科普过的，两人又找了一张小桌子面对面地坐着。

云乐对照说明书上的颜色一笔一笔画得认认真真，没注意到闻野走了又回，手里多了一个小小的东西。他把那个东西放在台灯后面，趁着云乐不注意，偷偷涂满了颜色。

“哎，兵哥！”

又一场电影散了，商场门口拥出几个吊儿郎当的高中生。

陈兵不耐烦地问："干什么？什么垃圾电影，看得我都要睡着了。"

跟他一起来的是(5)班的刺头们，其实中一个说："你看那儿！那不是元旦晚会坏我们好事的转校生吗？他旁边那是……云乐？"

陈兵一听，顺着他的手看了过去，"嘿"了一声："我说呢，原来认识？这大冬天的画石膏，挺有情调啊。"

他拿起手机拍了一张照片，顺手发给邹建，又瞥了一眼闻野，不屑地走了。

有电暖扇照着，手不觉得凉，云乐完成最后一笔，吹了吹上面的痕迹，抬头时刚好对上闻野的目光。闻野的那个简单，早就画好了，他正托腮着，目不转睛地看着自己。

云乐叫闻野一声，他明显吓了一跳，手上的画笔抖了抖，猛一下子画在了脸上，像是一撇长长的大胡子。

闻野有点尴尬，刚想转移话题，却蓦地说不出话来。昏黄的台灯下，云乐弯了弯眼睛，咧开嘴，露出几颗整齐的小白牙，手里捧着刚刚画好的存钱罐，发出轻轻的笑声。

那是闻野第一次见到云乐笑，坐在桌子前，像个乖巧的小朋友，冷漠、阴郁这些词根本不适合他，他应该是此时此刻的样子，单纯、开心。

"敢笑我？"闻野拿起画笔猛地戳在云乐的鼻头上。

云乐没有躲开，任由闻野在自己的脸上胡作非为，又看着他那撇胡子说："像'围巾'。"

"我吗？"闻野在他的鼻头上画了个红点，笑着问。

“嗯。”云乐点点头，“都有胡子。”

时间不早，摊主给了两个小袋子让他们装着存钱罐，闻野拎在手里，把云乐送到附近的公交站。公交车只隔了一个红绿灯，闻野趁着它过来之前，从兜里掏出了一件东西，让云乐把手伸出来。

云乐听话地摊开掌心，收到了一颗石膏制成的小星星。

“这是……”

“这是还礼。”闻野勾起嘴角，把食指和拇指贴在一起，像是捏着什么东西，温声道，“你送的这颗星星我收下了，我送的这颗，你要不要？”

云乐握着那颗星星上了公交车，把那颗星星放在兜里，觉得不好，又捧在手上。

还有两周考试，陈杨终于捧起了课本，前几天聊天得知闻野的成绩后，俨然觉得自己拖了三人组的后腿，哭天抹泪地求着闻野帮他补习。

闻野应下，看着教室窗外出神。

云乐从楼下路过，低着头走。他在学校还是老样子，冷冷淡淡，拒人千里。

过去了许多天，闻野的脑海里始终徘徊着那张笑脸，怎么也挥之不去，就像一部可以重复观看的电影里的某个画面，想起那天，连小桌子上的昏暗灯光都渐渐明亮起来。他把云乐带回家，最开始的想法很单纯，只是想帮云乐脱离眼下的困境。他一个人发着高烧睡在雪地里，不管吗？

闻野做不到，那是他作为一个人所具备的最基本的良善，所以他把那只“小猫”捡回来，和“围巾”一样。

闻野又给了他一份工作和一个暂住的地方，后来发现这只“小野猫”跟外面传的不一样，可爱又直白，做事一板一眼，傻乎乎的，又相当认真。他还会笑，露着洁白的牙齿，像是打开了尘封多年的木盒子，盒子外面斑驳陈旧，里面却放着一沓彩色的画纸。纸上有个七岁的小孩，踩在塑料盆里一边玩水一边洗衣服，有个七岁的小孩，踮着脚、拿着刀，一边切菜一边听着彩色电视里的卡通片。

闻野突然有点贪心了。他希望云乐可以经常笑，想陪云乐一起看国产卡通，想听云乐科普，想在云乐白净的脸上画几撇胡子，想让云乐抱着“围巾”，给他们拍张照片，放在相框里。

“咣当”一声，教室前门被人踹开，这节课自习老师不在，邹建嚼着口香糖带着一群人走进来，直奔闻野的座位。

“你就是姓闻的转校生？”

闻野看了他一眼。

“你跟我出来。”邹建说完，从后门走出去。

教室里静悄悄的，没人动弹，眼巴巴地围观。

闻野站起来，没问邹建要干什么，就算要问也得出了教室再问。

陈杨见状，紧张地把书扔到一边，拽住他的校服说：“野哥，别跟他们去。”

冯唐也离开座位，急忙走过来，小声说：“是啊，别去。他们肯定要找事，你就在教室待着，他们不敢怎么样。”

闻野笑笑说：“没事，出去他们也不能怎么样。”

陈杨不放心，想去告诉老师，腿还没迈开，陈兵就带人堵在门口，挡住了去路。他们平时横行霸道，此时怪里怪气地笑道：“老实眯着，他坏了我们的好事，怎么也得让我们邹哥教训教训出口恶气吧？”

他又冲着班里的人说：“谁也不许给我动手机打小报告，待会儿你们班主任要是来了，以后你们（1）班的人就别想在瑞海高中混了！”

他这么一说，就算有人不怕，也被胆小的人拦了下来，不想受到牵连，整整半节课闻野都没回来，临下课陈兵才带着人走。

陈杨和冯唐急忙往外冲，拐到楼梯口迎面撞上一个人，陈杨惊道：“云乐？”

“闻野在吗？”云乐嘴角绷直，头发凌乱，像是飞奔着来的。

冯唐说：“二十分钟前就跟邹建走了，我们野哥不会出事了吧？”

陈杨紧张地说：“他们少说七八个人，肯定要出事，赶紧走，先去告诉班主任。云乐，你去哪儿？”

一阵风似的，云乐已经转身下楼，跑得没影了。

瑞海高中很大，云乐直奔体育馆后面。那里有几间废弃的器材室，平时没人去，是邹建教训人的地方，别人或许不知道，但云乐是那里的常客。下课时他听班里的人随口说了一句，说邹建带人去（1）班找碴，想要教训教训新来的转校生。

云乐跑得很快，耳边是呼呼的风声，一定是因为元旦晚会闻野帮了自己才会惹到麻烦。他不想连累任何人，可到底还是牵连了闻野。

他果然还是应该，离闻野远一点……

云乐握紧了拳头，猛地推开了体育馆的后门。由于废弃很久，器材室前长了不少杂草，积雪没有清理干净，沾在草叶子上冻成冰，太阳偏西，给这个无人发现的角落洒了点光。有道人影双手插在校服兜里站在空地上，脚下的人躺得七七八八，没有明显的伤痕，可哼着气，一个都爬不起来。

云乐止住脚步，急喘着呼吸。那人似乎听到了声音，扭过头冲他眨了眨眼，笑了出来。

“你受伤了吗？”云乐问。

闻野没再管骂咧咧的邹建，冲着云乐阔步而来，一起穿过体育馆，往教学楼走去。

“没有。”闻野除了骨节上的皮肉有点泛红，其他毫发无损。

体育馆门前，云乐突然停下来握住闻野的手。闻野不明所以，只见云乐慢慢地低下头，握着他的手帮他吹了吹。

闻野怔怔地对上云乐的目光，看着云乐注视着他，像是有话要说。他等了半天，云乐却半个字都没说出来，这太不像云乐了。

闻野笑着问：“怎么了？”

云乐说：“对不起。”

“为什么说对不起？”

“元旦的时候你帮了我，邹建来找碴都是因为我，是我连累了你。”

闻野揉了揉他的头发，笑道：“这算什么连累？你以为我跟你说的那些话都是吹牛吗？邹建动不了我，我也没有受伤啊，所以你不用内疚。走吧，还要回去上课。”

云乐没动，握着闻野的手紧了紧：“我……”

“嗯？”

“我能不走吗？”云乐突然说了这么一句。

闻野摸不着头绪，问他：“你要去哪儿？”

云乐说：“是我连累了你，我知道我应该离你远点才能保护你，可是……”

云乐不知道怎么表达，好像连自己都疑惑地说：“可是我不想走，还想住在你家，帮你做饭、打扫卫生。”

“可以吗？”云乐怕闻野拒绝，有点语无伦次，“我……能保护你，我以后不会让别人欺负你，虽然我现在可能不厉害，但是如果邹建再来找你，我一定挡在你面前。你别害怕，我……”他脸上依旧没什么表情，可是眼神慌慌张张的。

“到底是谁在害怕啊？”闻野的手掌顺着云乐的头顶，扣在他的后脑勺上，一把将他揽住，轻轻安抚，“我没赶你走啊，你也不用走。”

云乐应了一声，紧紧攥住闻野的衣服。

他好不容易见到阳光了，不想松手。

（1）班班主任跟着陈杨、冯唐快步出来时，闻野已经到了教学楼下。班主任姓王，今年三十七岁，小腹隆起，有四个月身孕。她紧张地问：“怎么回事？邹建去我们班找事了？他没欺负你吧？”

闻野说：“没事，随便聊了聊。”

王老师松了口气，随便聊聊这种话她不相信，但闻野没有受伤，她也就没刨根问底。她算瑞海高中的老教师了，待了十几年，从邹建入学就知道那是个管不了的刺头，说不得、骂不得，只能无奈地道：“以后离他远一点，真有什么问题，记得先跟老师说。”她看了眼几步之遥的云乐，放低声音对闻野说，“你放学先别走，来老师的办公室，我有话跟你讲。”

“好。”等闻野应下，王老师便转身走了。

陈杨赶紧上前，着急地问：“野哥，真没事吗？邹建真没打你啊？”

冯唐踹他一脚：“我听你这话怎么还有点遗憾啊！”

冯唐同样关心道：“没受伤吧？这群人也太嚣张、太过分了！竟然欺负到我闻野哥哥头上！我跟你说我要不是太㞞，肯定第一个冲上去揍那个姓邹的！”

陈杨说：“行了，你㞞还㞞出理了？这是我闻野哥哥没事，要是有事，我必须报警！”

他们两个掐得挺热闹，闻野笑了笑，对云乐说：“先回去上课吧，我今天晚点回家。”

“嗯。”陈杨左一个“闻野哥哥”，冯唐右一个“我野哥”，直到云乐走进教学楼，耳边还回荡着闻野悦耳的笑声。

放学后闻野去了王老师的办公室。她早就等着了，让闻野自己拖把椅子坐在旁边，还给他倒了杯水，看样子是要长谈。

“元旦晚会那件事，你做得挺好的。”王老师开门见山地说，“但是你了解云乐这位同学吗？”

闻野知道她的目的，点头道：“听说过一些。”

王老师叹了口气，也是出于好意，说：“老师不对任何人有偏见，但因为你是我们班的学生，你就当老师护着你。云乐呢，能不接触他，你最好不要去接触他，他有什么问题，学校会帮助他。但是对你个人来讲，他确实不是一个可以结交的对象。”

闻野问：“为什么？他其实……”

王老师揉了揉眉心说：“我不是说他怎么样，这孩子也很可怜，但你也是个孩子，老师要负责你的安全，也希望你不要惹麻烦上身。他那个父亲……唉，前阵子还闹到办公室里，打了我们学校一个保安，被关进拘留所了。”

这事没有学生知道，那天大家都在上课。

闻野又一次在别人口中听到了云乐的父亲，想起把云乐带回家时，看见他脖子上面有明显的青紫红痕。他那时候不关心，可这一刻莫名想要知道真相，问道：“王老师，您知道他现在无家可归吗？”

“知道。”王老师和钟灵关系不错，听钟灵提起过，“不过也听说他找到住的地方了，给别人做家政服务。”

“嗯。”闻野说，“那您知道他为什么会离开自己的家吗？”

王老师即将为人母，说到这里时，忍不住动气：“我也不是很清楚，但是那天他父亲闹到学校，醉醺醺的，口口声声说要杀他，说上次让他跑了，这次绝对不会放过他。”

闻野皱了皱眉，又听王老师说：“其实这些事情我不应该跟你讲，但我相信你是一个好孩子，就算告诉你，你也不会到处传播。去年我跟着钟老师去走访过他们家附近的邻居，听说这孩子的母亲很小的时候就走了，他一直生活在父亲的暴力和恐吓之下，能长这么大确实不容易，但是……”

王老师说了很多。她怀有善良的心，但也有自私面，就像一个普通家长，矛盾又纠结，觉得云乐可怜，又不希望自己的孩子跟他接触过多，遭到威胁和攻击。

“我猜测那晚他的父亲是真要对他下狠手，才导致他离开家吧。他父亲只被拘留三个月，出来以后不一定又会怎么样。还有邹建，那孩子……唉，反正这里牵扯的一些问题，你们还不懂。闻野啊，老师不是阻止你交朋友，但是和云乐这位同学，你要慎重考虑一下，况且他性格不好，不要因为他影响了你的校园生活。”

王老师是好意，闻野没有明确答应，也没有解释云乐并非他们看到的那样，刻板印象很难更改，不是一两句话别人就会相信的。但是他心里闷闷的，很不舒服，也说不清具体原因。

云乐收拾好餐桌，走到客厅停下脚步。

闻野从学校回来之后就有点奇怪，吃过饭后坐在沙发上面，“围巾”赖着他蹭来蹭去，都没有换来往日的抚摸，只能委屈地“喵喵”叫了两声。

闻野盯着房间里的某个角落出神，甚至不知道云乐已经从厨房走出来了。

他不开心。

云乐抿着嘴，静静看了一会儿，走过去坐在他身边，开口叫了声“野哥”。

闻野眨眨眼，惊醒过来，猛地扭头问道：“你叫我什么？”

他不喜欢？云乐疑惑了半晌，又改了称呼，认真地叫：“闻野哥哥。”

闻野“扑哧”一声笑出来，问他：“为什么突然这么叫我？”

“你喜欢别人这样叫你，是吗？”

闻野说：“不是啊，你怎么看出来的？”

“哦……”还以为发现了他的喜好，云乐低下头有点失落，“因为陈杨和冯唐那样叫你，你笑得很开心。”

闻野一怔，突然明白过来，揉了揉他的头发笑起来：“不是因为称呼，我是觉得他们之间斗嘴很有意思。”

云乐不会斗嘴，握着拳松了又紧，说：“那……你喜欢什么样的称呼？”

“嗯？”

闻野看着云乐的侧脸，发现他正绞尽脑汁地要哄自己开心，可他生活在那样的环境下，从没有人让他开心过，又怎么想得出办法让别人开心？

但云乐还是特别努力，似乎只要想出一个好听的称呼，就可以让闻野高兴起来。

“你呢？你喜欢别人怎么称呼你？”闻野反问。

云乐想了想，别人都叫他的名字，偶尔会有人叫他“乐乐”，乐乐就很好听，可只有大姨和闻野这样叫他。以前他很羡慕别人家的孩子能被爸爸妈妈抱在怀里，喊着亲昵的小名，或是乖乖，或是宝贝，虽然很幼稚，可这一字一句当中，满满的都是柔软的爱意。他抬起头看着闻野，脱口而口：“宝宝，我可以叫你宝宝吗？”

闻野说：“一米八七的宝宝，是不是太高了？”

他微微笑着，眼睛里像装了水，映着云乐缓缓上扬的嘴角。

餐桌上的饭菜热了两遍以后，云乐才盛出一碗慢慢地吃着。

他已经三天没看见闻野了，明明住在一间房子里，却怎么都碰不到面。闻野最近回来很晚，晚到他迷迷糊糊睡着时，才能听到开门的声音。

云乐知道，闻野最近在朋友的店里帮忙，他曾经提起过那家店，在瑞和路上，是一家咖啡厅。云乐吃过饭收拾好餐厅，走到窗前看了看，外面刮着寒风，又要下雪了。

“我说哥哥，我们走不？我这儿又不是二十四小时营业，我亲爹就算嫌我不成器，都没这么督促过我！”

韩宸趴在二楼靠窗的桌子上哭喊，连着三天，闻野天天跑到他店里来帮忙，端完盘子又帮他查账，这一查不要紧，拽着他一两点下班，连刚开业那天丢的一块钱钢镚都被查明去向。

闻野转着笔，对他不理不睬，写写算算。

“你是不是有什么心事啊？”韩宸坐直了说，“我们虽然聚少离多，但我从没见过你这样。有什么话你跟我说呗，我们不是哥们吗？我帮你分担分担。”

闻野依旧没开口，韩宸愁得胡乱猜测：“你不会是失恋了吧？”

旋转的钢笔“啪”的一声掉在地上。

韩宸惊得跳起来，瞪着眼睛说：“什么情况？”

闻野说：“有了比较在意的人。”

韩宸看怪物一样看着他：“对象是谁啊？谁本事这么大？让我见识见识！”

闻野弯腰捡起地上的钢笔，笔尖劈了，溅了一地墨水。他淡淡地道：“他还不知道，我也没问他是什么意思。”

“啊？”韩小老板说，“这不像你的风格啊？别人可能不知道，但我们是发小，你小时候要是有在意的东西绝对主动出击，要是落在别人手里，你就是黑着心也要把东西拐着弯弄回来，怎么这回连问都不问问？”

韩宸说的都是陈芝麻烂谷子的事情。那时候还小，韩宸和闻野一起上幼儿园，学校购置了几十本童话书，闻野喜欢的那本被隔壁桌的小孩抢走了，当时没怎么样，该说说该笑笑，但一周后邻桌的小孩突然哭着喊着死活不要那本书了，闻野便主动站起来，笑眯眯地跟他换了书，还得到了老师的表扬。

韩宸当时不知道是怎么回事，后来才得知闻野为了得到那本书，每天趁着午休的时候偷偷爬起来，往人家书里面塞红钢笔水浸湿的字条，看起来血淋淋的，又不知道哪里雇的高年级学生，把童话故事愣生生编造成鬼故事，到处传播给人听。

当时这事还闹得挺大，但根本没人知道这一切的源头来自一个五六岁的小孩，这事韩宸记得很深。闻野看起来性格很好，也确实非常温柔，可对待在意的东西，不管用什么方法，无论如何都志在必得。

所以韩宸很奇怪，不知道闻野为什么没去争取，而是坐在这里算账。

“我很怕他受到伤害。”闻野淡淡地说。

韩宸揉了揉脸，觉得不可思议，这世界上居然还有闻野害怕的事情：“那……看来你确实挺重视他啊。”

韩宸向来不是个会安慰人的人，以往遇到事都是求着闻野帮忙，如今反过来，屁都帮不上。他也觉得挺不好意思，只好瞥了一眼窗外，“哟”了一声：“这大半夜的，竟然下雪了。”

雪花落了很久，已经在地面上铺了厚厚一层，闻野盯着窗外，突然看到一抹熟悉的身影，怔了怔，猛地站起身跑了出去。韩宸抻着脖子喊：“你干吗去？衣服，衣服！”

闻野顾不得身上只穿了件单薄的卫衣，推开咖啡厅的大门直奔不远处的路灯下面，那里站着一个人，怀里抱着一条红色的围巾。他似乎听到了飞奔而来的脚步声，转过身迎上去，直到两人面对面站着，同时出声。

“还没忙完吗？”

“你怎么来了？”

云乐看他穿得单薄，微微踮起脚，把围巾围在他的脖子上，说：“降温了，我怕你冷，给你送围巾。”

距离期末还有几天，陈杨喜忧参半，喜的是寒假近在眼前，忧的是临时抱了几天的佛脚没见一点成效。下课后冯唐照例回头跟他侃大山，陈杨唉声叹气地说：“我的人生很失败。”

冯唐欣慰地拍着他的肩膀说：“你终于意识到了，但不晚，我们还年轻，还有很大的可进步空间。你现在虽然失败，但只要坚持不懈地努力，还会更加失败。”

“呸！”陈杨正准备真枪实弹地冲他啐唾沫星子，又立刻捂着嘴，及时咽了回去，还差点呛着，没搭理冯唐，赶紧拿本书装模作样地说，“嗯，那个，你上次问我借的笔记看完了吗？”

冯唐说：“我什么时候跟你借……”

陈杨忙挤眉弄眼：“没看完就先放你那儿吧，反正我都倒背如流了，用不着。”

冯唐觉得不对劲，扭头一看，看见乔霜正拿着两本书朝这边走过来，站在闻野的座位前。

陈杨瞪着眼睛，警铃大作，问冯唐："我'女神'跟我野哥……有交集？！"

"废话。"冯唐说，"当然有啊，都是同学。"

"我怎么不知道？！"

"你一天到晚除了玩还知道什么？乔'女神'是英语课代表，闻野哥哥刚转过来那天，英语老师就让乔霜跟他多沟通。"

沟通？！

陈杨再次扭头，开始觉得天旋地转，冷若冰霜的乔"女神"竟然笑了，笑得还有点羞涩？

高二（5）班。

放学铃声响过十分钟后，云乐依旧坐在教室里没动。邹建自上次从体育馆消失后，又一次露面了，估计到了期末，不得不来学校装装样子。他拿着电话骂骂咧咧地走着，路过云乐的座位时，狠狠地踹了云乐的桌子一脚。

云乐没管，收拾书包，跟在他后面，一直目送他下了楼梯，才往（1）班的方向看去。

他怕邹建再去找闻野的麻烦，这样盯着才能放心。

（1）班大多数人热衷学习，每次放学都会晚一点，这会儿才陆陆续续地往外走。闻野站在人群当中，身边还跟着一个女孩子，两人似乎在讨论着什么。

云乐静静看了几秒，刚想低着头下楼，就听见闻野喊了他一声，声音不大，周围的人却集体安静下来看了看闻野，又看了看几米开外的云乐。

“等一下。”闻野喊住云乐。

闻野礼貌地对乔霜说了句：“抱歉，如果没有别的问题，我先走了。”

乔霜把头发别在耳后点点头说：“好，那明天再聊。”

“还有什么可聊的？”陈杨跟在两人后面酸得磨牙，小声问，“如果好哥们和暗恋对象走到一起，我怎么抉择？是跟哥们一刀两断，还是含泪递上请柬。”

“你‘脑补’也太厉害了吧？他们不就讨论讨论学习吗？而且闻野哥哥始终跟‘女神’保持安全距离啊。”冯唐跟闻野挥手再见，又奇怪地道，“不过，闻野哥哥什么时候和云乐走得这么近了？还有上次邹建找碴，也看见他了。”

陈杨也发现了，立刻把“女神”放在一边，说：“因为元旦晚会的事吧？毕竟野哥帮了他，两个人能成为朋友很正常吧？”

冯唐的嘴角抽搐：“正常？醒醒大哥！那可是云乐！他那种性格怎么会和别人成为朋友？你怕不是酸傻了吧？”

不止陈杨两人，身旁的同学全部议论纷纷。闻野和任何人都可能成为朋友，唯独云乐，哪怕闻野曾经帮过他，也不应该这样，云乐不会领情，也不会和任何人结交。

但无论别人怎么说，两个当事人都没在意。云乐不再避开闻野，要保护他，离他近点会更合适。

“你今天不去咖啡厅吗？”走到家门口时，云乐问道。

闻野说：“最近都不去了。”

“哦。”云乐又问，“不忙了吗？”云乐这几天没怎么跟闻野见面，想多跟他说会儿话。

“嗯……”闻野表情有点复杂，笑着说，“一直不忙，只是最近遇到了一个难题，想躲起来思考思考。”

“什么难题？”云乐主动道，“我都复习好了，可以帮你。”

云乐认真的模样让闻野怔了怔，停顿半晌，闻野试探地说：“不是学习的问题，是……感情问题。”

“感情？”这是云乐的盲区，无论亲情、爱情还是友情，他都没拥有过，但他还是想帮闻野，于是问，“那是什么感情？我们可以一起讨论。”

果然云乐什么都不懂，还准备小组讨论。闻野觉得好笑，闭了闭眼，道：“不用了，去做饭吧。”

闻野并没有出来吃晚饭，云乐盛了一些，帮他放在保温锅里温着。

云乐回到房间，机械地坐在床上，床上放着那件即将完成的毛衣。云乐织得很好，一针一线都不敢出错，脑子里乱哄哄的，一时之间理不清头绪。

闻野的感情问题？他遇到困难了吗？

云乐坐立不安，想和闻野证实情况，又因为时间晚了，不愿意打扰闻野休息。

一夜无眠，云乐睁着眼睛坐了一宿，依旧不知道该怎么办，想求助闻野。但很奇怪，这天闻野出门很早，他去敲门时，闻野不知什么时候已经走了。

课间十分钟，（5）班的教室吵吵闹闹，邹建坐在最后一排越来越肆无忌惮。他确实无所谓，就算老师发现也会有陈兵这样的狗腿子为他背锅。陈兵站在他身边嘀咕着什么，图璃凑过去，单手支着下巴，说：“哥，我搞到龙哥的电话了，你要怎么奖励我啊？”

邹建对图璃说：“亏不了你。”

图璃“咯咯”笑着，挑起一缕头发卷着玩：“龙哥可凶着呢，下手没个轻重，要是出点事情……”

邹建眯起眼，冲着走出教室的云乐冷笑道：“人在校外出了事，是死是活，跟我有关系吗？”

距离上课还有三分钟，陈杨和冯唐勾肩搭背地从厕所回来，教室后门口站了个人，看见他们主动走过来。

陈杨眨了眨眼说：“云乐？有事吗？”

云乐说：“我找闻野，他不在。”

“哦。”陈杨说，“闻野哥哥今天请了事假。”

事假？

云乐怔了怔，点头道谢，回了教室。

上午九点多，王松睡了一小觉，裹着大棉袄去菜场换陈巧玉回家做饭。陈巧玉挑了一棵烂了根的白菜，剁去尾巴，装进袋子里拎回家。王松这两天馋了，想吃馅饼，她昨天从隔壁摊买了块肥膘，熬夜炼了油渣子，和白菜放在一起和成馅，准备烙两张馅饼。

“嗒嗒嗒”的切菜声回荡在楼道里，这栋楼年久失修，隔音不好。

陈巧玉刚把剁好的白菜搁在不锈钢盆里，就听到有人敲门。她扭头看了一眼，在围裙上蹭了蹭沾了水的双手，过去开门。门外站着一个穿校服的学生，个子很高，陈巧玉得仰着脖子看他，问道："你是？"

"我叫闻野。"那人介绍，"是云乐的同学，他暂时在我家打工。"

"哦哦，乐乐的同学老板，快，快进来，外面冷。"话是这么说，但实际上，室内外的温度并没有差多少，闻野进门依旧带着寒气。

陈巧玉把闻野邀请进屋，找张圆凳擦了擦让他坐下。他们家屋子小，一张床、一张桌子几把椅子，衣柜门早就坏了，歪歪斜斜地勉强能关上，角落堆着许多泡沫箱子，有空的，有装了杂物的。

陈巧玉给闻野倒了一杯水，搪瓷缸子放在四四方方的桌子上，桌面油乎乎的。她拘谨地擦擦，觉得闻野坐在这房间里显得格格不入。

陈巧玉不好意思地笑了笑，说："你别……别嫌弃。"

闻野说："不会，辛苦您了，这是您的家，您别站着。"

"嗯。"陈巧玉坐下，有些急切地问，"乐乐还好吗？"

闻野说："他很好。"

"那就好，那就好。"陈巧玉欣慰，又说，"他没给你添乱吧？你别看他瘦，该干活，你让他干，他利索着呢，不怕累。"

陈巧玉生怕闻野嫌云乐干得不好，再把云乐开除了。

闻野温和地说："他很好，做饭很好吃。"看出陈巧玉紧张，他笑道，"您别担心，我今天过来就是想看看他生活过的地方，没有别的意思。"

陈巧玉明显松了口气，又赶忙站起身，从柜子里找出一把钥匙，说："乐乐家在对面，我带着你过去。"

云锦鹏被抓起来后，家里就没人了，陈巧玉怕丢东西帮着锁了起来，虽然没有值钱的东西，但是万一云乐哪天回来了，还得重新置办，太浪费。

她看闻野不像坏人，就把人领了进去。那屋里没一点人气，凉得像冰窖，加上许久没住人，地上已经落了厚厚的一层灰，洗脸的架子还是倒着的，地上的碎玻璃也没人收拾。

陈巧玉忙，起早贪黑的，连自己家都收拾不过来，实在没有多余的闲空收拾这里，所以还是像云乐走的那天一样，除了多了几个空酒瓶子，纹丝未动。

闻野第一次见到这样的房间，简陋老旧，逼仄得让人喘不过气。

陈巧玉说："以前乐乐就睡沙发，一出生就睡在那儿。"

"为什么……睡沙发？"

沙发很小，上面只有一床薄薄的毯子随意摊着。

陈巧玉说："应该是段菲早有计划，不想跟这个孩子有太多的感情纠葛。哦，段菲是乐乐的妈妈，其实早就想走了，但是后来怀了孕，又被云锦鹏关着，叫天天不应叫地地不灵，对乐乐的感情一直很复杂，所以从他出生起就把他放在沙发上，不让他亲近。"

闻野试着坐在沙发上面，硬邦邦的，像是坐在木板上，沙发前面有张小桌子，桌下是一个鞋盒。

陈巧玉把鞋盒拿出来，给闻野看："这个呀，是乐乐小时候的玩具，他小时候可喜欢了。"

玩具？

闻野打开鞋盒，看了眼里面的东西，不禁喉咙发紧，里面只有两三件小东西：褪了色的拨浪鼓、掉了漆的小青蛙，还有一个用作业本折的纸飞机，除此，没有更多。

陈巧玉拿起拨浪鼓晃了晃，说：“这个是我买给他的，他那时候刚几个月，特别爱笑。你不知道啊，他小小的，跟只小猫崽一样，一双大眼睛追着鼓来回跑。段菲虽然冷着他，可对他也不是完全没感情，毕竟身上掉下来的一块肉，就给他起名字叫云乐，想让他每天都这么高兴，乐乐和和的，可是……”

陈巧玉的眼睛红起来，说：“段菲走后，他就再也没笑过了。我知道，那是唯一抱着他、搂着他疼爱过他的人，走得一干二净，他肯定忘不了。乐乐这个孩子倔，等了段菲这么多年，也是在等一份关爱。他为了这份关爱，坚强得不得了，什么也不怕，不管云锦鹏怎么打他、骂他，不管在学校里别人怎么嘲笑他，他都不怕。可是他等了十年，段菲都没有回来。”

陈巧玉叹了一声：“我是母亲，也是女人，虽然是个乡下婆子，但也知道，段菲跟云锦鹏没法过，就是苦了乐乐。不过幸好，他如今是想通了吧，终于离开了这个家，但我还是担心。你说这孩子，盼了十年，就这么走了，他往后的日子还有希望吗？”

闻野把纸飞机拿起来，竟然看到一张老照片。照片上面容姣好的女人蹲在外面的院子里洗衣服，小云乐穿着黄鸭子的小背心趴在她的肩膀上，仰着脸，笑得看不见眼睛。

原来……他也可以笑得这样开心。

闻野摩挲着照片上的笑脸，终于做了决定。

第七章

“他叫云乐，是我的朋友。”

放学时，云乐又去（1）班门口看了看，闻野依旧没有出现。他出了校门，找到一处没人的角落，给闻野发信息问他晚上回不回家，刚准备走，就看见陈兵带着几个人在不远处徘徊。

陈兵说："龙哥，到时候您就把他弄这边来，随便您怎么教训。邹哥说了，好处少不了。"

这里是瑞海高中的后墙，对面横出来一栋违章修建的写字楼，写字楼停工许久，上面不让盖，也始终耗着没有拆，久而久之，这就成了个别学生的秘密基地。反正是校外，没人管得着。

龙哥说："叫什么来着？"

"闻野，高二（1）班的，他很能打，龙哥，您也注意。"

"注意？"龙哥不屑，"皮孩子的事还找我？真把我当闲人了？"

"不是不是。"陈兵赶紧说，"这不是因为龙哥您厉害嘛。"

龙哥爱听吹捧的话，一口气把烟抽完，扔在地上，什么牛不牛，主要是答应了姓邹的小子，他还给了好处，就当运动运动减肥了。

龙哥刚要走，却被一道身影挡住去路。

陈兵看清来人，挑挑眉说："哟，云小少爷。"

云乐看他一眼，淡淡地道："你要找闻野的事。"

陈兵乐了："这不是很显然？他上次可是惹了我们哥几个。我说这事你甭管，邹哥这两天忙着，没空搭理你，你也甭上赶着凑份子。"

“不行。”云乐面无表情地说。

“不行？”陈兵抬手推了他一把，恶声道，“你算老几啊？还敢说不行？上回没收拾了他，这次得卸他一条腿！”

话音落下，云乐趁陈兵没有防备，把他扑到墙上。

“不行。”云乐眼神凌厉，重复道，“我说不行。”

陈兵蒙了半晌，攥着他的胳臂骂道：“你疯了？！”

云乐没开口，死死盯着他，压住他不放。

陈兵在那一瞬间读懂了他眼中的意思，汗毛竖起，艰难地喊：“龙……龙哥！帮我，帮帮我！”

龙哥带着自己的小弟站在一边看热闹。

云乐平静的脸上看不到一丝恐惧，可眼神越发狠厉起来。

陈兵用力地抠着他的手指，骂道：“疯子！怪不得你爸是暴力狂！有其父必有其子！他打死你也活该！”

陈兵用尽力气把云乐推到一旁。他气极了，随手捡起一块砖。这时却肩膀一软，猛地被一股强大的力气甩了出去。他趴在地上，抬起头，看见了不知从何而来的闻野。

陈兵吞咽着口水，对龙哥说：“就是他，他就是闻野，龙哥！”

龙哥拍拍手站起来准备干活，瞥了一眼闻野，竟然觉得有点眼熟。他迟疑了半晌，听到闻野叫出了他的名字：“龙刚。”

“你是……”龙刚一巴掌拍在脑门上，惊道，“你是闻总的……儿子？！”

闻野点了点头。

“哎哟。”龙刚赶紧从兜里掏出一瓶漱口水，漱漱口才上前说，

"你什么时候回国了？"

闻野说："不久前。"

龙刚从小不学无术，背井离乡，坑蒙拐骗，三十多年基本没干过好事，唯独干了一次见义勇为的，就是半夜帮一个乡下婆子抢回了看病的钱包，还被歹徒砍了一刀毁了容。歹徒跑了，他忍着疼打算把包还回去，却被路人指认，说他才是抢包的罪魁祸首。他手上拿着赃物，还拿着刀，看起来穷凶极恶，活像个杀人犯。他本来也是警察局的常客，片警都认识他，这么一闹，八张嘴都解释不清楚，幸好闻野的父亲看到了经过，帮他做证，帮他打官司，后来又给他找了份保安的工作。

但是龙刚心思野，没干几天，便再次干起了老本行。不过他讲义气，也念着闻家的恩，过年过节还不忘给闻野的爷爷奶奶送送礼。

两个人简单寒暄了几句，龙刚就准备带着人走，陈兵爬起来抓着他说："龙哥！我们这事还没办呢！"

龙刚冲他啐了口唾沫，威胁道："我办你个头哦，我们闻总的儿子你也敢动？我告诉你，以后你敢找他的碴，小心我弄你。"

陈兵搞不清楚状况，但是龙刚走了，他看了一眼闻野，也后退几步，慌张地跑出了胡同。

"疼不疼？"

闻野蹲下身，云乐的嘴角带着血，闻野想要帮他擦干净，想要把他扶起来，却被他握住了手腕。

云乐拼命地攥着闻野，像是努力抓住最后一丝机会。

他不想放手，想尽一切努力去争取，想留在闻野身边，留在他的阳光下面。

他们彼此对望着，过了许久，闻野说：“放手。”

放手……

话音落下的一瞬间，云乐手上的力道松了松，他仿佛艰难地爬到悬崖顶端，却踩空了一脚，整个人落回万丈深渊里。果然他还是不应该抱有任何期待，他这种人生，根本不会再有希望。

他急速下坠的身体，似乎被谁抓住了。对方的力气很大，一把将他拉起，揉着他的头发，笑着说：“我想告诉云乐，或许我还没有足够的能力为他遮风挡雨，或许我也没有强大到可以让他不受伤害，但我会尽最大的可能护着他，想成为他的希望，想让他开朗起来，想让他笑……”

云乐身上的伤不严重，回到家里，闻野找到药箱细心地帮他清理着伤口。他的眼睛随着闻野手上的消毒棉签转来转去，带着点好奇，闻野笑着问：“在看什么？”

云乐说：“我们现在的关系更亲近了吗？是朋友了吗？”

闻野弯着眼睛笑道：“当然。”

云乐一本正经地问道：“那跟之前的雇佣关系有什么不同吗？”

雇佣？

闻野的神情有点复杂，他咳嗽一声，坐在云乐旁边问：“在你心里，我们一直是雇佣关系吗？”

云乐点了点头：“因为我在打工，你是老板。”

云乐说得确实没错，硬要说雇佣也勉强挂钩，而且这个词本身没有歧义。

闻野揉揉他的脑袋笑着说：“肯定要有一些大变化的。”

期末最后两天，瑞海高中开始强制补课，起早贪黑的，搞得陈杨叫苦不迭，发出哲学三问：“为什么要学习？为什么要考试？为什么要活着？！”

冯唐也没空搭理他，抱着闻野画的重点，翻来覆去地背，背着背着还背串行了，一脑袋摔到桌子上差点翻白眼，看了眼还在听歌的闻野，悲从中来：“人比人真的气死人。”

陈杨说：“我已经不跟野哥比了，那就是个人生赢家。你不知道我今天翻了一篇作文范文，看着人家写得怎么就那么好？又看了眼作者名，惊了。”

“谁？”

“云乐！他居然可以写出范文？我当时下巴都掉了！”

冯唐翻白眼说：“这有什么想不到的？他本来学习成绩就好啊，年级第一你以为吹出来的？”

闻野耳机里的音乐暂停着，听到陈杨两人的对话，他不自觉地笑了笑，给云乐发了短信，告诉云乐晚上一起回家。

最近放学很晚，加上晚自习，八点左右他们才能出校门。云乐站在校外的第一个路口等着，听到耳后传来了脚步声，转过头去，闻野正冲他挥着手。闻野刚想加快脚步，突然有人喊住了他的名字。

是乔霜，她跟在闻野身后跑着过来，利落的马尾看起来有点凌乱，微微喘着气说：“我有话对你说，我知道快考试，但，我还是想……”

闻野道：“怎么了？”

乔霜犹豫了几秒，从书包里拿出了一封信，低着头说：“这个给你。”

粉红色的信封，上面写着她的名字，闻野只看了一眼就知道那是什么，他从小到大收过不少，客气地拒绝：“我不能收。”

乔霜咬着下嘴唇，问：“你有喜欢的人了？”

“嗯。”闻野没有丝毫犹豫地回道。

乔霜把手缩了回去，尴尬地点了点头，说了句“不好意思”，又把粉色的信封放回包里，转头走了。

闻野没有多说一句话，过多的温柔对拒绝来讲，只会助长感情的生长。

这一切云乐都看在眼里，等闻野走过来时，疑惑地问道：“她是在跟你表白吗？”

“嗯。”

闻野拉了一把云乐的手臂，心里想着，等考完试要带着他去医院买一些药膏回来，冻疮不好去根，估计要一两年，甚至更久才能好。

下课的铃声“丁零”地响彻校园，最后一门考试终于结束了。

陈杨冲出考场时碰到闻野，正准备一起回教室，闻野却收到了一条短信，短信是云乐发来的，上面写着：“我在阅读角的树林等你。”

闻野有些惊喜，这是云乐第一次主动给他发来邀请，不是询问他回不回家、吃不吃饭。

闻野让陈杨先回教室，独自去了树林，云乐一早站在那里，穿着校服，里面套着高领的白色白衣，毛衣领子遮住了他的下巴，看起暖烘烘的。树林的积雪化了，地上的树叶也被清理过，堆在树根下面，像个小山丘，云乐背着书包，手里拿着一封信，看到闻野，主动把信递给他，说：“这是给你的。”

闻野接过来，眨眨眼，上面写着他的名字，旁边还画了一个可爱的笑脸。

这太不像云乐的风格了，闻野不禁笑着问：“我可以打开吗？”

闻野很好奇云乐写了什么，有些迫不及待。

云乐点点头，说：“可以。”他们两个面对面站着，写信的人面无表情，看信的人却慢慢地红了脸。

闻野：

见信好。

这是我写的第一封信，我查阅了格式，看了许多范文，可没有一篇类似我的心情。其实我也不懂怎么向你形容，不知你是否感受过刺骨的井水洒出来，在寒冷的冬天结成了冰？我被冰封在里面，连着心一起结了霜。你从雪地里捡到我，把我捧起来，让我感受到了阳光。

阳光很奇妙，耀眼又强大，将那层冰冷的外壳晒成了水，缓缓蒸发。

我仿佛从那一刻醒了过来，无法跳动的心也恢复了正常的频率，甚至更快，无法控制，它无时无刻不想要从胸腔里跳出来。

我知道，它不再冰冷。

它会一直沐浴在太阳的光芒之下。

云乐

1月22日冬

熬过沉重枯燥的期末，不管考得好坏，寒假如期来了。

云乐习惯性早起，简单地洗漱后去厨房做饭，早餐的种类他学会了很多，无论是中式还是西式。“嗞嗞”的声音飘荡着，焦香的培根卷旁煎着橙白相间的溏心蛋，又用吐司机烤了几片面包，还学着书上的样子细致地摆盘。

“围巾”听见动静从猫窝里蹿到厨房，再次张着四肢跳起来，扑到云乐的拖鞋上又抓又咬，亲密得不得了。

云乐虽然很少抱它，但从来不会驱赶它，他习惯地拖着它从冰箱上拿了一条小鱼干，算是解决了一只猫的早餐问题。

这个画面闻野不是第一次见，却因为两人关系日渐亲近，好像这里更像一个温馨的家。

“今天有事吗？”闻野走进餐厅问道。

云乐摘下围裙，把牛奶放在桌上，坐在他对面说：“晚上去打工，白天没事。”

他想这几天把毛衣织完，再和闻野商量找个兼职。

闻野说：“那待会儿陪我出趟门怎么样？”

云乐说了声“好”，继续低头吃饭，没发现对面那人弯着眼睛看他，黑亮的眸子里闪着细碎的光。

闻野静静地不说话，突然抬起修长的手指，戳破了面前那份五分熟的煎蛋黄，黄黄的蛋液像果浆一样粘在食指上，他笑得越发好看了，迅速伸出手，抹在云乐的脸上。

云乐怔了怔，不解地抬眼问："怎么了？"

闻野没有直接回答，笑眯眯地看着他说："没什么，你的脸脏了。"

云乐原以为闻野要出门买东西，没想到下了公交车，两人站在了一条胡同里。

瑞海市的老城区还保留着二三十年前的韵味，甚至更古老，红门楼、灰石瓦，门檐下吊着两个红灯笼，饱经风霜的狮头环钉在木门上，轻轻一叩，"咚咚"作响。

闻野推开一扇门，拉着云乐走了进去，入眼的"福禄寿喜"刻在三米宽的砖雕照壁上。两人往左走转个弯，才正经进了院子，小院四四方方，东西两厢，坐北朝南，院子里有两把竹编的躺椅，放在掉光了叶子的枣树附近。枣树上还挂着红彤彤的小枣，过了季，蔫巴巴的，没人摘。待风一吹，连着树杈掉下来几颗，落在躺椅上，被人擦擦干净吃进嘴，又嫌干干巴巴地吐了核。

这个月份还能留在树上的枣，也是生命力特顽强。

西厢房的门打开了，一位穿着湖蓝色毛衣的女士抱着被子走出来，嘴里还念叨着："这才出门玩了两个月，被子都长毛了。我跟你说，老闻，西屋的自来水管你再不修好了，我天天让你跑水池子里洗澡！"

她烫着时尚的羊毛卷，脸上皱纹不多，看起来只有四十几岁。

"我是修理工吗？我告诉你，王桂珍女士，别仗着你是我的爱人就这么肆无忌惮地欺负人！”

东屋的门同时打开，穿着毛背心、戴着老花镜的男士也走了出来，看到院子里站着人，扶了扶眼镜，把手上的报纸放在窗台上，喜道：“孙子！”

王桂珍听见声音，抱着的被子挡了脸，只能抻着脖子看，激动得跺脚：“哎呀，闻野！我的大宝贝，快来快来，奶奶看看！”

闻野走过去，接过王桂珍手上的被子，无奈地道：“跟您说了多少次，我都快成年了，您别总叫我大宝贝。”

王桂珍绕着他看了一圈，满眼欣喜，她小半年没见孙子想得不行，闻野回国时她跟老伴正在外面旅游，恨不得插着翅膀飞回来。她高兴地说：“我喊了你十几年的宝贝疙瘩，哪里改得了口？来也不说一声，放假了？”她注意到他身后的云乐，说，“这是……”

闻野把被子搭在院子里的晾衣绳上，看了云乐一眼，神秘兮兮地道：“这个得详细说。”

具体是怎么详细说的，云乐不知道，他坐在堂屋的梨花椅上面等着闻野。他低着头十指扣在一起，难得紧张起来，时间一分一秒地过去，将近一个小时后，闻野才从里屋走出来。

云乐赶忙站起身，看着闻野。

闻野冲他眨了眨眼，说：“等着急了？”

云乐摇摇头：“我担心。”

闻野问：“担心什么？”

“你……告诉你的爷爷奶奶了吗？”云乐望着他。

“嗯。”

又十几分钟后，王桂珍和老伴从房间里走了出来，老伴叫闻国强，在屋里还换了条裤子，之前穿着棉睡裤，这会儿换了条黑西裤，看见两个孩子聊着天，看了王桂珍一眼，小声说：“那我问了？”

王桂珍瞥他一眼，抓了抓刚喷了发胶的头发。他们似乎在屋里排练好了，还得有个起头的。

闻国强咳嗽一声，挺和蔼地笑道：“闻野来了啊。”

闻野眨了眨眼，心道：早来了。

王桂珍看见孙子就高兴，甭管屋里说了什么，跟着演戏，想板着脸又憋不住，捏捏扭扭要笑不笑的。

“来了怎么也不说一声？考完试了？放假了？”

这台词听着有点耳熟，闻野反应过来被两个加起来一百三十多岁的老人家逗得哭笑不得。他确实表达了一下想对他们好好介绍云乐，但没想到两位老年人直接退出了“直播间”，又重新打开进了一回。

他笑着说：“昨天刚考完试，知道你们回来了，想过来给你们一个惊喜。”

对，惊喜确实挺大的。

王桂珍看了眼云乐，有点别扭地说：“那这位是……”

终于到了重头戏，闻国强还抻了抻毛背心，想看起来正式点。

云乐也紧张，但面上不显，手心冒汗。

闻野大大方方地说：“他叫云乐，是我的朋友。”

他又给云乐介绍：“这二位是我的爷爷和奶奶。”

云乐点头，愣愣地弯下腰，鞠了个一百二十五度的躬，说：“爷爷奶奶。”

“嗯！”闻国强被这大礼吓了一跳，赶紧虚扶着他说，“好，好，起来起来，好孩子。”

云乐听话地站直，不禁往闻野身边凑了凑，人一旦有了在乎的东西，所有的无所谓就都跑了回来，会胆怯，也会害怕。他怕自己表现得不好，不会说好听的话，不能哄老人开心。

王桂珍上下打量了他将近五分钟，眯起眼睛说：“孩子是个好孩子，就是这头发怎么跟狗啃的一样？在哪个理发店剪的？”

王女士自诩时尚达人，别看即将突破六十六岁大关，心态和长相都得往前年轻几十年，再加上儿媳妇是个著名演员，认识不少著名造型师。王女士自从有了“后门”，更是常常接触高端人士，退休之后不是旅游就是看秀，重返十八岁就是个时尚“大咖”。

“我剪的……”

闻野扭头看了看云乐再次挡住眼睛的“西瓜皮”，觉得还挺好看，别人顶多看到一层长刘海，到了他这里就能透过刘海窥探到清澈的大眼睛。

王桂珍明显嫌弃了，跟闻国强讨论：“孙子就是太优秀了。”

闻国强再次推了推眼镜，像个老学究：“上帝给他打开了十扇门，怎么也得关上个排气筒，有点缺点还像个人，不然我以为我孙子是个神。”

“也是，人也不能太完美。”

老两口自由恋爱，几十年下来日子过得跟说对口相声似的，你一句我一句，点评着闻野的剪发技术。

“扑哧”一声，极低的笑声从耳边传来，闻野看了眼云乐，他正望着自己，抿着嘴，眼睛里盛满了开心的笑。果然，他从出生那天起就是爱笑的孩子，本性如此，哪怕深陷泥沼当中，弄脏了他的衣服，也没弄脏他的心。

闻野眨眨眼，像是问他：你也觉得我剪得难看？

云乐摇头，像是告诉他：好看，不难看。

说到一半，王桂珍按捺不住了，手痒地说：“老闻，去把我的工具箱拿出来。”

闻国强愣了，问：“你有什么工具箱？”

王桂珍轻搡了他一下，使眼色：“剪刀，推子。”

这几年气候渐暖，冬天也不再像以前似的冷得迈不开脚，大雪过后又是耀眼的晴天，穿着毛衣坐在院里，晒着日光，也不觉得冷。

闻野和闻国强站在院子中间，看着王桂珍左手一把剪刀，右手一把上了岁数的剃头推子，正儿八经地给云乐剪头发。

云乐身上围了块白被单，王桂珍让他往左歪，他就听话地歪过去，随意被摆弄，听话极了。他们都是闻野的亲人，云乐能放下所有防备。

“这推子的岁数比你还大，是你太爷爷给我剃头用的，一推子下去，嗬，油光锃亮。”闻国强捏着下巴跟孙子说着风凉话。

闻野说：“您可别吓唬我。”

闻国强哈哈笑着，又问：“你真的考虑好了？你跟这孩子才认识两个多月。”

闻野看着云乐，笑着说：“您现在考虑得很多。”

闻国强说："人老了嘛，总要考虑一些。"

"可我现在还没有老啊。"闻野笑道："您以过来人的身份告诉我人生有多艰难，可我还没有经历磨难，您就算再疼我，也不能让我坐享其成，得让我去体验人生的酸甜苦辣。"

闻国强眼神是骄傲的。他没有阻止，他想，年轻大概如此，或许没有深思熟虑，但简单直接。

他可能被自己的孙子说服了，但此时此刻，他就是觉得挺好。

王桂珍平均半个月去一次理发店，就算不做头发，也得去保养护理，发型师见得多，剪刀"咔嚓咔嚓"挥得有模有样。四十分钟后，她终于松了口气，把云乐脖子里的碎头发清理干净，又把被单解开，弯下腰捏着他的下巴左右扭，满意地点了点头，说："去吧，让他们看看。"

云乐站起来说了声"谢谢"。他不知道剪过头发的自己什么样，以前不在乎，也没人在乎，可这回他每走一步都觉得内心忐忑。他开始像个正常人了，开始在乎美丑，开始担心会不会不好看。

王桂珍喊了声老伴，让他去拿扫把，自己回屋洗手。

院子里只剩下两个人，阳光洒遍院子里的每个角落，树杈稀疏，光影打在仿古的红褐色窗棂上。侵了雪水松了土的地砖里爬出一只黑皮蝈蝈，它和云乐一起出发，跑着蹦着。蝈蝈跳到了闻野的运动鞋上，扒着鞋带玩了一会儿，又钻到不远处的花盆里。

云乐停下来，仰着头问他："头发，好看吗？"

他顶着细碎的短发，利落清爽，太阳底下还泛着淡淡的栗色的光，估计从小营养不良，头发又软又细。

闻野没说话，只是笑着看他。

云乐又问："不好看吗？"

"好看。"

第八章

“春节，可能要去国外了。”

这座看起来平凡的四合院里，充满了闻野的幼年回忆，那几年父母各个方面都处在上升期，他被寄养在爷爷奶奶家里读完了幼儿园。

两人帮着闻国强扫了地，又把椅子靠在枣树旁，一起去了厨房。虽然房子和大部分装饰走的古典风格，但厨房里的器具极为现代，微波炉、烤箱、洗碗机，该有的都有，不常有的也全部准备着。

王桂珍系上围裙研究菜谱。她基本不下厨，平时都是闻国强做，也没有特别的原因，单纯因为闻国强做饭好吃。但是闻野这天过来，她就忍不住想露一手，哪怕就是盘西红柿炒鸡蛋，她也得在桌上占有一席之地，非得让孙子亲口夸两句才舒心。两个孩子想要帮忙，全被她轰了出去。

“你们要是没事，就把树上的枣给晃下来，一天天走树底下跟下冰雹似的，上回愣是给我脑袋砸了包。”

闻国强说着进了厨房。他不放心，生怕老伴做着做着把厨房给点了。厨艺这事还真不是勤能补拙的，主要得靠天分，王桂珍这辈子是做不好饭了，也就能当好他的媳妇。

“你的脑袋是纸糊的啊？”

王桂珍扒开他的头发左看右看，别说是包，连个红疙瘩都没看见，随手拍了他一下，嫌他说话夸大没边。

云乐怔怔地看着，从来不知道夫妻之间竟然可以这样相处。他童年的记忆深处都是云锦鹏的怒吼和段菲歇斯底里的哭喊，他胆怯地缩在沙发上，捂着耳朵，不敢出声，万一发出声音，就会被迁怒着卷入战争的旋涡。他也有爷爷奶奶，毕竟云锦鹏不是石头缝里蹦出来的，可他仅仅见过一次，他们当云乐是空气，冷漠得还不如街上遇到的陌生人。

那一次见面，爷爷奶奶是为了和云锦鹏切断联系，儿子都不要了，他们还要什么孙子？

很长一段时间，云乐都以为所有人的长辈，全是这样相处的，但只要他乖乖听话，总会缓和他们之间的关系，可他太高看自己了，他根本什么都不是。如果硬要形容的话，他顶多算一个拖了段菲七年的拖油瓶。

这天没有风，枣树上的“红坠子”挂得稳稳当当，闻野仰着头说：“这棵树是我小时候种的，学校在植树节给每个人发了一棵小树苗，我从学校扛回来，跟爷爷一起刨了坑栽进去，后来它长大了，我就常常爬到树上摘枣吃。”他说着小时候的趣事，每一幅画面都活灵活现的，“你知道韩宸吗？”

云乐说：“是咖啡店的老板。”

“对，就是他。”闻野说，“那年我已经跟父母去了国外，假期回来时，正好树上的枣半青不红。韩宸过来找我，眼馋了，跃跃欲试地想要爬到树上尝鲜，但他知道树上有毛毛虫，怂恿我去，我回屋穿上了雨衣雨鞋……”

云乐问：“为什么穿雨衣？”

闻野说：“因为毛毛虫的毛沾在身上又痒又疼，很难受。”

“哦，所以你要穿雨衣挡着？”

“对。”闻野笑着说，“是不是很聪明？”

“嗯，然后呢？你上去了吗？”云乐好奇，想象不到闻野爬树的样子。

“上去了呀，我找了一把梯子，一级台阶一级台阶地迈上去，韩宸眼巴巴地在下面等，想让我给他扔下几个，但是我当时特别坏，就是不理他。”闻野说，“结果你猜怎么着？”

云乐便乖乖地问：“然后怎么了？”

“然后韩宸急得转圈，猛踹了树干几下。”说着还学了学，闻野抬起腿用力地踹在树干上，笑着说，“结果枣没熟透，掉不下去，却掉下去几只毛毛虫，全部钻进了他的脖颈里，吓得他哭声震天。嗯？”

“咚”的一声，仿佛什么东西砸在脑袋上。

闻野还没讲完童年趣事，熟了的红枣再也经不住岁月风霜的摧残，一脚下去，全部“哗啦啦”地砸下来。

云乐反应过来急忙抬起手护住闻野的头，却一点没顾自己，一连串的枣子都砸在他的身上。

他毫无杂质的眼中满满当当地盛着关心，生怕闻野受一点伤。

闻野伸手将椅背上的白床单一把抓起来，在半空中大咧咧地铺开，落在他们身上，蒙住了他们的头。闻野将云乐护住，无数的红枣砸在闻野的背上，白床单下面透着光，熟透的枣像是下了一场绚烂的雨，雨滴落在地上，又在薄纱笼罩的日光中，洋洋洒洒地弹起来跳了个舞，从远处看红彤彤的一片，像是铺满地的相思豆，好看得不得了。

吃过午饭，两人站在厨房里收拾餐具。

王桂珍心态再年轻，忙活一个上午也觉得乏，有洗碗机摆着，累不着她孙子，也就不管了。

院里的枣捡了满满的两小盆，放在厨房的角落里，能吃的不多，也不知道闻国强要用来做什么，没准是熬成糯糯的枣泥，或是做成甜甜的枣酱。这一回枣树算是彻底秃了，得等明年开春才能长出新芽。

堂屋的左边是闻野的房间，收拾完厨房，闻野带着云乐走过去推开房门。房间还是他小时候的样子，天蓝色的墙壁上装饰着各种各样男孩子喜欢的东西，船帆、滑板、汽车模型。一米五的单人床旁边摆了一个书架，书架上是儿童画册，以及画着彩图的童话书，靠窗的地毯上放了几个纸箱，里面装着他小时候的玩具。他和云乐坐在地毯上面，把箱子里组装好的模型全部拆了，又一个一个地拼回去，其实都是小孩子的玩意，可云乐长这么大第一次碰。

“这个是图纸。”闻野递给云乐。

“嗯。”

云乐和闻野活像两个大龄儿童坐在一起搭积木，云乐一脸认真严肃，手上拿着拼好的机翼，仔细寻找接下来的部件。飞机模型工程浩大，忙活了整整一个下午，直到晚饭王桂珍过来喊人，两人才算彻底完成。

云乐知道闻野的用意，无论是枣树下的趣事，还是整个下午坐在一起组装模型，都是想带着他重新走一遍荒凉的童年，填充他不完整的过去。就算闻野不说，他也知道，闻野所做的这一切都是为了他。

晚上八点左右，餐厅的灯换了个挡位，变成昏黄色。王桂珍每天晚上都要学习英语，一早就回了房间，闻国强把盆子里的枣洗干净，放在筛子里控水。厨房和餐厅都在西屋，他忙完走出来，站在院里，看了一眼闻野的房间，笑了笑。闻野过于成熟稳重，十几年来活得太过坚强懂事，幼儿园还能看出个孩子样，调皮捣蛋得让人头疼，可自从去了国外就变了，可能没人理解他的孤独，因为他从未表现过孤独。

不过现在好了，闻国强想，有个人可以在他身边，可以感知他的喜怒哀乐。

闻野卧室的床上放着一件铁臂阿童木的白 T 恤，洗好澡的他站在衣柜前听着浴室里传来的“哗哗”的水声，给云乐找衣服。爷爷奶奶家里虽然备着他各个季度的衣服，但云乐能穿的估计没几件，闻野又翻出一条两年前的裤子，比了比长短，应该差不多。他刚准备连着 T 恤一起拿进浴室，云乐已经关了花洒，打开了门。

云乐拿着毛巾擦头发，全身上下只穿了一条有小鸭子印花的内裤。他很瘦，上半身的肋骨一条一条地突出着，腰很细，腿上有些肉，笔直地站在浴室门口，说：“我洗好了。”

闻野眨眨眼，拿起床上的 T 恤走过去，突然发现他身上藏了不少深深浅浅的疤，大小不一，有一块特别明显，像是被锋利的器具扎进肩膀里。

云乐听话地套上 T 恤，盖住了那一处伤疤，主动拿起放在一旁的吹风机，对闻野说：“可以帮我吹头发吗？”

“嗯？”闻野收回目光，说，“可以。”

“呼呼”的风声在耳边徘徊，云乐坐在床边，背对着闻野，抱着腿。

几分钟后，闻野把吹风机放回柜子上，云乐转过身，问他：“睡觉吗？”

闻野很多时候不想去窥探别人的往事，因为不知道往事的好坏，不知道问出口是否伤人。他太周全了，维护着所有人的自尊心。

可面对云乐，他想知道到底是怎样的锋利器具扎进了云乐的肉里，云乐有没有哭，有没有喊疼。

“你是有话问我吗？”云乐仰着头说。

闻野犹豫着。

云乐又说：“你是看到我的伤疤了吗？”

闻野的笑容看起来有些难过，他问：“可以告诉我吗？”

云乐点头说了声“可以”。

其实那天和往常一样，也没有特别的事情发生，不过是云锦鹏再次喝醉酒，对云乐又打又骂，酒瓶子摔在地上，瓶底朝上，参差不齐的豁口像是平静的獠牙竖在房间里，推搡之间，云乐不小心趴了上去，整个瓶底全部扎进肉里。云乐当时十二三岁，没钱去医院，就拿着自己平时捡瓶子的零钱去了街口的小诊所。诊所里只有一个老医生，平时关门很早，云乐蹲在门口等着，因为血流得多，昏昏沉沉的。

“我像不像卖火柴的小男孩？”云乐难得开个玩笑，抚平了闻野皱起来的眉，“你不要觉得难过。”

“为什么？”他们一起盖着被子靠在床上。

“因为这都是以前的事情了，我说给你听，不是想要你可怜我，而是因为你想要知道，我才会说给你听。”

闻野笑了笑，问：“我想知道什么你都会跟我说吗？”

云乐“嗯”了一声：“什么都可以。”

“那，你喜欢什么颜色？”闻野说。

“白色。”因为白色干净。

“你的生日呢？”

“六月十八号。”明明他出生在最热情的夏天，却被冰封在最严酷的冬天。

那之后，闻野问的每一句话，每一个字，云乐都认认真真地回应着。

一眨眼，时间溜到了凌晨，该睡觉了。云乐躺在床上，只露出一颗小脑袋瓜，眼睛圆溜溜地睁着，诚实地说：“我睡不着。”

云乐像个不愿意午休的小朋友，只想和闻野说话，无论说什么都好，永远说不够。

可这样不行，闻野想了想，掀开被子下了床，走到书架前拿了一本书，又把床边的台灯调暗一些，躺回床上侧身支着头，对云乐说：“那我们来讲一篇睡前故事吧。”

“睡前故事？”云乐怔住，眼睛里满是期待。

闻野拿了一本豪夫的童话集。他的声音很低，柔柔的仿佛穿透了耳朵，轻抚着云乐安稳的心，他随手翻开一页，温声说：“就讲小穆克的故事，请云乐同学闭上眼睛收听。”

“哦。”云乐乖乖地听话，闭上了眼。

闻野的声音在耳边响起来，碎玉落水一样好听。

“从前，在我亲爱的故乡尼克亚，有一个人，大家叫他小矮子穆克……”

故事不长，盘旋在钟表“嘀嗒”的房间里，童话里的小穆克仿佛成了真，在云乐的脑海中踩着飞鞋跑来跑去。云乐描绘着故事里的画面，渐渐地进入了梦乡。

梦里的云乐迷失了方向，站在一片荒芜辽阔的空地上，看到受伤的自己依旧靠在诊所门前，痴痴地望着段菲离去的那条路，以及几个路口之后黑暗的家。他不受控制地走过去，被看不到的黑影扯着，突然，有人握住了他的手腕，把他救下来，拽着他，带他朝完全相反的方向奔跑。茂密的树林遮挡了他的视线，被那人一把拨开，顷刻间晦暗的世界亮了。树林后面有热烈的阳光，有掉光叶子长满果实的枣树，有爬到房檐上追赶着蝴蝶挥着爪子的“围巾”，有一对开明善良的爷爷奶奶，有开满了整个心房的奇异花草，有动听的歌声，有完美的童话。他再一次扭头，看向坐在诊所门前的自己，他被老医生扶进屋里，一点点消失不见，连带着那条街，连带着那个家都消失了。

云乐慢慢地收回了目光，紧紧地握着闻野的手，踏上归途，也踏上了新生。

第二天醒来，吃过早饭又待了一会儿，闻野准备回去。

王桂珍舍不得，问：“不是放假了吗，多住几天怕什么？”

闻野说：“今天星期六，云乐晚上要去快餐店打工。”

回去的路上两人顺着胡同往外走，别看这地方老旧，但和云乐家的蜂窝楼完全不是一个概念，寸土寸金的老城区，一栋规整的四合院卖出去，价格不菲。

临街的灰砖墙上靠着一排排自行车，凌乱地放着，差点堵上不显眼的小卖铺。小卖铺左边停着一辆改造过的小三轮，上面挂着车锁、车钥匙，地上摆着小马扎。马扎旁边靠着打气筒，还有个没补完的粉车胎，正泡在塑料水盆里，“咕嘟嘟”冒泡。

云乐想了想，说：“我可以辞职吗？”

“嗯？”闻野一时没明白他的意思。

“家政的工作。”云乐说。

闻野恍然，问道：“为什么？”

云乐和他并肩走着说：“我帮你收拾房间、做饭，不要工资。”

闻野反应过来，笑道：“那以前为什么要？”

云乐认真地思考了一会儿，才回答：“以前你是外人，是老板。”

闻野怔了怔，又弯着眼睛带着笑意，继续往前走。

无论是找新的兼职，还是继续保持现有的状态，都是云乐自己的选择，闻野不会阻拦也没有资格阻拦。他当然希望云乐过得好，可更希望云乐有自己的主张，自己的决定。

天气不错，一群毛孩子蹲在门楼里过家家，锅碗瓢盆的准备齐全，路边揪把枯草叶子就能做成主菜，小姑娘做好菜才发现没有筷子，随手捡起一根长长的竹扦“咔嚓”一分为二。

闻野路过时瞥了一眼，猛地想起什么，看了眼时间，拉起云乐的手就往前跑。

云乐跟着他，穿梭在错综复杂的胡同里，吓跑了一只偷鱼的猫，轰走了一只追猫的狗，眼看就要到地方了，又见着一位拄着拐棍的老奶奶，颤颤巍巍地遛着弯。

一个急刹车，两人一前一后追了尾，闻野赶紧转身，云乐正从他背上抬起头，鼻子都撞红了。

“疼不疼？”闻野忙问。

云乐摇头，一双眼睛活泛灵动，气喘吁吁的，嘴角还带着笑，好像只要和闻野一起，做什么都觉得高兴，哪怕跟着他一路傻跑，不知道去哪里，跟着他就行。

“还乐？撞到鼻子了不疼吗？”

云乐说：“不疼。”

“笨蛋。”闻野说，“你也不问我跑什么？不怕我把你卖了吗？”

“不怕。”

“为什么不怕？”

云乐弯着眼角，语气里竟然藏着一丝骄傲：“你不会卖我。”

“啊！”闻野倏地瞪起眼，姑娘似的捂住嘴，震惊道，“这都被你发现了？看来必须把你卖了！”

说着他扯开外套的拉链强盗似的把云乐整个人蒙在怀里，低声说：“不许跑，就算你叫破喉咙，也不会有人来救你！”

闻野声音里溢着笑，身上是清爽的皂角香。

云乐“咯咯”地笑着。

“嗒嗒嗒”的拐杖声渐行渐远，避开了老奶奶，两人拐过一个路口才停下来。面前是一家小门脸，不显眼，地上戳了一块红牌子，上面写着几个烫金大字“孙二姐秘制冰糖葫芦”。窗口里的孙二姐正忙着熬糖浆，据说她家连糖都是自己做的，从根底下就略胜一筹，再加上山楂果个大皮薄，还是沙瓤，一口下去酸酸甜甜，甘香爽口，牙都不倒。这家是做了几十年的老字号，不少外地人来瑞海市旅游都会特意找过来尝一尝，但是人家一天就卖一百串，来晚了明天请早。

也不知这天是走了什么运，碰巧玻璃窗柜里还剩下一串没裹糖的，闻野气都没喘，立刻把钱递了上去，生怕被十几米开外捧着零花钱的少了一颗牙的小孩冲过来抢先。小孩也看见了他们，倒腾着小短腿跑来时，山楂果已经无情地下了糖锅。他当下撇着嘴就要哭，扭头看了看闻野想卖个可怜，闻野把头一抬，给了他一个下巴。他又看了看云乐，心想这个哥哥又瘦又矮肯定好说话，便拽了拽云乐的衣服，云乐低头和他对视几分钟，面无表情。

“哇”的一声，小孩跑了，嘴里还喊着：“妈啊！妈妈救命啊！

这里有个哥哥好凶啊！”

凶？云乐歪着头看着他的背影，收起平时对邹建、陈兵那群人的眼神，欣喜地接过闻野递过来的糖葫芦。

裹着糖衣的山楂果在太阳底下泛着光，像一颗颗晶莹饱满的玻璃珠，云乐拿在手里半天没舍得吃，路过一所隐藏在胡同巷子里的幼儿园时，停在一棵老槐树下，老槐树上挂着零零星星的树叶子，又高又壮，三个人围成圈都不一定能抱住它。

“吃吧，先吃完我们再回去。”闻野揉着云乐的头发说。

云乐应了一声，听话地咬下一颗山楂果，坚固的糖衣和牙齿碰撞，瞬间炸开，酸甜的果子早就去了核，又沙又糯。闻野在他乌溜溜的眼睛里看到一抹惊喜，问道：“好吃吗？”

云乐点了点头，对上了闻野的目光，听他说：“今天真的很幸运，没想到这个时间还有，我记得小时候，早上四五点就有人过来排，嗯……”

闻野突然说不出话了，酸酸甜甜的果肉一下子跑进他的嘴里。

系上最后一个扣，闻野的那件毛衣终于织好了。圆圆的领口，菱形的花纹，一针一线细致精美，像是刚买来的一样。

云乐帮闻野把衣服穿在身上，试了试大小，袖长背宽正好合适。

闻野突然理解了云乐那天舍不得脱毛衣的心境，拿起遥控器把室内温度调低，两个人穿着毛衣，傻乎乎地坐在沙发上看电影。看的是一部口碑不错的搞笑片，可很多笑点云乐抓不住，一脸迷茫，闻野暂停下来给他解释，直到帮他讲明白，听他笑出声才继续播放。一个半小时的电影看了整整半天，两人竟然还能一起笑个不停。

也不知从什么时候起，云乐的笑容变多了，弯着眼，咧着嘴，发出“咯咯”的声音，清脆干净，毫不掩饰。

“明天要出去找工作吗？”

这晚闻野做饭，算是回报云乐的谢礼。云乐帮他系围裙打下手，案板上放着两颗圆溜溜的番茄，还有切好的牛肉，打算做个番茄牛腩煲。

“嗯。”云乐说，“我用手机查了，有很多招聘学生发传单的。”

闻野把番茄切好，拿起中间那处最甜的去皮，递到云乐面前，说：“那要多穿一点，对了，可以送你一件外套吗？”

“可以。”云乐没犹豫，点头说，“不要贵的。”

他不会拒绝闻野的心意，也舍不得拒绝。

“嗯……大概多少钱？”

云乐认真地想了想，说：“五十块。”

云乐自己买的都是十几块的衣服，可又想到闻野的情况，两个人的消费观可能不一样。也不知道他从哪里看的文章，上面说如果存在巨大的消费差异，可能会影响人际交往，他又努把力，大方地补充道：“一百块。”

闻野眨了眨眼，把油倒进锅里，云乐给他出了个大难题。他长这么大，还真没有买过一百块的外套。他也很少逛街，大多是母亲购置，或是去固定的明码标价的商店买，不过既然问过云乐，送外套这件事也算不上惊喜了。

“那我们明天一起去买？之后再陪你去找工作？”

地点是云乐选的，一家距离陈巧玉卖菜的菜场不远的批发市场，里面有不少便宜的衣服，以前他需要的时候，会过来买。市场同样是露天的，人很多，铁架子支起来的棚子蒙上布，就算一家小店了。这里大多都是中老年人，熙熙攘攘地讨价还价着。

“你会觉得吵吗？”

两人沿街走着，路过一个小摊子，闻野停下来，看上了一件白色的羽绒服，说：“不会，你觉得那一件怎么样？”

他眼中没有一丝一毫的嫌弃之意，无论是高级商场，还是沿街的地摊，似乎都一样。

云乐看着他，说：“好看。”

说是羽绒服，其实塞的都是很轻的人工棉，厚厚的一件倒是可以抗寒，帽子上面还挂着蓬松的毛毛，穿在云乐身上像个胖乎乎的小馒头。

闻野觉得很好，问店主：“老板，这一件多少钱？”

店主早就盯上他们了，闻野那一身衣服外加看起来就价格不菲的运动鞋，明显是个有钱人，于是店主狮子大开口道：“八百块。”

八百块？倒是不贵，可老板那一副“奸商”嘴脸太明显了。

他问云乐：“会砍价吗？如果价位差不多，我们就买这件好不好？”

云乐严肃地点头，领了任务似的走到老板面前，开口道：“八十块。”

闻野站在平地上差点崴了脚，太狠了，砍价都是直接去个零吗？！

老板翻了个白眼，说：“不可能，最少五百块。”

闻野再次惊了，老板也这么大方？一下降低这么多？！

云乐说：“八十块。”

闻野想开口，五……五百块可以了。

老板不想放走这块肥肉，换了个语气说：“三百块，这衣服穿身上多洋气啊，而且你长得也帅，很少有男孩子穿白色衣服这么好看的。”

老板又问闻野：“是不是？”

闻野十分赞同，想直接掏钱，云乐立刻攥住他的手，说：“八十块，这件衣服去年就挂出来了，现在还这么干净肯定洗过不止一次。”

老板心虚：“你可别瞎说啊，我这衣服是今年刚上市的新款。”

“不对。”云乐说，“你就是洗过，领子上有洗衣粉的味道。”

“你……”老板一时语塞，千算万算没算到这个孩子鼻子灵，但不应该啊，怎么他都洗了好几天了，还有味道残留？

云乐开始脱衣服：“你都卖了两年了，我不要了。”

“哎！”老板急了，让他穿着，“八十块也太少了，我这衣服进货价还一百五十块呢。”

云乐说：“已经旧了，不是新的，肯定要打折。”

“那你怎么也得给我加二十块辛苦钱吧？我还好好洗了呢，又没人穿过。”

云乐冷酷地说：“不给。”

老板到底不怎么硬气，毕竟是真的卖了两年，又换了副嘴脸，极不情愿地说：“给你给你！真是一分钱没赚到！”

云乐立刻扭头小声对闻野说：“砍完了！”他嘴角上扬，还有点得意。

闻野笑着付了钱，带他往外走，拐到市场外一处没人的角落，突然侧着头闻了闻他衣服上的毛领，疑惑地道：“哪里有洗衣粉的味道？”

云乐说：“是我诈他的。”

“诈他？”

云乐：“嗯，因为白色的衣服放在室外很容易脏，而且我去年确实看到过类似的，所以才故意这样说。”

闻野揉揉他的脑袋笑道：“我们乐乐真聪明。”

云乐最喜欢听他这样说，咧着嘴开心地道：“谢谢你送我的礼物。”

闻野掩住鼻梁把头扭到一边，咳了声说：“不客气。”

再拐一个路口，就是陈巧玉卖菜的地方，云乐带着闻野走了进去。赶上中午，陈巧玉提着做好的饭菜给王松带过来，正坐在马扎上吃馒头，见到远处走来两个人，赶紧站起来。她先认出了闻野，等看清旁边那人时，惊得馒头差点掉地上。

“大姨。”云乐站在摊子前喊了她一声。

陈巧玉不敢认，结结巴巴地说：“乐……乐乐？”

“嗯。”

云乐其实没怎么变，就是剪了头发，换了身衣服，但不止外形，似乎整个人的气质都不太一样了。以前他冷冰冰的，眸子里藏了针似的，看他一眼都扎人。

陈巧玉又想哭了，红着眼睛说：“放假了啊？”

云乐点了点头，给她介绍闻野，她刚想说认识，就看见闻野冲她猛眨了几下眼睛，又喊了声：“阿姨。”

陈巧玉意会，抹了抹眼角说：“嗯。”

简单聊了几句，陈巧玉从兜里拿出一把钥匙，说：“还有十几天过年了，我跟你王伯过两天就得回老家，大姨怕你过年没地方去，还想着把钥匙给你放门口藏着。这会儿正好，你拿着钥匙，回头过年了，自己可得多买点好吃的，别跟往年似的……”

往年也没什么，阖家团聚这种日子，一直和他没关系。他把钥匙接过来。他不会再回家，但也不能总是让陈巧玉帮忙保管。

回去时陈巧玉非要给他们拿些才买的腊肠，说是要带回家的年货，云乐拎着袋子问：“我们要置办年货吗？”

闻野说：“当然啊，今年我们去爷爷奶奶家过年，还要帮他们贴春联。”

“我没有贴过。”云乐说，“要用糨糊吗？”

“嗯，爷爷会做糨糊。到时候我爸妈也会回来，把你介绍给他们啊。”

云乐突然结巴了：“要……见他们吗？”

闻野笑眯眯地说：“要。”

“那我……说什么？”虽然经历了一次，可他还是有些紧张。

“你觉得说什么合适？”闻野不帮忙，看着他绞尽脑汁，偷偷坏笑。

“啊，有了。”云乐走着走着突然停下来，原地鞠了躬，对着空气认真地说，“叔叔阿姨，过年好。”

“哈哈。”闻野被云乐逗得笑出声。

云乐仿佛从黑暗的人生中活了过来，中间那十年的空白被他彻底地抛开，其实一点都不难，毕竟那些都不是他所在乎的东西，除了段菲。可这一刻，他也放弃了，像是从七岁那年开始重新长大，会笑、会闹，再正常不过。

找兼职很容易，毕竟不是真的缺钱，没人愿意大冬天站在街上发传单。

闻野又买了手套，用帽子、围巾把云乐包得严严实实。云乐坚持打工是在攒上大学的钱，还有一年，应该攒得差不多了。昨天晚上韩宸打来电话，闻野和他一起出门，到了路口才分开。

韩小老板的生意蒸蒸日上，他有点飘了，觉得自己是商业奇才，也不管账上还有多少亏空，动辄流水百十亿地跟闻野展望未来，又说：“你妈什么时候回来？我家杨女士昨天还问我，说等兰姨回来，我们两家好好聚聚。”

闻野翻着店里的账目表说：“前几天打电话说快了，估计二十七八就能结束工作。”

“那爸呢？出差回来了？”

闻野说：“一直在忙，而且年底更忙，我们上次见面，还是刚回国那一周。”想了想他又说，“不过今年春节可以在家里过了。”

他心情不错，拿起笔帮韩宸改了处错误。

“你那个朋友呢？上回黑灯瞎火的，就匆匆见了一回，准备什么时候正式介绍介绍？”

闻野说：“随时都可以，不过他最近在做兼职，不忙的时候让你们认识一下。”

正聊着，闻野的手机响了，来电显示是“兰女士”，他没避开韩宸，接通道：“妈妈？”

电话对面的声音清脆好听，像个少女，她说：“儿子想不想妈妈？”

韩宸往前凑了凑，喊道：“想。”

兰女士一怔，随后“哈哈”笑起来：“小宸吧？”

“是啊，阿姨，好久不见！”

他们这种关系不再刻意地注意礼貌问题了，都是熟人，还显得亲热。韩宸瞎喊了几句，才闭嘴翻账单，听着闻野和兰女士打电话，彼此先说了说近况，才转到重点。

兰女士说：“儿子，妈妈今年春节不回去了。”

闻野手上的笔停了，脸上的笑渐渐消失：“怎么了？”

兰女士说：“戏上面出了点问题，要补拍很多镜头，忙完大概得三十晚上了，没有赶回去的飞机。你爸爸这人你也知道，我说不回去，他就想过来，还没想办法呢，连你爷爷奶奶姥姥姥爷的机票都买好了，但居然没有买你的！再联系他又去开会了，儿子，妈妈给你买了后天的机票，你准备准备……啊？等等，跟我儿子打电话呢！”

嘈杂的背景里有人不停地催着，兰女士又说了几句话，匆匆挂断了。

韩宸眼看着闻野的脸色逐渐不对，问他：“怎么了？”

闻野说：“没事。”穿上外套，回了公寓。

下午三点钟，云乐结束工作，领了当天的工资，路过蛋糕店时，进去买了一小块慕斯蛋糕，准备晚饭时和闻野一起吃。

街上的年味越来越浓了，云乐以前没注意过，但这年发现大街上到处都是红红火火的。他心里想着置办年货的事，爷爷奶奶对他好，也要给爷爷奶奶买礼物，本以为闻野还在韩宸的店里，推开门却看见他靠在沙发上抱着“围巾”发呆。

云乐走过去，坐在他旁边，问：“怎么了？”

闻野回过神，见他手上拿着一个小盒子，反问：“买了什么？”

云乐说：“是小蛋糕，今天发了工资，老板说我表现好，还多给了我二十块钱。”

他拿出两个塑料叉子，戳了一块，递到闻野的嘴边，不用吃闻野也知道是甜甜的。

闻野把蛋糕咽下去，想了想说：“乐乐。”

云乐眨眨眼，开心地应了一声。

闻野揉着他的头发说：“春节，可能要去国外了。”

“啊？”

云乐明显怔住了，用了几分钟，才理解闻野的意思，一瞬间，黑亮的眼睛黯淡下去。他把手上的叉子放回盒子里，乖巧地问：“要去过年吗？还会回来吗？”

闻野皱了皱眉：“回来。”

“哦。”云乐漫无目的地盯着“围巾”的耳朵，说，“那我，那我……”

闻野抚着他的背，明显感受到他轻微地颤抖着，想看看他的脸，却被他藏得更紧了。

闻野说：“乐乐，你能跟我走吗？”

“嗯？”单一个字，带着细微的鼻音，他像是偷偷掉了眼泪了，不敢让人看见。

“乐乐？”闻野拍着他的背安抚着，柔声说，“跟我一起去国外吧？爷爷奶奶也去，我们带着‘围巾’？好不好？”

半晌，云乐突然站起来，眼角果然红了，睫毛上还挂着水渍。他什么也没说，转身回了房间。

闻野不知道云乐的意思，还以为他不想去，刚要站起来就见他又走了出来，手上多了一张卡，里面存着他好几年的积蓄，急匆匆地往外走。

“那我去买机票。”

闻野急忙拉住他，想笑，又觉得心疼：“你还没有护照，买不了。”

云乐说：“那怎么办？我……我想跟你走。”

他着急，急得眼泪往外涌，根本控制不住。他其实可以坚强一点，但是他真的怕了。

“我想跟你一起过年。”

闻野帮他擦了擦眼角，说：“我知道，我带着你，我们先去办护照。”

“那……那快去办。”

云乐鞋也没换，拽着闻野就往外跑。他难得不平静的样子，让闻野哭笑不得，无奈地抬手将他拉回屋里，强迫他换了鞋，穿好衣服才再次出门，问道：“兼职呢？”

云乐说：“我明天去辞职，这几天帮老板免费发传单。”他本来想做半个月，但是提前走了，不守信用，要尽量补偿，他又问，“‘围巾’需要办护照吗？”

他眼睛里又一次恢复神采，亮晶晶的。闻野笑着说：“不用，带着它的健康证书就好了。”

云乐问：“那国外要贴春联吗？”

闻野说：“要啊。”

云乐说：“我想给爷爷奶奶和叔叔阿姨买礼物。”

闻野笑道：“还有姥姥爷爷。”

云乐大方地说：“全部买。”

闻野假装嫉妒：“那我呢？”

云乐仰着脸看他：“给你买最好的。”

“钱够吗？”

“叮”的一声，电梯门开了，云乐拉着闻野走进去说：“够，我攒了很多，你想要什么我都能买。”

第九章

“世界上真的有魔法吗？”

下午三点半，出租车从机场出发，沿着宽阔的梧桐大道，路过一排排尖帽子房屋。

云乐抱着“围巾”往外看，蓝天下的喷泉广场、水波粼粼的异国河畔、盛开在街头巷尾的鲜艳花草，还有沿街乞讨的流浪艺人，抱着手风琴，唱着不知名的歌。

这里的人真的不一样，有着太阳下反光的白色皮肤，有着宝石一样的蓝色眼睛，目所能极的，是享誉世界的经典建筑，比课本上描述得更加震撼人心。

“围巾”瞪着两颗茶色的猫眼，肉乎乎的小垫子扒在车窗上，“喵喵”叫着。它和云乐的动作同步，向左向右，新奇得不得了。

“还有十分钟左右就到。”闻野坐在云乐旁边说。

云乐转过身来。他第一次坐飞机，激动中还有点晕机，睡了一路，这会儿脸上泛着白，精神倒是还好，应了一声，问道：“爷爷奶奶都在家里吗？”

“都在。”闻野指了指他的太阳穴说，“头还晕吗？”

云乐说：“不晕了，那到门口时我先把礼物拿出来，姥姥姥爷也在吗？”

“他们也过来了。”想了想闻野又说，“但是你要做好心理准备。”

云乐立刻紧张起来，问：“怎么了？”

闻野复杂地说：“姥姥喜欢给人制造惊喜，奶奶又喜欢跟她一起胡闹。”

两人明明是相处起来十分尴尬的亲家，结果却十分和谐，像是一对老姐妹。

车子停在白色的三层别墅前，闻野付了车钱，拖着行李，带着云乐走到门口按下门铃。

两分钟后，没人应答，闻野摊摊手拿出钥匙开门，小声说："看吧。"

云乐心里发慌，拽着闻野的衣服，紧紧跟在后面。

天还亮着，室内却漆黑一片，像是被故意遮住了光，什么都看不清楚。

门口摆着两双准备好的拖鞋，也是特意买的，一灰一白挂着毛茸茸的兔耳朵。房间里静悄悄的，"围巾""喵喵"地叫个不停，云乐做足了心理准备，可当灯光渐渐地亮起来时，还是怔在了原地。将近两人高的毛绒大熊坐在客厅正中间，可能是太重了，歪着头，憨憨地看着他，旁边堆着无数礼物，有男孩子喜欢的，也有女孩子喜欢的，有一岁时需要的，也有十七岁时需要的。礼物上挂着一闪一闪星星样式的小灯，从大熊的背后顺着楼梯一直延伸到二楼的走廊上，写着——欢迎云乐小朋友光临参观！

闻野"扑哧"一声笑出来，还没说话，礼物后面就走出来几个人，先是王桂珍，再是闻国强。剩下两位是他的姥姥、姥爷，他们看起来同样年轻，笑吟吟地走到闻野面前，拥抱了他一下。

姥姥的名字叫谢书琴，许多年前就来国外定居了，但不在这个国家，偶尔回去小住，大部分时间都在全国各地游玩。

谢书琴抬着手宠溺地揉了揉闻野的头发，又端详起云乐。云乐依旧呆呆的，像是还没反应过来。她掩着嘴笑了笑，转过身从老伴手上拿过一个包装好的礼物盒子递到云乐手上。

“我们也不知道你喜欢什么，就从孩子喜欢、时下流行的礼物中挑了一些，算是见面礼。”

云乐怔怔地接过来，忙鞠躬说：“谢谢……”

闻野在后面提示喊姥姥，云乐便乖巧地喊了声“姥姥”，声音很轻，像蚊子一样。

王桂珍不如谢女士温柔，也没她那么轻声细语，拿了一堆礼物塞到云乐怀里，险些挡住他的脸，挤得“围巾”只能在夹缝中求生，闻野赶忙把它救出来。

王桂珍说：“行了，你们两个上楼休息吧，我和谢女士准备晚饭。”

闻野应了一声，把“围巾”放在地上让它自己熟悉环境跑着玩，又看了看始终低着头的云乐。

云乐看不清闻野，眼睛里盈盈闪闪地盛着泪水，眨一下，就涌出来落在礼物盒子上。过去的十年里，他基本没有哭过，可自从离开家，遇到了闻野，他所有的脆弱柔软全部呈现了出来。他们好像捧着他的心，处处对他好，处处关照他。

就像许多人一样，面对负面的恶意，尚有能力阻挡抵抗，可面对无尽的温柔和关心，却再也没办法坚强起来。更何况他从未经历过这种好，眼前的这一切让他惶惶不安，觉得不够真实。他再次拽着闻野的衣服，生怕是一场梦，梦醒了就什么都没有了。

云乐突然拧了拧自己的脸，力气很重，拧得脸红彤彤的。

闻野惊讶地说：“你干什么？”

云乐怔怔地咧开嘴，笑着说：“不是做梦。”

闻野哭笑不得，帮他擦着通红的眼角，又面团似的揉他的脸：“喜欢吗？”

“喜欢，可是，我……”云乐说不清此时的心情，已经语无伦次。

闻野理解云乐的意思，说：“安心地收下就好。”

云乐应了一声，又说：“那，我也要把礼物送给他们。”说着他就要去开行李箱。

闻野把他拽回来，笑着说：“不急，先回房把脸洗干净，待会儿下楼再正式送给他们。”

云乐不知如何形容他在国外生活的这段时光。他和闻野睡在一个房间里，会有好听的睡前故事，每天一起起床，一起下楼吃早饭，会帮几位老人收拾碗筷，没事就窝在一起打游戏。

王桂珍喜欢带着他们逛街，谢书琴愿意带着他们去欣赏各种展览。短短几天，闻野领着他去闻名遐迩的剧院看电影，去无人不晓的广场上喂鸽子，带着他乘坐热气球俯瞰城市的每一个角落。玩累了，他们就坐在河边的长椅上看夕阳，看远方漂着的白色船只，它们镶进天空里，像一幅泼洒了金色颜料的油画，安静又壮观。

云乐仿佛站在了云端上，整个人都轻飘飘的，显得不真实，可身边那人又带着温度，会说会笑，实实在在。

这天除夕，吃过早饭，云乐帮着王桂珍收拾厨房。他换了新衣服，浅色的毛衣，白色的裤子，站在从窗外照进来的阳光里，在认真地洗碗。衣服是王桂珍买的，买得像小山一样多，她疼爱孙子，也一并疼着云乐。

“出去出去，穿得干干净净的别给弄脏了。”

云乐手上还湿着，就被王桂珍推出厨房，他呆呆地往门口看了看，收回目光，去一楼卫生间擦干净手，又去了客厅。

客厅里兰余城正在写春联，笔走龙蛇，气势磅礴。姥爷在书法界小有名气，有事没事看看展览，这些天云乐跟他们熟悉了，就主动走过去看，春联上的内容在国内随处可见，通俗易懂，寓意吉祥如意，富贵平安。

兰余城收笔，问道："姥爷写得怎么样？"

云乐老实地说："像买来的。"

"哈哈。"兰余城高兴，这也算最高评价了，大手一挥，"行了，拿去贴！老闻！你的糨糊准备得怎样了？"

闻国强正蹲在门口端着个盆子用力搅，说："好了，好了。"

"来，帮姥爷拿着。"

兰余城收了笔，把横批递给了云乐，和他一起走出去。

贴对联这活说难不难，可一个不注意，也容易贴歪了，两位老人上了岁数不适合攀高，云乐便踩在凳子上听指挥。

"往左一点，再往右一点！别动了别动了，正好，对对对，拍严实了，来来，过来看看，正不正？"

云乐乖乖地从凳子上下来，又一次扭头看向门口，闻国强注意到他的动作笑着说："怎么了？"

云乐说："闻野，还没回来。"

"哈哈。"兰余城笑着把云乐推进屋，"我说呢，小乐乐看起来没了魂，原来是在等孙子啊。"他向来喊闻野孙子，不分里外，都是自己孩子生的，哪里来的里外？

忙了整整一个上午，家里收拾得差不多了，玻璃昨天就擦得干干净净，这会儿亮堂堂的。

三四点开始准备年夜饭，云乐又去了厨房，一边帮奶奶择菜，一边竖着耳朵听门外的动静。闻野一大早出了门，不知道去做什么。

云乐正想着，“丁零零”的铃声传来，他猛地抬起头，平静的眸子里平添了一抹色彩，几步跑到了院子里，给骑着自行车的闻野打开了门。

云乐手上拿着一把没择干净的小白菜，木偶似的过了几个小时，这会儿脸上终于挂上了笑容，说：“奶奶说包饺子。”

闻野推着车进门，看了眼时间说：“现在就包了吗？春联都贴上了？”

云乐说：“是爷爷指挥着，我贴的。”他又自豪地说，“姥爷说我贴得正。”

闻野笑着夸奖云乐，一起进屋，跟着忙碌起来。

到了真正做饭的时候，王桂珍退居二线，原本是闻国强掌勺，却让两个小辈抢了先，满满一桌子的年夜饭，大多都是闻野和云乐一起做的。王桂珍自豪得只会拍视频，没一会儿就传遍了朋友圈：“我孙子厉不厉害？我孙子的小朋友厉不厉害？”

谢书琴在餐厅和面，被她逗得笑出声，拉她一起包饺子，每隔十几个都会放上一枚硬币，谁都能吃到，来年都得有福气。

忙活几个小时后，皮薄肚大的饺子放在案板上等着下锅。“围巾”也换了新装，王桂珍上街时顺便给它买的，但它一只小野猫，从来没穿过好衣服，步子迈不开，走路都顺拐，整只猫被衣服吓得颤颤巍巍地倒在地上蹭着走，一家人围在餐桌前都被它逗得哈哈大笑。云乐笑得尤其开心，脸上沾着面粉，露着洁白的牙齿，看不见眼睛。他此时的笑脸，仿佛和那张老旧的照片重合了，这才对，这才是他原本的样子。

“吃过年夜饭，带你去一个地方。”闻野说。

云乐扭过头，没问去哪儿，应了声：“好。”

“叮咚”，门铃响得正是时候，闻国强最后补了一道汤，放在桌上急匆匆地赶去开门，嘴上说着：“回来了，回来了！”

门一开，人却愣住了，来人穿着华丽的貂皮大衣，涂着鲜艳的红嘴唇，八厘米的高跟鞋走在地板上“嗒嗒”作响。闻和宇身为瑞海市首富，跟在后面像个拎包小弟。云乐看了她半晌，觉得有些眼熟。

来人正是兰舒，摘掉脸上的墨镜，浮夸地甩了甩柔顺的长鬈发，瞥了云乐一眼，说：“你就是云乐？”

云乐点了点头，突然“哦”了一声，拽着闻野的袖子，有些兴奋地说：“是二妮老师！”

这称呼听得全家一怔，唯有兰舒脚下打滑，差点摔地上和“围巾”做伴。二妮是个角色，她二十年前拍了一部小孩子爱看的电视剧，时至今日还会在暑期档拿出来播，早就成了“黑历史”。

没想到云乐不仅看过，还是她的小粉丝。她本想吓唬吓唬他，却被他直白地反将一军，只好作罢，拿出准备好的礼物笑着送给他。

客厅里放着晚会转播，其实也没人看，但光听着声音就觉得新年近了。闻国强给大人们都倒了半杯葡萄酒，给闻野和云乐倒上一大杯可乐，开饭前碰了一下，祝大家来年喜乐平安。

吃过晚饭，闻野骑着自行车，带云乐一同出门，风有些凉，云乐坐在后面。

他们沿着迷宫似的城市小路，骑了将近四十分钟，马上就午夜十二点了。闻野停在一栋教堂前面，带着云乐匆匆地走进去，还来不及欣赏华贵的玫瑰窗、高挑的飞扶壁，就被拉着进了电梯，直奔教堂的顶端。那里有个视野极其开阔的观景台，云乐站在上面，几乎可以看到整座城市的夜景。

“向上看。”闻野让云乐抬头，但天空黑漆漆的，连月亮都藏了起来。

云乐疑惑着，突然听到闻野在他耳边倒数。

“三，二，一！”

“砰”的一声巨响，随着新年钟声，空中突然炸开了一朵烟花。云乐瞬间瞪大了眼睛，还没发出惊叹，又呆住了。不，不是烟花，他眼前所见的是流星！

一束束短暂而耀眼的光划过黑沉的夜空，铺天盖地，不知从何而来，像是一场盛大的雨，绚烂璀璨。

云乐张了张嘴，无法表达此时的震撼心情，无数闪动的星光之下，他仿佛站在宇宙中心，而为他营造出宇宙星河的人，就站在他面前，对着他温柔地笑。

云乐看着他，愣怔得说不出话。

“虽然不是真的流星，但我还是想在流星下面许愿。”闻野一把拽过他，笑道，“希望乐乐在以后的每一天都能开开心心，以后的每一年都可以在我身边。

“新年快乐。”

半夜两点钟，家里人都睡了，两人轻手轻脚地溜到楼上，挤在浴室里洗漱。镜子里的两人动作一致，举着牙刷上上下下，云乐傻乎乎地笑，像是和闻野一起刷牙都是件高兴的事。

床头放着昨天没讲完的童话书，云乐换上睡衣，看闻野翻开新的一页，接着昨天的故事讲起来。

“长鼻子矮人吓了一大跳，连忙把鹅笼放到地上。这只鹅用美丽而聪慧的眼睛望着他，叹了一口气。”

“鹅会说话吗？”云乐看着书页，小朋友似的发出疑问。

闻野耐心地回答：“因为它被人施了魔法。”

云乐问：“世界上真的有魔法吗？”

闻野说：“当然有。”

“真的？”云乐仰头问闻野，“在哪里学？”

闻野被他逗笑了，说：“你想学吗？”

云乐点头：“想。”

闻野把书放在一旁，问他：“魔法有很多种，你想学什么样的？”

“嗯……”云乐慎重地思考了一会儿，“想学……能把现在美好的一切延续下去的那种魔法。”

闻野笑道：“这个你不是已经学会了吗？”

“可是，我有点害怕。”云乐攥着他的衣服，轻声说，“我怕这一切都是梦，所以我想学，想学一个，就算我真的只是做了个梦，也可以让这个梦一直延续下去不要醒来的魔法。”

“不是梦。”闻野哄着他，起誓一样地说，“我会陪在你身边。

哪怕是梦，我也会在你的梦里。”

云乐慢慢地安下心。他相信闻野，不管现实还是梦境，只要有闻野，就没有区别。他闭上眼睛，听着闻野再次翻开书页，渐渐地睡着了。

闻野唤了他一声，没得到回应，才小心地把他挪到枕头上，打开门去室外倒水。

他怕发出声音吵醒云乐，却发现二楼书房里还亮着灯，闻和宇不知什么时候醒了，穿着睡衣躲在书房里办公。

闻野走过去靠在门口，说：“工作狂老爸。”

闻和宇抬眼道：“儿子？”

闻野轻笑，走进去说：“妈妈睡了？”

“嗯，本来想守夜，但是为了赶工，连着拍了几天的夜戏熬不住了。小朋友呢？”

“他也睡着了。”

闻和宇别有深意地看着他，靠在椅背上问：“以后有什么打算？你还有一年就上大学了，以后的工作是不是可以考虑爸爸的公司？”

“工作不是我自己的事情吗？”闻野端着杯子喝口水，笑道。

闻和宇说：“确实是你的事情，但我作为管理者，也必须向有用的人才抛出橄榄枝。”

闻野心情不错地说：“我考虑考虑。”

闻和宇笑道：“不要夸你几句就喘了，对了，明天家里要来一位客人，是最近接触的一位合作伙伴。她过几天要出差，只能来家里谈事情，是一位非常优秀自强的女士，你可以和我一起见见。”

闻野苦笑着说：“我还没有决定是否选择您的公司，况且我才十八岁，就要开始接触生意了吗？”

闻和宇说：“我好歹也是一名父亲，多少也要对你有些要求。”他愁道，“但是你这么多年太听话了，让我无从下手，人生太过一帆风顺总是不好，爸爸对你的事业要有些要求。”

听起来合情合理，闻野无奈，端着杯子转身说：“我还是要考虑考虑。”

第二天一早，全家人聚在一起吃早餐。兰舒的工作彻底结束了，前不久她正式宣布息影，准备回归家庭。此时的她素面朝天，一次性的大波浪洗直了随意地绑着发尾，她听说云乐会做饭，激动地要跟着学。

“其实我有一定基础，就是没时间练习，等回国了，你们所有人的早、中、晚饭我全包了。”

兰余城脸都绿了，说：“我不回国。”又拽上谢书琴说，“你妈也不回。”

闻国强说：“对，我和你妈也定了去埃及的机票，准备去旅游。”

王桂珍被蒙在鼓里问：“什么时候定的？”

闻国强猛眨巴眼：“刚定的。”

云乐不了解情况，还极为诚恳地谢谢阿姨。

闻野拉着他说：“我们回去还是要住在公寓里，那里离学校近。”

兰舒委屈，看了眼闻和宇。闻和宇宠溺地看着她，深情款款地说："没事，老婆，你做给我吃就好，我买了保险。"

一句话逗得大家哄堂大笑，兰舒气得瞪他一眼，往云乐身边凑了凑，准备钻研厨艺。满满一桌子人，三世同堂，相处起来却像极了朋友，没有代沟，没有矛盾，还可以适当地开些玩笑。他们彼此都有自己生活，很少见面，好不容易凑到一起，再不珍惜眼前的这么一点点时光，那一辈子还剩下什么？

"围巾"终于脱掉了那身笨拙的衣服，撒了欢似的乱蹿，这里比公寓大了很多，时不时就跑得见不到猫。吃过早饭，云乐上下楼地找了它一圈，终于把它从干净的垃圾桶里拎出来，等着闻野拿来猫用的小钳子帮它修剪指甲。

"叮咚"一声，门铃响了，云乐抱着"围巾"走过去打开房门，一股淡淡的香水味扑面而来。

云乐抬眼看清来人，一时之间怔在那里。

门口站着一位女士，穿着经典的长款风衣，化着精致的妆。她看了云乐一眼，目光有几秒钟的停留，又笑着说："请问，是闻总的家吗？"

"喵？"

云乐没有表情，整个人却震惊地颤抖起来，"围巾"明显感觉到主人异样的情绪，乖巧地张开小爪子在他的胸口拍了拍。

闻野从楼上下来，看到门口的情况走了过来。

"请问您是……"他觉得这位客人有些眼熟，突然想不起在哪里见过。

女士将目光从云乐身上挪开，说："我是林遇，约了闻总谈一些工作上的事情。"

林遇是七八年前来国外定居的，做的是服装生意，这些年成立了自己的服装品牌，在国外小有名气。由于兰舒的关系，闻和宇手上也有一些娱乐产业，但不是主业，交给下面的人处理。林遇想要通过闻家的资源打开一些市场，赞助一些定制的服装，互惠互利。

说实话，这事其实跟闻和宇谈不着，子公司的负责人就可以全权解决，但那天闻和宇去子公司，刚好碰了一面，闲聊起来，得知林遇也是瑞海市的人，异国碰到老乡也算缘分，再加上林遇除了赞助还有一些别的想法。她思维清晰，行事大胆，是个不可多得的合作伙伴。商人总是利益当先，就约到了这天详细谈谈。

闻野站在闻和宇旁边，越看越觉得书桌对面的女人眼熟，精致的眉眼好像……

他脑子里突然闪过一张照片，再仔细去看，不禁皱了皱眉。大人在谈正事，他便没有多嘴。中途闻和宇出门接了个电话，书房里只剩下两个人时，闻野才问："您也是瑞海市的人？"

林遇梳着干练的短发，笑着说："对，很多年没回去了。"

闻野还没开口，她却察觉到什么一样，堵住了闻野的话："不过那里对我来讲并没有美好的回忆，所以很少去回想它。"

果然……闻野识趣地点头，没再继续。

几位老人吃过早饭就和兰舒一起出门了，云乐独自坐在沙发上，紧紧地握着拳。刚刚那个女人是段菲，哪怕十年没见，他也可以第一眼认出自己的妈妈。他好像被人当头打了一棒，脑袋里空白一片，几个小时过去还没缓过神。

他不知道如何面对段菲。他等了十年，从最开始的期盼到担心，到恐惧，到怨恨，到迷茫，到无尽的想念，再到放弃所有的希望，这些复杂的感情每一天都扯着他的心。看到段菲的那一刻，他甚至有一瞬间的喜悦。她脱离了云锦鹏，过得非常好，这说明她当年的选择是对的。

可是自己呢？他被彻底地遗忘在冰天雪地里的街道上，这么多年，段菲有没有一丁点想起他？

每隔一段时间，云乐都会幻想见到段菲的画面。

小的时候，段菲虽然不亲近他，但也会在云锦鹏发脾气打人时保护他，把他挡在身后。虽然她很少很少甚至从来没有正式地抱过他，可他偶尔想要妈妈，凑过去和她说话，她也会强忍着厌恶，耐着心应一两句话。他知道，妈妈不爱他，所以他得努力一些，让妈妈觉得他或许还不错。

八九岁时，他想，段菲如果回来，他还是会听话地喊妈妈，还是会攒钱给她买好吃的红烧肉，不会怪她让自己等了这么久，只要她回来。他每天去街上等着盼着，可她从来没有出现过。

后来他长大了，为了不让对他好的人受到牵连，他完全地屏蔽自己。他还是在想段菲，却开始怪她、怨她，怪她为什么不把自己带走，怨她为什么要留下自己一个人？

所以他那个时候想，如果段菲回来，他可能会歇斯底里地朝她哭喊，把自己这么多年受到的委屈全部告诉她，控诉她的不负责，斥责她对他不管不顾，但他还是会喊她妈妈，他很想妈妈。

可段菲并没有回来，云乐所有的想法和计划全数落空。慢慢地，他迷茫起来，很长一段时间不知道自己在做什么，不知道自己为什么等。可段菲存在的那七年，对那时的他来讲，是印象中最深刻的幸福，他别无选择，只剩下复杂的想念。如果不是云锦鹏疯了似的想要杀掉他，他可能还在等，但他已经很久没有演练过，见到段菲应该是一种什么样的状态。

书房的门打开了，林遇和闻和宇握手告别，闻野跟在后面一起下楼。他看着立刻站起来的云乐，发现了他不停颤抖的嘴角。

“没有想到，温先生的儿子小小年纪很有自己的见解，希望我们可以合作愉快。”

林遇走到客厅，跟闻野说话，又看了眼紧紧盯着她的云乐，淡淡地笑了笑，说了声：“再见。”

云乐的目光追着她的背影，看着她开门，看着她消失，他仿佛感受不到自己的心跳，像是有人堵住他的口鼻，让他无法呼吸。

段菲，不认识他了……

他的妈妈，不认识他了……

“嗒嗒”的高跟鞋声渐行渐远，随后传来车子发动的声音。

云乐迟钝地看向闻野：“她……是我妈妈……”短短几句话，他的音调都变了。

云乐突然迈开腿，快速地冲出去，想追上去看看清楚。可林遇并没有给他这个机会，车子早就没影了。

云乐的情绪太过激动，迈下台阶时他踉跄几步险些摔倒，闻野急忙将他拉起，安抚地拍了拍他的头。

云乐回过神来，空洞洞地看着远方。

“她是忘了我吗？

“她真的，不要我了吗？

“可她让我等她，还说要送我上学，我等了她那么久，结果……

她都不知道我是谁了吗？”

云乐每一句话都带着无措的颤抖，他抓着闻野不停地往闻野身上靠，好像这里是他唯一的避风港。闻野轻抚着他的后颈，眉头紧锁着垂下眼眸，不知道想些什么。

国外没有春节假期，初二那天是个工作日。

云乐昨天情绪有些激动，但过了一个晚上，又像什么事情都没发生一样，认真地教兰舒做饭。他像是自然而然地接受了这个结果，既然被段菲遗忘了，那就算了。

“乐乐把那个洋葱帮阿姨拿一下，乐乐？”

兰舒喊了云乐两声，他才反应过来。

“怎么啦？昨晚没睡好？”

云乐把洋葱递给她，不好意思地说：“好像做了很多梦。”

“啊，梦到了什么？阿姨从来不做梦，倒头就睡。”

云乐想了想，摇头说：“记不清了。”

闻野站在厨房门口看了一会儿，拿出手机到院子里打了个电话。他知道云乐昨晚梦到了什么，梦里云乐哭着喊着找妈妈，眼泪浸了枕头，哭得嗓子沙哑。

闻野清楚他对段菲的感情非常复杂，毕竟等了十年，不是说放下，就能放下。

“喂，闵川哥，你帮我查一个人。嗯，不用让爸爸知道。”

LLY 是个新兴品牌，有一栋独立的办公楼。闻野顺着昨天拿到的地址打车过来，站在会客室的落地窗前等了几分钟。

林遇拿着文件走进来说："不好意思，让你久等了。"

她亲自给闻野倒了茶，递了过去，闻野礼貌地道谢。

"不知你今天过来，是闻总有什么交代吗？"

闻野说："没有，是有一些私事，想跟林总了解一下。"

林遇把文件放在桌上，又为自己倒了一杯水，问："我的私事？"

"对。"闻野说，"在此之前，我稍微了解了一下您的背景。"

林遇说："这是应该的，毕竟是合作关系，都要知根知底。"

她很欣赏闻野，一个高中生，无论气场还是言行举止，都不稚嫩。

闻野说："您是八年前来国外发展，在此之前一直和华荣的周平合作。据我所知，周平是您的恋人，在国内有一家规模不小的服装工厂。"

"对。"

"但您一直没有和他结婚，而且五年前还选择和平分手，现在属于纯粹的合作关系。"

林遇喝了口水，说："对。"

"认识周平之前，您有过一段婚姻，乃至现在那段婚姻在法律上面依旧有效。"闻野说，"在那段婚姻里，您还有一个儿子。"

林遇没有回避，也没觉得受到侵犯，点头道："有。"

"那您还记得他吗？"闻野盯着她，在她脸上看不到任何一丝异样的情绪。

林遇说："当然记得，那是我身上掉下来的一块肉，即便十年没见，我也第一眼就认出他了。"

"那您……"

林遇对上他锐利的目光，笑道："你很厉害，这么短的时间里就把我的底扒得这么干净。我不知道你跟那个孩子现在是什么关系，以及他和闻家是什么关系。我当年选择抛弃他，他和我就再也没有瓜葛，无论我现在过得好坏，或是他过得好坏，我都不会再回到他身边。首先我觉得我没这个脸；其次，我们并没有多深厚的感情，十年前没有，十年后也不会有。现在这么看，我们都已经有了彼此的新生活，还是不要再互相打扰比较好。"

她太过理智，理智到近乎冷漠。

闻野沉默半晌，又说："冒昧地问一下，您为什么没有和周先生继续发展？"

林遇看着窗外，目光深远，脸上有一丝松动，自嘲地说："他想要个孩子。

"而我，不配做一个妈妈。"

过了初五，闻野一家开始各忙各的了。闻和宇本来就不清闲，在家这几天耽误了不少工作，一大早兰舒特意化了个职场妆，提着手包戴着墨镜，摇身一变成了企业高管，跟着闻和宇去公司视察。四位老人也去了机场，埃及这事本来是闻国强随口胡诌的，结果王桂珍当了真，拽着老姐妹就定了机票。亲家四口，提着行李出门旅游，计划是带着闻野两人，但他们假期时间不多了，只好约在暑假。

闻野送走几位长辈，从机场打车回到家时十一点左右。

云乐已经把午饭做好了，正在餐厅里摆放碗筷，听到脚步声扭过头，看着他说："可以吃饭了。"

几天过去，云乐似乎没有什么不同，林遇的出现就像个小插曲，掀起了他心中的一点波澜，又去得无声无息。

闻野坐下拿起筷子，夹了道素炒芹菜，只嚼了一口，就抬起眼静静地看着云乐。云乐正一口一口地吃着，没有任何异样，闻野突然喊了声："乐乐。"

"嗯？"云乐停下手中的动作，问，"怎么了？"

闻野托着腮，夹起一块芹菜笑眯眯地放在云乐的碗里。云乐眨了眨眼，刚刚不知道想着什么，直到闻野夹给他的芹菜入了口，才像突然有了味觉似的，怔怔地说："好甜……"

闻野道："是新研究出来的口味？"

云乐摇头，估计没注意把盐和糖放混了。他把这盘端回厨房，又重新炒了一份。

夜里三点左右，卧室里静悄悄的，闻野躺在床上没睡着，身边的人也翻来覆去的，像只小猪似的拱来拱去，黑暗里能感受到偶尔投来的目光，一只手拽着他的睡衣，似乎想要叫醒他，又犹豫地怕影响他休息。他没动，虽然醒着，但很多事情，他希望云乐自己去想，自己去决定。

云乐最近明显藏了心事，虽然面上不显，但是经常走神。终于，他还是没忍住，扯了扯闻野的衣服，轻声喊道："闻野。"

"嗯？"闻野应了声。

云乐说："我睡不着。"

闻野动了动，坐起身打开床头灯，云乐也跟着坐起来，看着他说："对不起，吵醒你了。"

闻野等他开了口，才问道："有心事？"

“嗯。”云乐老实地点头，“可以跟你说吗？我自己很乱，不知道怎么办。”

“可以。”闻野说，“有什么话都可以跟我说，我陪你一起解决。”

云乐用力地点点头，才道：“是因为我妈妈的事情。”

果然，这种事情无论放在谁身上，都不会轻易释怀。

闻野说：“你恨她吗？”

“恨？”云乐想了想说，“以前恨过，其实更多的是怪她，后来……就没有什么感觉了，恨和不恨我好像不是那么在意，但还是觉得有些不开心。”

“为什么？”

闻野把床头灯调暗了些，怕云乐的眼睛适应了黑暗，突然开灯会觉得不舒服，又拿起手机看了眼时间，放在枕头旁。

云乐往他的方向靠了靠，仰头说：“她……是不是从一开始就不想回来了？那时候她让我等她只是借口，对不对？”

闻野觉得他傻得让人发笑，又让人心疼。

“你觉得呢？”

“我觉得是。”云乐说，“我以前也想过她会骗我，但更相信她会回来，因为她是我妈妈，就算她不喜欢我，可她还是给我买了新书包，还是会保护我。我那时候想，她或许说的是真的。”

“笨蛋。”

“我不笨。”云乐摇着头反驳。

“就是笨。”闻野戳穿云乐，“既然你意识到了，为什么还要等她呢？”

云乐抿着嘴，沉吟半晌才道：“我怕她回来。”

闻野：“嗯？”

云乐说：“是不是很矛盾？”

“不会。”闻野让他继续说下去。

“我怕她哪一天真的回来了，我如果没有等她，她会觉得很伤心，而且云锦鹏的力气很大，看到她肯定会发怒。我以前，哪怕到了现在，都能理解她的离开，因为云锦鹏真的很凶，对她也从不手软。她还是女人，身体很弱，经常流血受伤，所以我不敢走。我怕她哪天回来了，如果我不在，她自己一个人要怎么面对？”

闻野揉着云乐的头发，问：“所以你才这样傻乎乎地等她吗？”

“嗯，以前我是希望她可以回来保护我，后来是怕她突然回来，我要保护她。”

“其实我这次看到她，有点生气。”云乐皱着眉，两颊都气得鼓起来，“她如果一开始就决定不回来，为什么不直接告诉我？她如果直接告诉我，说不想要我了，那我早就跑掉了，怎么可能会一直留下等她？”

闻野看着云乐活灵活现的表情，完全没想到他是气这个，心里软绵绵地问：“之前你有机会跑掉吗？”

云乐说：“有很多机会，妈妈走后，云锦鹏经常不在家，也经常醉得不省人事，所以我想跑掉会很轻松。其实这么多年，我为她找了很多理由，因为她不是一个人走的，她应该是想重新开始，会有新的家庭。可能是那个和她一起来的男人不想要我，也可能因为我是云锦鹏的儿子，所以她讨厌我，我都可以理解，但是她……她为什么不说清楚呢？我知道我是拖油瓶……”

“不是。”闻野打断他的话，“你不是拖油瓶。”

云乐停顿片刻，咧开嘴笑了笑，又说：“其实我不恨她，就算以前恨，这么多年过去也没有感觉了，但这几天我还是觉得很困扰。”

云乐像倒豆子似的，把心事全部说给闻野听，一丝一毫都不瞒着。

“困扰什么？”闻野耐心地问。

云乐说：“我想让她把话说清楚，她如果确定不想要我了，就明明白白地告诉我，我不会去打扰她的生活，她也不用怕我出现在她的面前。”

闻野拍拍云乐的后颈，看着他的侧脸，轻声问：“只是想要和她说清楚，这么简单吗？”

“嗯，如果还能见面就跟她说清楚，告诉她我不等她了；如果不能，那就算了。闻野，你说，她是真的不记得我了吗？我的变化很大吗？”

闻野沉默几秒，说：“应该没有认出来，你想，她走的时候你还是个小朋友，现在你已经是一个成年人了。”

“也对。”闻野这样说，云乐心里还觉得舒服一些，“毕竟她的相貌已经定型了，但是我还在不停地长个子对不对？”说着他还把手抬到头顶，比画着身高。

“乐乐，我们回国吧。”

“嗯？不等叔叔阿姨忙完吗？”他们昨天说好要一起回去的。

“不等了。”闻野的眸子幽幽暗暗地闪着光，“开学前我们去逛逛庙会怎么样？”

“庙会很热闹吗？”

闻野关了灯，躺在他身边，低声说：“很热闹，有花灯，还有糖人。”

第十章

“前面的路不好走，快抓稳了。”

错开了长假高峰期，庙会上的人不算太多，韩宸穿了件红卫衣喜庆得像个新郎官，举着手机嚷嚷：“干吗非来这边啊？又远又偏，人还少！什么？逛庙会不就图个热闹吗？行行行，你是我哥你说了算，我到了啊，门口等你们。”

初七一大早，韩小老板应邀而来。他这个年过得不错，春节前夕他爸抽空去了趟咖啡店，本来想借机发难，却没想到店内客人挺多，视察一番竟然破天荒地把儿子夸了一顿，觉得他是可造之才，大手一挥又投了点钱！

韩小老板否极泰来，本来就开始飘了，这会儿更得意得没边，大年初七还不上班，天寒地冻也春风满面。就是闻野选这地方距离市中心有点远，鸟不拉屎的，偏北。

五分钟后闻野背着运动包和云乐一起走过来，韩宸见过云乐，第一次离得远，这回才算正儿八经地看清楚。他跟云乐没有接触，不知道云乐的身世背景，也不知道云乐以前什么样，眼下就觉得这人挺乖，老实地跟在闻野身边，对他礼貌地点了点头。

韩宸自我介绍了一番算是认识了，又看向闻野：“背着运动包干吗？”

闻野说：“这附近有个冰场，待会儿觉得无聊可以去玩会儿。”

“那你不早说！早知道我带着鞋过来了。”

无论什么运动，韩小老板都有极其专业的全套设备，玩得如何且先不说，东西首先得预备齐全了。

闻野说：“待会儿一起买吧，乐乐也没有。”

“那行吧，走着？”

闻野说：“再等会儿，还有两个人。”

“谁啊？”

“我同学。”

回国当天闻野就约了陈杨和冯唐，他们在瑞海高中也算得上不错的朋友，两个人在家里都闲得慌，听说出门放风，一大早就上了公交车，但万万没想到，迟到了将近半个小时。

陈杨一脸萎靡，勾着冯唐的肩膀眼睛都睁不开了，还怒气冲冲地不知道嚷嚷什么。冯唐的神情也不对，走近些闻野他们才隐隐听清两人说什么。

“大过年的可真晦气，居然碰上那几个不要脸的混混。”

冯唐问：“陈兵家是不是住在这边？”

“好像是，嘿，闻野哥哥！”陈杨说着，抬手跟闻野打了声招呼，又看了眼他身边的人，没一个认识的。

走近后，闻野疑惑地问：“怎么了？”

陈杨说：“别提了，过来的路上碰见了（5）班的那群人，就那个陈兵，没招他没惹他，他非手欠地推我一把。要不是看他们人多，我直接把他按地上揍，我就说他们（5）班没一个好东西。”

话音未落，冯唐就使劲拽了拽他的袖子，陈杨问：“你干吗？”

冯唐怔怔地看着前面没出声，陈杨顺着他的目光扭头，眨了眨眼，惊道：“云乐？！”

“陈杨。”云乐淡淡地说。

陈杨揉了揉眼，上下嘴唇哆嗦半天愣是没发出声音，眼前的云乐仿佛换了个人，无论是外形还是气质，似乎少了些阴郁，整个人都正常起来。

“你……你怎么……”

闻野笑道：“待会儿解释，我们先进去吧。”

男孩们的集体活动要简单利落很多，不会溜溜达达地逛起来没完，都是直奔主题，干净利落。好不容易找到了一辆糖人车，云乐赶紧停下来，准备让师傅捏个糖人。趁着这个时间，闻野跟两位同学解释了他和云乐之前的关系。

冯唐咽了口唾沫，他听完耳朵“嗡嗡”作响，怎么都想不到，闻野和云乐面上八竿子打不着的人，居然有这样的经历。

“这……”冯唐别的还没想，脑子里突然闪过刚刚遇到的陈兵，忙忧心忡忡地说，“野哥，学校的那些人……要是知道了……这……必须得瞒着。”

陈杨没冯唐想那么远，但听冯唐这么一说，赶紧开口：“对啊，这事必须得瞒着，这要是被有心人知道了，不一定闹成什么样。”

闻野对他们笑了笑，说了句：“没事。”

糖人师傅手巧，按云乐的描述三五下就吹出了个背着运动包的Q版小人，无论发型还是衣服，都像极了闻野。他拿着爱不释手，又指着自己说：“可以吹个我吗？”

师傅端详他几秒，又揪了一块糖说：“没问题，但你们这难度大啊，得加钱。”

云乐赶紧拿出两张红票子说：“给您。”

师傅看他挺痛快，收了钱，照着他的穿着，吹了个小号的还系着红围脖的糖人。

“你们说完了没有啊？我都逛到头了，换地方吗？”

韩宸脱离组织，独自逛了一圈回来。他买了串糖葫芦，狼吞虎咽地吃下最后一颗，还抹了抹嘴，打算消灭证据。也不知道是糖葫芦扦子磨得太糙，还是他吃独食遭了报应，扦子上竖起来的倒刺扎进了他的手里，钻进指腹，不是特别疼，但硌着肉怎么都不舒服。

闻野看了他一眼，问道："怎么了？"

韩宸甩了甩手说："扎了个刺，挤不出来了。"

"有针吗？"闻野说。

陈杨自告奋勇："我去借一个。"

他们距离糖人车不远，师傅那里工具齐全，什么都有。韩宸怕疼，伸着手指躲得老远，嘴上喊："要不算了吧，扎一下也不碍事，又不影响生活。"

闻野两根手指捏着他的指腹，用针一下一下地在倒刺上剐了剐。韩宸倒吸口气，龇牙咧嘴的，不碰它没事，轻轻一碰，连着心口都隐隐泛疼，但要一针扎下去，韩宸也害怕，磨磨叽叽的跟个大姑娘似的："要不算了，不挑也没事。"

闻野摇了摇头，盯着他肉里的倒刺，脸上挂着一如既往的笑，目光却说不出的深沉。

"这种事情不能怕，该挑还是要挑，不然它永远藏在你的肉里，处理不好或许还会化脓、溃烂，会长长久久地影响你的生活，所以得趁早把它清理干净，才能一劳永逸。"

韩宸眨了眨眼："我说，你今天说话怎么这么瘆得慌？啊！你太狠了吧！还真扎啊？！我还是不是你亲哥们啊？！"

他的手指瞬间破了皮，血从皮肉里渗出来，连带着那根毛茸茸的刺。

闻野拿着针，看着那根沾血的倒刺，耳边是熙熙攘攘的人声，里面夹杂着并不明显又十分嚣张的叫喊声。他从兜里掏出了一张创可贴递给韩宸，拿着针还给了糖人师傅。

云乐正举着两个糖人站在摊子前等着，黄澄澄的糖人和他的表情如出一辙，露出一排整齐的牙齿，笑得特别开心。

闻野轻声问："喜欢吗？"

云乐点点头，说："喜欢！"

他明晃晃的笑脸映在闻野的眸子里。

几个人从庙会里出来，又一起去了冰场。

冰场的面积不小，但比较简陋，露天的，分了两块，一块人造冰场，但因为资金问题没有开放，剩下那块就是普通的平地水泥，连着举办庙会的公园后门不远，四周围着简陋的铁网。门口有个售票的小房子，里面坐了个秃顶的中年大叔，往窗口一凑，哟，刺鼻的酒味能熏人一跟头。

大叔看见有人来，顶着红鼻头，打着酒嗝说："几个人啊？"

闻野拿出钱包说："五个。"

"啊，一人二十，带鞋了吗？租还是买啊？"

"买，四双。"

四双？这可是单大生意啊。

大叔乐了，东倒西歪地从椅子上站起来，"哗啦"踢碎了一个酒瓶子，朝外面喊："二兵！拿鞋！二兵！"半天没人理他。

大叔骂咧咧地转身翻找，又打开售票室的门，拿了四双劣质的轮滑鞋。他的脚看起来有点簸，一瘸一拐地说："这玩意明码标价，可不打折，一双一百五十元。"

闻野让云乐几人拿着票先进去，抽出六百块钱，递给大叔，又指着其中一张说："这上面有几个字，不影响吧？"

大叔瞥了一眼，也不知道哪个倒霉孩子把人民币当小字条了，在上面写了个地址，不过没什么影响，说："真的就行。"

闻野点点头，自己拿了一双，又把其余的分给韩宸几人。

云乐坐在场内的长椅上，研究鞋子的穿法，鞋面上部件太多，又是魔术贴又是安全扣。闻野穿好之后，看他还在研究，直接拿过他的鞋，又伸手去抓他的脚踝。

云乐下意识地往回缩了缩脚，说："我能自己穿。"

闻野不放手，说："我帮你。"

"哦。"云乐抿着嘴，又乖乖地把脚往前抻了抻，顺着闻野的力道钻进了鞋子里。

"挤脚吗？"闻野半蹲着帮他系好鞋带抬起头，见他正呆呆地望着自己出神，又叫了声，"乐乐？"

"嗯？"云乐反应过来，忙摇摇头说，"不挤。但是有轮子，我怕站不稳。"

"不怕。"闻野冲着他笑，"我扶着你。"

他刚要起身，却被云乐抓住手腕："你可以一直在我身边吗？"

闻野："嗯？"

"你可以一直在我身边吗？"云乐问。

云乐看起来有些着急，执拗地想知道答案，闻野把他拉起来，说："可以，我保证。"

云乐得到肯定的回答，重重地"嗯"了一声，放松了许多。

果然，云乐第一次尝试轮滑重心不稳，就算扶着闻野，也一个劲地打滑，云乐每走一步就要前倾着扑到闻野身上，像个学步的小孩，扶着他"咯咯"地笑个不停。

韩宸站在旁边开始和冯、陈两人勾肩搭背了，说："过分了吧。"

冯唐深有同感："是有点牙疼。"

陈杨认真观摩：“关系好成这样了？”

韩小老板到底见过大世面：“谁没几个关系特别不一般的朋友？大惊小怪的。”

“也对，带笔了吗？”陈杨问。

“没带，要笔干吗？”

“记笔记啊！大好的交友素材！”

韩宸仰了仰下巴，不客气地戳破他的白日梦，冲着冰场中央给云乐示范动作要领的闻野说：“笔记不行，你最起码得会个花式双刹。”

“给我回来！”

几个正说着，门口那边突然传来一声怒吼，还伴随着酒瓶摔在地上的声音。这声音组合云乐太熟悉了，他没离开家里之前，隔三岔五就会经历一番。

“你一天天瞎混，给我滚回来干活！”吼声不是旁人发出的，正是刚刚卖票的大叔发出的，他指着公园后门口骂骂咧咧，“我一天到晚苦哈哈地给你赚钱！你倒好，在学校还拉帮结派了！还嫌弃你的跛子爹给你丢人！给我滚回来点钱算账！”

冯唐一早就注意到了，抻着脖子往公园里面看，拽着陈杨的胳膊说：“我知道这大叔说谁呢。”

“谁？”

“陈兵。”

“陈兵？不可能吧？”

虽然大家都姓陈，但是陈杨除了网瘾大了点，学习差了点，没别的坏毛病。

“陈兵他爸妈不是做生意的吗？”

冯唐说：“我刚刚看见陈兵趴在铁网外鬼鬼祟祟的不知道干吗，然后卖票的人就出来骂人了。”

“不会吧？”陈杨不信，“我一直听说他家条件很好啊，而且他穿得又不差，一件衣服好几千，还跟邹建走得那么近……难道，是骗人的？”

“哟。”冯唐幸灾乐祸地说，“纸包不住火，他以后再敢惹我，我就把他隐瞒自己的身份背景这事昭告天下！”

韩宸跟着围观：“那他这位老父亲也太可怜了吧，跛着脚一看就不能干体力活，在这儿打工肯定也赚不了多少钱，合着一个月开的工资都被他儿子买衣服充大款了，连个正经身份都没有？”

冯唐说：“我一直就以为陈兵这人比较跋扈，没想到还挺虚荣。”

“算了，随便他虚不虚荣，他只要不再找碴，我们就不把这事给他抖搂出去。”

陈杨握住了把柄，没来由地底气十足，套上鞋就在水泥地上溜了两圈。想起韩宸说的，还尝试了一回高难度花式双刹，结果没刹住，双臀着地，疼得“嗷嗷”叫唤。

实际上轮滑不难，毕竟小孩子玩得比较多，和之前的六孔竖笛一样上手容易。云乐屈着腿，根据闻野说的一点点地慢慢滑。

场地上放了不少障碍桩，闻野拉着他耐心地说：“膝盖再稍微弯曲一些。”

“嗯。”云乐听话地照做，又问，“你可以一直倒着滑吗？”

“嗯，不止如此。”闻野说，“我还可以躺着滑。”

云乐眨了眨眼：“躺着？真的？”

闻野学着他一脸严肃正经地说：“当然是真的。”

在云乐心里闻野真的很厉害，好像无所不能，所以听到这句话时的第一反应竟然相信了，可他无论如何都想不出躺着要怎么滑，只好问："要怎么躺着滑？鞋子是穿在脚上的，如果躺下的话……"

闻野拉着他停下来，笑着说："你相信了？"

云乐疑惑："为什么不信？"

闻野说："你没有想过，我是开玩笑的？"

"开玩笑？"云乐恍然大悟，"怪不得，我还以为是真的。"

"笨蛋。"闻野问他，"我说什么你都信，难道不怕有一天，我会真的骗你吗？"

云乐说："那你要骗我什么？"

"嗯……"闻野说，"还不知道，我是说如果。"

云乐代替闻野思考了一会儿，说："没有如果，你骗不到我的，而且你没有什么可骗我的。"

五点半左右，跛脚大叔开始清场关门，几个人换了鞋子，就近找了一家餐厅吃饭。

饭是韩宸请的，也没人推托，大家都是同龄人，没有那么多场面话。陈、冯两人实在，没钱就是没钱，请不起就老老实实地吃，倒没觉得不好意思。几个半大的男孩子嘻嘻哈哈地玩了一下午，自然而然地成了朋友，除了云乐让他们有点惊奇，毕竟相处下来根深蒂固的刻板印象被彻底颠覆，跟脱胎换骨了似的。

"我真没想到云乐同学还有这么……"陈杨一时找不到形容词，撞了撞冯唐的肩膀。

冯唐冷不丁一晃，筷子上的肉丸子"咕噜咕噜"地滚到地上，气得嚷嚷两句，才看着云乐说："我们都没想到你还挺……正……"

他觉得这么说不好，又斟酌了一下措辞，但怎么都找不到更好的形容，只能接着说，“就还挺正常的。”

见云乐没什么反应，冯唐接着说：“你都不知道你之前在学校有多酷，瑞海高中要是有第一酷哥的竞选，我首先给你投票。”

云乐看他一眼，面无表情地“哦”一声，竟然还道了声谢。

韩宸坐在一旁笑得不能自理，拍着闻野的肩膀说：“他也太好玩了吧，做什么都一本正经的。”

闻野笑眯眯地揉了揉云乐的头发，看着他不受任何影响地一口一口慢慢吃饭。

云乐看闻野半天没动筷子，夹起一块鱼放进他的碗里。

陈杨用一口可乐把要说的话堵了回去，再不济他和云乐也同校一年，从没见过他这么乖巧听话的样子，思来想去都要归功于闻野哥哥的自身魅力。

几个人简单地吃完，各回各家。闻野两人回国匆忙，昨晚睡了一觉就直奔庙会，行李还放在客厅里，没来得及收拾。

夜里十二点多，枕头下的手机“嘟嘟”作响，闻野光脚走到了阳台上，来电显示没有备注，是个陌生的号码。闻野接通后并没有开口，而是等对方说了几分钟，才勾起嘴角说：“很多事情要你自己去衡量，怎么决定也是你自己的问题，你无法威胁我，我也只是你的另外一种选择而已。”

对方气急败坏地说：“你什么意思？别以为你抓住了我的把柄，我就会怕你！”

闻野笑了笑：“你有什么把柄？贫困的家庭？残疾的父亲？还是……因为不可告人的原因而重病去世的母亲？”

“你怎么知道？！你敢说出去！”

闻野转身靠在栏杆上，眼底闪过一道不可捉摸的光，明明温温润润，却带着一股说不出的凌厉，像是绵里藏针，一拳头下去，鲜血横流。

“我当然不会说出去，我对你的家庭从未抱有一丝不尊敬，那个地方你可以去，也可以不去，一切选择在你，不在我。”

没等对方开口，闻野便挂断了电话，又看了眼时间，拨通了闵川的电话。

闵川人在国外，似乎正在开车，几秒杂乱的声音后，挂上耳机问：“闻野？还没睡？”

闻野说：“一会儿就睡，闵川哥在开车吗？”

“嗯，没事，你说。”

闻野：“也没什么事情，我爸这几天忙吗？”

“哈哈。”闵川说，“闻总什么时候不忙啊，不过最近有兰女士陪着，工作效率都提升不少。”

闻野弯着眼睛道：“主要是兰女士急着回国，我爸肯定不会怠慢。”他又问，“她呢？找到机会了吗？”

“啊。”闵川说，“找到啦，我就是刚从她那里回来的，你选的那个项目她确实很有兴趣，我大概跟她说了说，估计和闻总回国的时间差不多，前后脚的事情。”

闻野说：“麻烦了，闵川哥。”

“嘿，跟我客气什么啊？”闵川问，“但我有一件事想不明白，你想尽办法让她回国做什么？就算你以后接管公司业务，我们跟她也不会有太多合作。”

闻野说：“不是合作的问题。”

“嗯？那是……”

闻野抬头，刚好看见云乐拿着他的拖鞋睡眼惺忪地走出来，像是怕他半夜起来光着脚乱跑着了凉，心里不禁一阵绵软，温声道：“是有人想跟她聊聊天，说明白一些事。”

过了十五，距离开学还有十来天，云乐又找了两份兼职，都是在大马路上发传单。年后的工作不忙，很多外地务工人员还没有返程，各个商圈人烟稀少，云乐每天一早出门，到了下午四五点钟就能回家，丝毫不影响做晚饭的时间。

闻野再次被韩宸拉走，本以为是要在新的一年开辟点新的业务，却没想到韩宸站在二楼窗前，看着人来人往的街道，说：“我打算重返校园。”

闻野依旧坐在靠窗的位子上，没说话，转着笔帮他对账。

韩宸畅想着，说：“我都计划好了，开学当天我就以青年企业家的身份横空插入瑞海高中，虽然高贵，但是低调。虽然成功，但是谦和。到时无数女生冲我而来，我不能笑，得矜持，这是我作为一个坐拥亿万家产的高中生总裁应有的骄傲。你说到时候得有多少女生追我啊？”韩宸忍不住龇牙，扭头问，“你说……你听没听我说话啊？”

闻野没听，目光也没放在账目上，像是斟酌思考着，有些出神。

韩宸疑惑地走过来坐在他的对面，抬手晃了晃说：“哎，想什么呢？”

钢笔从他手上转了两圈才停下来，闻野放下笔，端起桌上的咖啡喝了一口，说：“没事。”

“没事才怪！”韩宸往后一靠，跷起二郎腿说，“别人可能不知道，但我还能不了解你？我这两天就觉得你心不在焉，老实交代，是不是又暗自琢磨着什么事呢？”

闻野挑挑眉，笑道：“能有什么事？”

“我怎么知道？！”韩宸收回腿往桌上一趴，“但你肯定有事瞒着我。我太了解你了，虽然大部分时间都特温和，但千万别惹着你，别说惹了，想占个便宜都不行。我还记得小时候去奶奶家摘枣，我不就是怕毛毛虫想怂恿你上去摘几个嘛！你说你不想去，去了你就别打击报复，开始我还真以为那几只毛毛虫是我力大无穷踹下来的，后来一想根本不是那么一回事！全是你憋着坏给我扔下来的，导致我现在看见毛毛虫都犯怵！”

这事闻野跟云乐说过，只是忽略了部分细节。

韩宸说：“我突然挺心疼那个小朋友，你说他要是知道你这么心黑，是不是得悔得肠子发青？”

闻野笑道：“他不会。”

“你这么肯定？”

“当然。”闻野看了眼时间，问，“你刚刚说打算重返校园？”

“对啊。”提到这个又把韩宸的思路拉回正轨，“就去瑞海高中，开学就去。我突然觉得学校也挺好。”

闻野说：“咖啡店呢？”

“交给店长啊。”

“店长招了吗？”

韩宸愣了，没招，他开店就是想亲力亲为，根本没想过给别人负责，店里倒是有不少员工，精通八国语言就不说了，但接任店长的人选还真没好好考虑过。

闻野靠在椅子上说：“距离开学没几天了，你是可以选择现在招人，但以后的问题考虑过吗？店长的人品、能力你是不是要仔细观察？观察时间少说需要一个月，甚至更久，如果这位店长有一点能力上的欠缺，或者人品上的问题，那么对你店里的影响可不是一星半点。当然，你也可以让你爸爸找人负责，但是以我对韩伯父的了解，你如果真的交给他，以后这个店就跟你没有一点关系了。”

韩宸眨眨眼，惊恐地说：“那……那怎么办？我根本没想这么多，不都是走一步算一步吗？”

闻野拿起外套站起来，笑道：“许多事情确实不用想，但还有很多事情要提前计划，不要等问题自己找上门，闹得措手不及无力解决。我先走了，乐乐快下班了，我去接他。”

“你把话说完再走啊！”韩宸站起来对着闻野的背影吼。

闻野挥了挥手：“改天再说。”

“他就在隔壁那条街，还能丢了怎么着？！”

云乐丢不了，但发完传单依旧站在街口听话地等着闻野。他们约好了这晚一起去超市，家里的冰箱空了，水果蔬菜都要填充。

闻野新换了一辆可以载人的自行车，云乐坐在后面拽着他的衣服说：“还要买一些鸡蛋，早餐要做三明治，你喜欢吃。”

闻野说：“再买一个饭盒。”

云乐问：“买饭盒做什么？”

闻野说：“开学以后你也要带饭，我听说一食堂的饭菜很难吃。”

云乐说：“不难吃，就是没有味道，但是可以吃饱。”

“那还是要带饭，可以省钱。”

“嗯。”云乐点头同意说，“我以后做两份便当。”

“不用，我们可以一起做啊！小心！”

闻野突然喊了一声，云乐立刻警觉起来，忙问：“怎么了？”

闻野弯着眼睛说：“前面的路不好走，快抓稳了。”

“嗯！”云乐没多想，张开双手紧紧地抓住闻野。

天气越来越暖，就算迎着风，也不觉得刺骨。云乐的手臂贴着闻野，哪怕隔着蓝色的毛衣，也可以感受到温暖的热度。他始终等着那条不平坦的道路来临，可除了不可避免的减速带少有颠簸，一直到超市门口都平平顺顺的，没有一丝波澜。

瑞海市东南街，看守所。

“云锦鹏，收拾东西出来。”

穿民警制服的警察同志拿了一串钥匙，“哗啦啦”地打开看守室的大门。这边不能算是监狱，十几个人被关在一个屋子里，云锦鹏鼻青脸肿地坐在最里面，听见声音抬起青紫的眼皮，还以为自己听错了。

“看什么呢？出来。”

民警同志再次严厉地开口，云锦鹏才挪了挪地方，晃晃悠悠地站起来，空着手出门，阴沉地问：“到三个月了？”

民警同志知道这是个刺头，管不服，进了大牢依旧打架斗殴，具有严重的暴力倾向，但也不知道是谁把这人给保出去了。民警同志眉头紧锁，还没进行深刻的思想教育呢，这人出去也是危害社会。

“用不着三个月了，走吧。”

云锦鹏没问是谁保他。他根本不在乎，不管是谁，只要出去就行，在这破地方住了小两个月，戒酒戒赌，憋得他只想打人，这一切都是因为那个女人生的小崽子。

云锦鹏嘬着后槽牙走出看所守，恶狠狠地往地上啐了口唾沫。

他受的这些罪，全得在那小崽子身上找补回来！

晚上六点左右，两人从超市回来。

云乐把所有食材分类放进冰箱里，填充得满满当当，闻野在厨房准备晚饭，买了一斤活虾，正一只一只地挑着虾线。

云乐忙完走过来拿起一根牙签，站在他旁边学着挑。他原本就聪明，看一眼就学得有模有样。

闻野说："想怎么做？"

云乐说："可以做两种吗？我以前没有做过，看了教程想多尝试一下。"

闻野说："可以啊。"他又轻咳了一声问，"乐乐。"

云乐："嗯？"

"你平时……都在看什么教程？"

云乐想了想说："大多是做饭的，还有教如何整理房间的，编织的也看，因为以后可能还要帮你织毛衣。我又学会了一种花纹，想织给你试试。"

"围巾"溜进厨房，自从被闻野带回家，吃的都是精致的猫粮、猫罐头。"围巾"是从苦日子过来的，偶尔也会怀念垃圾堆里找食吃的快感。果然，厨柜下面放着一个垃圾桶，"围巾"眼巴巴地看着直流口水，趁着没人，刚准备一脑袋扎进去，却被闻野从后面抓起来，抱到客厅。"围巾"张牙舞爪地"喵喵"抗议，使劲挣脱大手的禁锢，冲进卧室，跳到床上"喵喵"叫了两声，不但没人回应，还一脚踩到闻野的手机上，被突然传来的手机铃声吓得毛发奓起，风一样躲进了窗帘里。

闻野听到铃声擦干净手走进来，拿起手机看了眼上面的号码，接通问道：“想好了？”

对方没开口，像是犹豫不决。

闻野说：“这对你没有坏处，我也没有逼迫你，想好了再来跟我说，你还有十天的思考时间。”

与此同时，瑞泽路酒吧街。

陈兵蹲在名为“简夜”的酒吧门口。这家酒吧是邹家的产业，也算这群小混混的聚集地。

酒吧分了三层，舞台、KTV……基本的娱乐设施应有尽有。

邹家在瑞海市还算小有势力，邹洪年轻的时候也不是做什么正经生意起家，他由衷地希望邹建可以走上正道，别步自己的后尘，所以在邹建身上花了不少心思。但邹建根本不理他这份苦心，怎么浑蛋怎么来，嚣张跋扈打架斗殴，整个寒假除了去国外玩了几天，几乎都泡在酒吧里面。

陈兵盯着手上的电话，又从兜里掏出六百块钱，这六百块钱已经被折得不成样子。他抽出带着名字的那一张，这钱是初七那天收到的。

冯唐没看错，陈兵就是那位瘸腿大叔的儿子，粉红色的人民币上写着“闻野”两个字，目的明显，就是想让他主动联系。

陈兵也算知道了闻野和云乐的关系，闻野跟他闹这么一出，说白了就是想让他转校，把他弄走。闻野是什么身份他多少也有所耳闻，想要把他弄走简单得很，这么弯弯绕绕地又给了他不少好处，估计是想让他做点什么。

陈兵有的是心眼，不然也不能把自己的身世瞒得严严实实。走其实没有坏处，但是如果不走，可能会面临翻天覆地的变化，他从初中就开始经营的富家子形象，肯定会功亏一篑。其实他的富家子形象现在已经崩了，毕竟在冰场的时候，除了闻野和云乐，还有陈杨和冯唐在，他们会不会已经说出去了？会不会开学当天，就有人对他指指点点？

他和云乐的身世有那么一点相似，父亲是个酒鬼。他不知道闻野是怎么发现的，带着一群人去看他的笑话。

陈兵恨得牙根痒痒，又没有丝毫办法。他是看着云乐在学校怎么被欺负过来的，自己还插手了不少次。他把钱塞进兜里，绝对不能让这种事情发生在自己身上，或者可以找找邹建，没准邹建可以帮他。

陈兵进了酒吧，走到负一层A705门外，敲响了房门，房门慢慢地打开，开门的人是图璃。她撩了把头发，说："是兵哥啊。"

陈兵点头，走了进去，邹建正瘫在沙发上，抬眼瞥他，懒懒地说："来了？"

陈兵走过去问："邹哥，找我什么事？"

邹建从桌子下面拿出一个厚厚的信封，扔地上说："打开看看。"

陈兵应了一声，取出了一沓打印好的照片，看清后有点惊讶，里面都是闻野和云乐的照片，应该是在国外拍的。

邹建勾起嘴角说："高三早就开学了吧？你明天就把照片给我往学校里面贴，不够了就去印，给我闹得全校皆知，论坛也别放过，开学就让他们给我滚蛋！还敢跟我动手！"

这要放在平时，陈兵不仅照做，估计还会变本加厉。他沉默了几秒，把照片装回去没什么动静。

邹建瞪他：“还不去？”

陈兵说：“邹哥，我有件事想求你帮忙。”

“什么事？”

“就是我爸……你看能不能帮他换份工作？”最起码体面一点，不要这么丢人，最好跟他现在经营的身份相符，顺便再给他母亲也换个身份。

陈兵贪婪地看着邹建，希望他能答应，答应之后自己就再也不用受闻野的威胁，还能反将一军，却没想到他不屑地说：“你爸一个瘸子能干什么？我早就跟你说过别挣扎，你再怎么瞒也掩盖不了你爸是个瘸子的事实，你身体里流着他们的血，也就跟着我当个狗腿子，才能让你看起来体面一些。”

邹建确实说过这些话，但之前陈兵没有多余的选择，这一刻不一样了，他像平时一样把事情应下，暗自握紧了拳头。

第十一章

"你呢？你也会选择跳过悬崖吗？"

一夜转瞬而过，第二天早上闻野把云乐送到快餐厅里取传单，又骑着自行车去了韩宸店里。他没走平时的那条路，而是饶了一个圈，往南边去了。

南边的城市建设依旧脏乱差，想要改善也不是一天两天的事。破旧的胡同里垃圾成堆，冬天都能飘出一股恶臭，半人高的铁皮垃圾桶旁边靠着一个醉鬼，刚从看守所里出来，连着喝了好几天酒，醉倒在地上没人管。

“云锦鹏。”

醉鬼稀里糊涂地听见有人喊他的名字，眼皮子动了动，抬手遮住刺眼的阳光，看见一道身影背着光站在他跟前，往他脸上丢了一张纸。

“什么东西？”他脑子不清醒，看不清上面的字。

那人就主动告诉他：“支票。”

“支票？给我？为什么给我？”云锦鹏云里雾里，全当自己在做梦。

那人突然笑了笑，说：“因为有两种人最好控制。”

“什……什么人？”

云锦鹏在昏昏沉沉中再次闭上眼，耳朵里面“嗡嗡”的，隐隐听到：“一种是酒鬼，还有一种，是赌鬼，酒鬼给他酒，赌鬼，就给他钱。”

瑞海机场，T3 航站楼附近。

闵川坐在车里，滑着手机上显示的地图，扭头看了眼窗外，忙打开车门，冲着不远处招了招手。

林遇刚下飞机，提着行李走过来，笑着说："辛苦闵特助，特意过来接我。"

闵川帮她把行李放到了后备厢里，客气地说："林总哪里的话，接您不是应该的吗？"

"哈哈。"林遇看起来心情不错，坐进副驾驶座系上安全带说，"你是闻总的得力助手，能抽出空接我，真是天大的荣幸。"

"林总抬举我。"闵川发动车子说，"林总很多年没回国了吧？"

林遇说："是啊。"

闵川等了等后话，但林遇说完这两个字之后，就不再开口了。一般离开家乡的人回归故里，多少都要感慨一番，但是林遇明显对这座城市没有感情，一句都不愿多谈。

"酒店订得有点远，在东北角，这些年瑞海市发展得太快，好多地方都变了样，别说林总这么多年没回来，就连我平时出差几个月，都找不到回家的路了。"

话说得比较夸张，林遇轻笑着扭头看向窗外，闵川瞥了她两眼接着说："就是南边没怎么变，不过据说也开始规划了，那些几十户一梯的蜂窝楼都得拆掉，还有中小学校。整个瑞海市就这边房价低，拆了之后好多外来人口都没地方住，更惨的是学生，上课都要坐一个多小时将近两个小时的公交车，条件不好的也不能住校，只能起早贪黑的。夏天还好，冬天天不亮就得出门。去年瑞海市还总是下雪，路上又滑又危险，学校附近出了好几次车祸，上回有个孩子……"

闵川滔滔不绝地说了一路，林遇除了偶尔应个“嗯啊”没有多余的表情，就好像听着闵川讲故事，故事里发生了什么，跟她没有一丁点关系。

闵川顺着刚刚记住的路绕到了南城区，时不时地观察林遇。她也会偶尔看向窗外，但没有太多其他情绪。

此时临近中午，不少人骑着自行车堵在路口，车筐里放着萝卜白菜打算回家凑合一顿。沿街卖菜的嗓门很大，隔着车窗都能听得清楚，一毛、两毛跟买家掰扯半天，一个想省点一个想赚点，谁都没错。菜摊后面是一家杂货店，这家杂货店有些年头，几十年风吹雨打，从来没有换过牌子，连店内的布局都没变过。

“林总？林总？”

闵川连着叫了几声，林遇才收回目光笑着问：“怎么了？”

闵川说：“前面修路，我们绕路走吧？”

林遇点头同意，又把目光挪回路边的那家杂货店里，店门口挂着几个卡通书包，价格很低，质量不好。

一个小时后，闵川把林遇送到订好的酒店，又回车里拨了个号码，等对方接通后说：“闻野，人已经送到了，是按着你说的那条路走的。”

闻野正在家里喂猫，问道：“她有什么反应？”

闵川说：“没有太大的反应，她对这个地方可能真的没有感情吧。不过路过学校、幼儿园这种地方，她还是会多看两眼。”

闻野揉了揉“围巾”的小脑袋瓜，微微勾起嘴角：“我知道了，辛苦闵川哥。”

“都跟你说别客气，对了，闻总和兰女士昨天也回来了，兰女士今天要过去看你，昨天还偷偷跟我问了地址。”闵川笑道，“她让我瞒着问地址这事，但我怕她常年不在本市，会找不到。”

闻野含笑道：“没事，她跟我说过了，我待会儿下楼接她。”

云乐昨天得到兰舒要来的消息，主动跟同事换了班，留在家里准备午饭。他一大早趁着天没亮去菜市场买的鱼，正在厨房里忙忙碌碌。

兰舒回国两天，想要看儿子，但连儿子住哪里都摸不到。她觉得挺不好意思的，这么多年忙于工作也确实忽略了闻野，幸亏闻野懂事，让她省了不少心。

兰舒心里骄傲，顺着导航拐进小区，看到闻野站在公寓门口冲她挥手。

兰舒停好车踩着高跟鞋，跑过去抱了抱他，激动地说：“乖儿子！想不想妈妈？”

闻野笑道：“才分开几天而已啊。”

兰舒戳着他的额头，不满道：“你得说一日不见如隔三秋。”又问，“乐乐呢？”

闻野接过她手上的礼物说：“在楼上，他做了你喜欢的糖醋鱼。”

“真的？快走快走。”兰舒拽着他的胳膊说，“妈妈早上没吃饭，肚子快饿扁了！”

餐桌上热腾腾的四菜一汤，三个人吃得轻松愉快。兰舒虽然年纪不小，但是无论性格、相貌都极为年轻，冒充两个孩子的姐姐都有人信。

吃到一半，她突然翻出来时带的礼物说：“快春天了，等你们开学之后，找个周末我们一家人去郊游怎么样？”

云乐见她拿着两顶黄色的帽子，很像幼儿园小孩戴的安全帽，特别醒目。兰舒把帽子扣在他们的脑袋上，又坐回原位托着腮说：“我的两个宝宝好可爱。”

她始终没把云乐当作外人，以前是给闻野买，现在无论买什么都带着云乐。她知道这么做闻野高兴，在某种程度上来讲算是取悦弥补儿子，外加云乐也确实乖巧听话，她跟王桂珍一样没的挑剔，对这孩子真心实意。

闻野听着兰舒和云乐从郊游一直谈论到厨艺，扒拉着碗里的饭粒，目光有些深沉。他像是遇到难以抉择的事情，不知道下一步该怎么走。

吃过午饭闻和宇的电话才打过来，兰舒走到阳台上一边逗弄“围巾”，一边笑吟吟地接电话。

厨房里一阵“哗啦啦”的水声，云乐洗碗，闻野站在他身后帮他系上围裙。

“闻野。”云乐说。

闻野：“嗯？”

“你是不是有心事？吃饭时，你有点心不在焉。”

闻野手上一顿，“嗯”了一声。

云乐问：“可以跟我说吗？”

闻野沉默半晌，说：“现在还不能。”

“哦。”云乐从不刨根问底，手上沾着洗洁精，只能转身盯着他的胸口，说，“那你别不开心。”

闻野扣住他的后脑勺撸了一把他的头顶，说：“我没不开心”

“你有。”云乐站直身体，“你刚刚皱眉了。”

闻野被当场拆穿，一把把他转过来，面对着他，云乐怕水沾在他的身上，小鸭子似的摊着双手。

“乐乐，我想问你一个问题。”闻野说。

“嗯。”

“有两条路，一条路陡峭崎岖，面前还有一道悬崖，可只要想办法跳过这道悬崖，就是宽阔平坦的未来。还有一条，虽然眼下平顺，可路途当中会有无数风雨，或大或小多不胜数，那些风雨可能会伴随你的一生，让你平静的生活永远不得安宁。”闻野说，“如果是你，你怎么选择？”

云乐说：“我选择跳过悬崖。”

闻野沉吟片刻，说：“但悬崖边上很危险，可能会受伤，可能会让关心你、爱你的人伤心难过。”

云乐迟疑：“那……要怎么办？”

闻野说：“但可以恳求他们的原谅，可能短时间内不行，或许要一年两年。”

云乐问：“如果我选择第二条路，还会伤害到别人吗？”

闻野说：“会，因为关心你的人永远在你身边，那些突如其来的风雨，会换一种方式，让他们担惊受怕。”

云乐说：“这样的话，我还是选择跳过悬崖。”

“为什么？”

云乐说：“我可以自己面对暴风雨，但不想他们陪着我淋雨。等我跳过了悬崖，海阔天空，无论以后几年、几十年，我都能去祈求他们的原谅。我满怀着爱意和敬意，永远不会伤害他们，就算他们不接受，也总比被无常风雨波及来得平静安稳。”

闻野对上云乐澄澈干净的目光，云乐问道：“你呢？你也会选择跳过悬崖吗？”

闻野点了点头，坚定地说：“会，我也会跳过去。”

他眼中沉沉的，藏着一丝说不清道不明的复杂歉意。

——但对不起乐乐，只有这一次，我不能牵着你的手。

云乐觉得不对，想拉着他问清楚，却听“咔嚓”一下，快门声响了起来，两个人同时扭头，发现兰舒正举着手机笑眯眯地偷拍，只得停下，被岔开了话题。

次日，韩宸咖啡店里来了一位不速之客，大咧咧地瘫在一楼卡座的沙发上，喝了口服务生送来的黑咖啡，苦得龇牙咧嘴，想往地上吐，但瞅了一眼高级的羊毛地毯，又泪汪汪地咽了回去。

服务生本来挺怕他，担心他过来找碴，但看他半天没动静，暗暗松了口气，趁他伸手掏烟的时候走了过去，礼貌地说：“对不起，先生，公共场所不允许吸烟。”

“这是公共场所吗？这不是私人开的店？”来人吹胡子瞪眼，正是龙刚。

服务生赶紧说：“是私人开的，但也算公共场所，您要实在忍不住，距离店外五百米有一处公共吸烟区……”

龙刚拍桌：“我疯了！？抽个烟走五百米？”

服务生刚毕业确实不会说话，吓得往后退了退：“但……但是……”

“不好意思，小李，你去忙吧，龙哥在等我。”双方正僵持的时候，闻野推开大门走了过来。

服务生立刻点了点头，转头跑了。

闻野冲着龙刚打声招呼，看他攥着烟盒说：“去楼上吧，找个地方让你抽烟。”

龙刚瞬间乐了：“得嘞，还是我们闻先生好说话。”

二楼有个办公室，但基本空着不用，闻野打开窗户，又帮龙刚倒了杯茶。龙刚跟他挺客气，夹着烟双手接过来，还道了声谢。

闻野坐在他对面的沙发上问：“龙哥心情不错？”

龙刚嘿嘿一乐：“还不是托了您的福，那么一大笔收入，够我吃喝两年的份额了。”

闻野说：“跟我关系不大，主要是龙哥厉害。”

“哪里哪里，说到底都是您的钱。”

闻野笑了笑问：“他人呢？”

“输疯了，还欠了我几十万。”说着龙刚拿出手机给闻野找出一段视频，气愤地说，“这就是一个老畜生，从头到尾的反应全部让你猜着了。”

闻野点开视频，画面上是刚刚出狱不久的云锦鹏，被龙刚的几个小弟压跪在地上，急切地求饶道：“龙哥，龙哥别，别剁我的手！我能还钱，真的，您再宽限我几天。我还有个儿子，十六岁，不，得更大点，什么都能干，我把他卖给您，您让他给您赚钱。”

龙刚的声音从视频里传出来，他不屑地说：“我要你儿子有个屁用，让他来占我的粮食？”

云锦鹏舔着干裂出血的嘴唇出主意：“他能挣钱啊，龙哥，您卖了他，卖哪儿都行……”

闻野皱着眉关了视频，低声道：“后面的事情你说了吗？”

龙刚说：“您交代的事情我哪能不说？这当儿子的也是倒了八辈子血霉。赢钱的时候口口声声说要杀了那个女人生的儿子，省得儿子惦记他的钱；输钱了就准备把儿子给卖了，我混了这么多年，就没见过这么当爹的。那什么来着？啊对，虎毒还不食子呢，真是大开眼界！他儿子是真惨，以后不是被他弄死，就是被这爹拖累一辈子。”

龙刚骂骂咧咧地吐槽了半个多小时，才找了个垃圾袋把自己抽的烟头装走。

韩宸一早就来了，蹲门口云里雾里地听了半天。他胆小如鼠，等龙刚没影了才跑进办公室焦急地问：“你怎么跟这位大哥掺和到一起了？他不是个老混混吗？你最近到底在做什么？”

闻野靠在窗前揉了揉眉心，说：“我可以告诉你，但你要帮我一个忙。”

下午一点左右，云乐和同事换班，就近找了一家快餐厅吃午饭。他每天发传单的地址不定，这天的位置距离市中心比较远，附近是一个刚刚建好的新型小区，旁边还有一所职业学校，来来往往的人很多。

云乐端着餐盘找个位子坐下，又看了眼时间，决定提前一些给闻野打电话，免得他怕自己等，骑得太快，路上发生危险。

云乐简单吃了几口，又要赶回去工作，但刚走出快餐店的大门，就被一只僵硬的大手重重地扣住肩膀。

云乐回过头，眼神猛地一变，阴寒冷冽。

是云锦鹏，他出狱了。

云乐不想跟他多说一句，转头要走，却被他强行拽到餐厅旁边的狭小胡同里。

云锦鹏咬牙切齿地冲他挥出拳头，他飞快地躲到一旁，不客气地往云锦鹏的腹部踹了一脚。

“你个小崽子！我在监狱里面吃牢饭！你竟然敢活得这么好？”云锦鹏后退两步，又扑了上去。

云乐被他打了十几年，对他的行动再熟悉不过，利落地躲闪并没有受太多伤，但无论如何力气上面和中年人还是有一定差距。

云锦鹏抓住机会一把将他推到墙上，他瞥了眼胡同外的行人，刚想高声呼救，就听云锦鹏说：“我今天不是来揍你的。

“我听说，你搭上了闻和宇的儿子？”

云乐蓦地瞪大眼，紧紧地握起拳头。

“哼。”云锦鹏突然笑了，笑得贪婪、狰狞，“你可真是段菲的好儿子，哈哈，好儿子！”

“你什么意思？”云乐冷声问。

云锦鹏说：“我没什么意思，你现在跟着闻家的儿子，也混得人模狗样，身上穿的衣服也挺贵吧？有钱，就拿出来孝敬你爹，别光自己享受，也尽尽孝道。”

云乐盯着他说：“我没有。”

“没有就去给我要！”云锦鹏猛地掐住他的脖子，恶狠狠地说，“我现在需要五十万元，不，五百万元，两天之后给我送到家里来。如果不送，我亲自去闻和宇的公司要，不给我就让闻家没脸，让你鸡犬不宁！”

云乐一根一根地抠开云锦鹏的手，死死地抿着嘴。几个月的时间，让他仿佛忘了十几年不见天日的黑暗人生，忘了暴力成性、嗜酒滥赌的父亲，忘了远走他乡残忍冷漠的母亲。他突然想到闻野提出的问题，他此刻就站在悬崖边上，可以跳过去，也可以选择逃避，绕过去。

云乐坚信云锦鹏不会再对他动手。他这一刻有了利用价值，他这位父亲会像恶鬼一样，在未来的人生里时不时地出现，搅乱他的生活，搅乱闻家人的生活。

云乐脑海里闪过闻家每一个人的影子，最后定格在闻野的眼睛上，那是他的太阳，他不允许任何人伤害其一丝一毫。

“你疯了？！”韩宸在办公室里发出一声大吼，“根本不可能，你打算一箭三雕还不伤害任何人，简直就是痴人说梦，就因为他想跟他的亲妈聊聊，你竟然计划了这么多？我的闻野哥哥，你就是一个高中生，你当你是神啊？！”

“所以事情过后，还需要你来当说客。”

“我……”韩宸皱眉，“你也太为难我了，而且我觉得这件事你完全可以等一等，等我们再成熟点，再去慢慢部署，你真的太着急了。”

闻野依旧靠窗站着，看着云乐工作的方向：“没时间慢慢部署了，他已经被那个糟糕的家庭耽误了十七年，我不允许他的未来再出现任何阻碍。我要他前路光明，开阔坦荡。”

胡同里，云锦鹏并没有逗留多久。云乐看着他消失的背影，仿佛在一瞬间回到了现实，回到了寒冷逼仄的房间里，房间里住着的那只野兽终于苏醒了，张牙舞爪地要吃掉对他最重要的人。他全身发冷，哪怕阳光照着，依旧冻得嘴角打战。

云乐沉默许久，才缓慢地走出去。他知道，这是他迟早要面对的事情，就算云锦鹏现在不出现，不久的未来，不定某一天也会突然找上自己。

只要他还留在瑞海市，只要他们都还活着。

“辞职？”

安排派发传单的老板还是年前的那一位，他挺喜欢云乐的，这孩子干活认真，就算工作只是简单地发传单，也都一张一张地递到路人手里，特别认真，绝不会投机取巧。

“距离开学不是还有几天吗？怎么这么突然？”

“对不起。”云乐说，“是我的问题，耽误您的工作了。”

老板看起来四十出头，刚好来附近的分店视察工作，接到云乐的电话让他来店面里说：“耽误倒是没耽误，我就是觉得再招一个像你这样负责听话的孩子有点难了。”他给云乐结算了当天的工资，说，“没关系，有事情很正常，你是不是快上高三了啊？”

云乐点了点头。

“行，那好好学习，将来考个好大学。周末要是想赚零花钱了就随时过来，我这儿常年缺人发传单。”

大学……

云乐犹豫了一会儿，应了声：“好。”

职业学校的大门敞开着，爱美的姑娘已经迫不及待地穿上了长裙子。明明还没有正式进入春天，沉寂了整整一个冬季的树木却不甘寂寞地冒出了新芽，树枝下闪着碎影，时不时蹿出三两只野猫，像是躲过了严寒，回到了熟悉的家。

云乐有些恍惚，仿佛在那条林荫路上看见了两道身影，一个背着书包，一个推着自行车。他们不一定在这座城市，或许也不是一个系的，但肯定住在一起。大概在校外租了房子，不是很大，有卧室、厨房还有一只猫。那只猫胆小又调皮，常常摊着肚皮在阳台上晒太阳。

云乐突然掏出手机，急切地拨了一个号码，一分一秒都无法等待似的，手机仅仅响了一声，对方就接通了，云乐问："闻野，你来了吗？"

"来了。"声音很近，像是在他耳边。

云乐忙扭过头，发现闻野就站在他身后，不知站了多久。

他艰难地咧开嘴笑了笑，指着那所学校说："我们进去走走好吗？"

闻野静静地看着他，视线扫过他带着细微青紫痕迹的脖子，轻轻地应了声："好。"

虽然没有正式开学，但已经有学生陆续返校了，学校管得不严，说明来意就可以进去参观。这所学校的规模不大，甚至不如瑞海高中，但校内气氛大为不同，要比高中来得轻松自由。

这天的云乐有些不一样，一路上说个不停，像是突然打开了话匣子。他有许多不懂的问题，一股脑地全部问出来，野花野草、爬行的昆虫，所见之物都成了他的话茬。

"我站在这里拍一张照片吧？"云乐停在路旁的长椅旁，傻乎乎地扬起笑脸比了一个"V"。

四五点钟，太阳偏西，闻野举着手机按下快门，锁住了他愉悦的笑脸。云乐主动拍了许多照片，还偶尔拉着闻野一起合影。

“你以后想去哪座城市读大学？”两人走了一个多小时，此时坐在长椅上休息。

闻野说：“你喜欢哪座城市？”

云乐说：“我不知道，除了春节那次，我还没有去过别的城市。不过钟老师说，以我的成绩可以考任何一所大学。”说完他还有些得意，弯着眼睛，摊开闻野的手心，一条一条地研究闻野的掌纹，像要把它们全部记在心里，“那你要读什么专业呢？”

闻野说：“考虑过医学或者法律，你呢？”

云乐说：“我没想过。”

闻野说：“现在想想。”

云乐果然听话地想了想，说：“那我也学医。”

闻野有些为难：“可是两个医生会很忙，你加班我也加班，见面的机会很少。”

“啊……”云乐说，“那我不学了。”

闻野弯了弯眼睛：“这么容易就放弃啊？”

“嗯。”

云乐透过稀疏的树杈看着天空，怕夕阳落下去就再也升不上来了，明明笑了一路，胸口却像被巨大的石头死死压着，越是说话越觉得喉咙紧涩，逼得他发不出声。

云乐做了一个决定，是他能想到的对付云锦鹏最好的办法，可他藏不住事，一路下来，已经到达他最大的极限，刚一张嘴，声音就哽咽地变了调。他赶忙掩饰过去，过了许久才再次开口说：

“如果，我是说如果，如果有一天我不见了，或者去了别的地方……”

闻野打断他的话，问：“你要去哪里？”

云乐说：“我不知道，但有可能会离开十年八年，甚至更久。我要是走了，你会等我回来吗？”

闻野摇头说：“不会。”

“哦。”云乐笑着说，“没关系，那我今天拍了那么多照片，你能别删吗？”

“不行。”闻野说。

“哦。”云乐说，“那也没关系，那你能……”

“乐乐。”

“嗯？”

闻野说：“我不会让你消失，你也不会离开。”

半夜三点，云乐缓缓地睁开眼睛。黑夜很长，梦却很短，无论他如何希望天不要亮起来，可窗外还是露出了鱼肚白。

“喵。”“围巾”趴在门口，见云乐走出来伸了个懒腰，仰着脸蹭着他的裤脚，腻腻歪歪地撒着娇。

云乐蹲在地上揉了揉它的耳朵，轻声说：“好好陪他。”

“喵？”“围巾”歪着脑袋不明所以，像是发出了一句疑问。

整洁干净的公寓依旧是最初的模样，云乐像往常一样去厨房准备早餐，又把早餐端到餐桌上放好。

这个公寓里有太多回忆，书桌上放着六孔竖笛、没用完的毛线、他们一起绘的石膏存钱罐，存钱罐旁边摆着一颗黄色的小星星，还有一张写着“云乐同学加油”的简易纸牌，还有很多回忆。

几个月的过往走马灯似的在他脑海里放映，每一天、每一刻、每一处细节他都记得清清楚楚。

云乐握着拳，让指甲陷入肉里，强迫自己清醒过来。他冷静地打开衣柜，拿出来时的行李，又看了眼闻野的房间，不再停留。

“林总，要是觉得这边的工厂没什么问题，我们就和段总定个时间签一下合同。”

闵川开车，带着林遇从一家刚刚成立的服装工厂回来。服装厂规模不小，总经理姓段，不完全属于闻家的产业，但多少有些关联。闵川出面牵线搭桥，促成了这次的生意，林遇相当满意，对闵川万分感谢，一路上有说有笑地要请他吃饭。

“如果不是闵特助随口提到这个项目，我真的会错过机会，饭当然要请，你就别推辞了。”

闵川客气地说：“这怎么好意思？主要是林总有魄力，才能成功合作。”

他不动声色地换了一条路，继续和林遇谈论工作的事情，林遇并没有发现不对。她离开瑞海市太久了，无论去哪儿都十分陌生，直到那家熟悉的杂货店又一次出现在眼前，才愣住问：“来这里做什么？”

闵川找了个空位把车停在路边，想了想，说：“对不起，林总，是有一位朋友想让您过来看看。”

林遇皱了皱眉，刚要开口，发现狭小的胡同口出现了一个人，那人手里提着行李，像扔垃圾一样，将一只掉了色的卡通书包扔进了垃圾桶里。

林遇当即怔住。她认识那道身影，也认识那个书包，原来他还留着……那他为什么又要丢掉？她想看清那人的表情，却只能看到他隐藏在阴影下的侧脸和倔强地绷直的嘴角。

那是云乐，她抛弃多年的儿子。

第十二章

“你是我的家乡，我的高山云野。”

天色阴沉，明明十点多了，依旧看不到太阳，估计是要下雪。

陈巧玉和王松还没有返程，老两口辛苦了整整一年，总是要多陪陪老人孩子，上货用的三轮车拿塑料布盖着，停在楼门口的小院里。

云乐两手空空地回到了生活过十几年的家门前。他走的那天想着不再回来，但往往事与愿违，躲不过的事终究躲不过。

云锦鹏这两天哪儿也没去，专门在家里等着云乐。久违的房间阴冷潮湿，他坐在地上夹着烟，声音粗哑地问：“钱要来了？”

云乐说：“没有。”

云锦鹏使劲地吸了口烟，眯着眼睛问他：“没有？”

云乐又一次确认，说：“没有。”

云锦鹏平静地吐出一口浓烟，拿起手边的酒瓶子猛地站起来，砸在地上，吼道：“没有钱你也敢回来？！你个废物东西！”

碎玻璃碴炸开了花，弹到云乐的校服上，他的校服兜里似乎放着东西，沉甸甸地往下坠。

云锦鹏喝了酒，带着一身恶臭的酒气将云乐推到楼道的墙上，用手肘卡住他的脖子，疯了似的吼：“给我去要钱！”

云乐没有丝毫畏惧，面无表情地说：“不可能。”

“你忘了我说过什么吧？”云锦鹏狰狞地笑着，拽起他的校服领子就往外走，“行，你不要，我亲自去要。”

云乐被生生拖到楼道里都没有反抗。他把手放进衣服兜里，沉默片刻，才猛地挣扎起来。云锦鹏根本没把他当回事，想抬手给他一拳，却惊恐地发现云乐手里多了一把尖刀。

云锦鹏酒醒了一半，横眉怒目地暴喝道："你竟然敢跟我动刀？！"

云乐没一句废话，像一只被逼到绝境的孤勇的狼。他绝对不允许云锦鹏见到闻野，更不许这个从心底腐烂的恶人出现在闻家，打扰那么温柔善良的一家人。他从没想过偷偷走掉，走了就是把烂摊子丢给闻野。

林遇的鞋跟陷进多年未修的泥土里，留下一个个小坑，凌乱的电线杆蛛网一样结在头顶，压得人喘不过气，这个地狱似的地方和十年前相比更加残缺破败。

林遇停在垃圾桶前，盯着里面的行李和书包，并没有太多反应。她也不知道该如何反应，心里空空的，又觉得十分可笑。她哪里配有什么情绪？从她决定抛弃云乐开始，就和那个孩子没有任何关系了，是她主动放弃了母亲的身份，他的喜怒哀乐她都不配插手。

"你不该恨我！你要恨的人是段菲那个女人，是她跟别的男人跑了，是她抛弃了你，我被人戴了绿帽子！我也是受害者！"

熟悉又陌生的吼声从不远处传来，林遇条件反射地后退半步。

段菲，这个名字仿佛把她拉回了十年前，拉回了那段饱受煎熬的黑暗岁月。

"妈妈，你疼不疼？我昨天去大姨的菜场捡水瓶换了钱，给你买了碘酒。"

昏暗的房间里不久前才遭遇了一场劫难，段菲抱着双膝靠在墙角，眼神空洞地盯着窗户。云乐那年还小，只有五岁半，拿着一块纱布跪在她身边，小心翼翼地帮她擦着额头上的血，怕她疼，又小口小口地吹了吹。

段菲常常不理他，他也习以为常，捡起地上的毯子盖到她身上，学着她的动作，乖巧地坐在她身边，通常一坐就是一整天。困了，他就靠着她睡觉；醒了，就去帮她倒水；饿了，就蹲在厨房的地上帮她煮面条，会把鸡蛋放在她的碗里，自己只吃一点青菜叶子。

“妈妈，大姨说现在的肉比蔬菜便宜，我已经存了十几个瓶子了，大姨说存到一百个就可以买五花肉了。妈妈，五花肉是什么啊？大姨说要做红烧肉就得买那个位置。”他把面条一根一根挑到碗里，又忍着烫端到段菲面前，把筷子递给她，“妈妈，等我长大了赚钱，天天给你做红烧肉吃，好不好呀？”

段菲眨了一下眼，平静地看着他，像和大人对话一样，问他：“你为什么对我这么好？”

她突然开口，让云乐开心不已。他高兴地说：“因为你是我妈妈啊！”

——因为你是我妈妈……

很多时候段菲会被这个孩子触动，所以她一而再再而三地犹豫，犹豫了整整七年，还是选择了离开。她没有带走云乐，因为过于自私，她痛恨云锦鹏，更不可能为他养儿子。但她知道云乐聪明，小小年纪就懂得如何生存，肯定不会让自己活得太差，所以就算她走了，也无所谓……

“你给我放手！”

云锦鹏的怒吼声把林遇拉回现实，她此时走到胡同尽头，看见两个人疯狂地扭打在一起，云锦鹏被云乐被按在地上，狰狞咆哮。

“你在这里等了她十年有个屁用？她回来看过你一眼吗？你现在所受的一切都是她赐你的，你被打、被骂、被人欺负都是因为她跟人跑了。你该恨的人是她！儿子。”云锦鹏用力攥着云乐的手腕，尽量控制着刀尖，不停地蛊惑，“我们以后不提段菲那个死女人，我们一起赚钱，闻家那可是大财主。日子好了我们换大房子！我还能让你睡沙发？”

云乐咬着牙，想要堵上这个恶人的嘴，让他立刻闭嘴。

“我和闻家已经没关系了。”

“什么意思？”云锦鹏瞬间僵住。

云乐说：“我和闻家，和他们的儿子……已经没有任何关系了。”

“没关系？！”

云锦鹏惊怒，一把将云乐掀翻在地。两人的力量本就悬殊，云乐被扔出半米，还没爬起来，又被云锦鹏拎着领子提起来，抵到王松的三轮车上，恶狠狠地说：“你再说一遍！”

“我们已经没有关系了，你这辈子都别想打闻家的主意！”

“砰”的一拳，云乐的嘴角溢出血来，云锦鹏发了狠，猛地夺过他手上的刀。

林遇愣在原地，再也没办法无动于衷。她眼睁睁地看着印象中天真可爱的儿子被云锦鹏毫不留情地谩骂、毒打，看着那个为她做饭，为她清理伤口，想要赚钱给她买红烧肉的儿子挥刀伤人。

那孩子在这个地方等了她十年吗？只因为她一句不负责任的话，他就在这个地狱里待了十年吗？

林遇腿脚发软，想要上前阻拦，却突然崩溃了似的跪在地上。她离开后有了钱和地位，不再受人欺负，不再柔弱胆怯，所有的一切都有了，却再没有了为人妻的勇气，也没有了为人母的资格。

她知道云乐是无辜的，他不过是一个乖巧听话的孩子，但自己这些年又做了什么？她逃匿似的远离这个家，留下一个没办法实现的承诺，任由那个一心把她当作妈妈的孩子自生自灭。她想过关于这个孩子的无数可能，但从没想过会目睹这样的画面，更没想过他会被逼迫到动手伤人。她受到了巨大的冲击，嘴唇苍白颤抖，根本无法站立起来。

失去筹码的云锦鹏疯了一般冲云乐挥刀。他欠了赌债，还不起钱就要被剁去手脚。

“我残废了你也别想活着了！我弄死你！”

短刀闪着寒光，直冲云乐的眼睛刺去，他不躲不闪，哪怕会被云锦鹏戳瞎也要把刀抢回来。他不怕死，他怕云锦鹏去找闻野！

短刀是云乐从厨房拿来防身的，此时夹杂着寒风迎面而来。云乐挣脱牵制，刚要抵上刀尖，就见云锦鹏痛呼一声，被猛地踹飞出去。

“咣当”脆响，那把短刀掉在地上，云乐无暇顾及其他，猛地冲去，想要夺回主权，却被人从背后拉住。

“放开！放开我！”云乐盯着那把刀双眼赤红，心里着急，怕云锦鹏继续活着会去打扰闻野。

“乐乐！乐乐乖，别动！”

云乐听到声音蓦地怔住，呆呆地回过头，惊慌地问：“你……你怎么在这儿？”

来人正是闻野。他没说缘由，而是把云乐拉到身后，指了指胡同的方向，分散了云乐的注意力。

云锦鹏已经捡起刀爬了起来，盯着闻野看了半晌，竟然发出一声疑问：“是你？”

闻野背对着云乐，瞥了一眼面色苍白尽是悔意的林遇，又对上一脸戾气略为迷茫的云锦鹏，轻轻勾起嘴角。

楼道里陆续走出几个人，长得五大三粗，随后“哗啦啦”一阵乱响。王松的三轮车塑料布下也钻出一个人，渐渐地，人越来越多，四面八方地从各个角落走来。龙刚坐在三轮车上点了支烟，这电动三轮车车斗子太小，藏了半天怎么都伸展不开，可把他累得够呛。

云锦鹏看了看四周，提着刀一步一步地走过来，盯着闻野，仿佛要把眼睛瞪出来，问道：“你是闻家的儿子？”

闻野点头。

“是你给我钱，又故意让我输？”

“对。”

“那我提前出狱……”

“是我。”

“你？”云锦鹏突然笑了，怪不得有人保他出狱，怪不得会有一笔突来横财。

他看了看云乐，恍然大悟似的说：“你是想把我弄出来，给他出气？”

闻野笑道：“不对。”

“我管你对不对！敢算计我！我杀了你们！”

云锦鹏的怒声拉回了云乐的目光，他发现情况不对，惊惧不已，刚想冲到闻野身前，却已经来不及了。

云锦鹏猛冲过来，一刀刺入闻野的胸口，速度快到所有人都没反应过来，就连云锦鹏自己都愣在了原地。

“闻野！”

“救护车！快叫救护车！”

“报警！先报警！别让那个杀人犯跑了！”

“我……我没杀人！我就想吓唬吓唬他。放开我！我没杀人！他说要让我坐牢，让我进去一辈子。我没杀人！”

嘈杂的声音此起彼伏，云乐耳朵里嗡嗡作响。他什么都听不清，抱着倒在地上的闻野，全身冰凉。

兰舒、闻和宇得到消息已经是五个小时以后了。

闵川到医院门口接人，又急匆匆地带路，闻和宇皱着眉问：“闻野怎么样了？”

闵川说：“伤口不深没伤到内脏，医生说再观察一两天，没什么大问题，就转到普通病房区休养了。”

兰舒妆都没化，急着问：“到底怎么回事？为什么现在才说？我儿子为什么会被乐乐的爸爸刺伤？！他疯了吗？”

闵川犹豫片刻，才说：“我了解不多，只知道今天这件事是闻野一早计划好的，从回国那天就开始进行了。”

“计划？计划什么？”兰舒问道。

穿过医院大厅，闵川带着他们上楼，说：“不知道闻总还记不记得林遇？”

闻和宇说：“当然，你不是给她介绍了老段的生意？”

闵川说：“其实这次的生意是闻野拜托我牵线，故意引她回国的。”

闻和宇疑惑：“她？为什么？闻野受伤和她有什么关系？”

闵川说：“听说她是云乐同学的妈妈。”

云乐的家庭组成，闻和宇多少知道些，毕竟是在儿子身边的人，不能稀里糊涂，但也没有过分深入地调查过。

闵川说：“我不知道今天会发生这样的冲突，只知道林遇不想和云乐相认。所以她回国以后，闻野一直让我带着她在云乐家附近徘徊，也找借口带她去过瑞海高中参观，旁敲侧击地提起云乐在那里上学，想看看她对自己的儿子是否还存有感情。但几天观察来看，有是有一点，还不足以让她主动相认。”他想了想，又说，“今天这件事，我猜想是闻野故意促成的。他故意让林遇看到自己的丈夫和儿子自相残杀，想让她有所触动，毕竟这么残酷的事情，就算铁石心肠的人也无法冷漠以待。但我真的没想到他会受伤，当时有那么多人在……云乐的父亲，应该没有一点机会，所以他……”

兰舒担心地说：“无法相认就不要相认了啊！她抛弃乐乐那么多年，难道乐乐对她还有感情？！宝宝到底怎么回事？为什么要搞出这么多事情？！”

闵川忙安抚地说：“兰女士，您别着急，我大概问过，应该是云乐同学有些话想要和林总说，但按照林总之前的态度，根本没有机会，所以闻野才会让她看这场戏，让她认识到自己的问题所在。我觉得所有人都被闻野蒙在鼓里，包括我，包括云乐同学。”

闵川知道的情况也只有这么多，更多的闻野并没有向他透露。

兰舒怔了怔，红着眼睛问：“只是这样？”

“嗯。”闵川点头。

兰舒无措地看向闻和宇，喃喃道：“他……是疯了吗？”

六楼特需病房。

闻野面无血色地躺在床上，明明受了伤，却眉头舒展，安静地睡着。

云乐僵直地站在床边，紧紧地握着他的手，事情过去了几个小时，直到这一刻他都不能正常思考。他不明白闻野为什么会突然出现，不明白狭小的楼门口为什么会聚集那么多人，不懂龙刚为什么藏在三轮车里，不懂段菲为什么会跪在地上痛苦地望着他。他有太多的不懂，可根本找不到头绪。

病房门开了，云乐怔怔地回过头，轻轻地喊了声“叔叔阿姨”，但声音小得根本听不到。

兰舒瞥了他一眼，疾步上前，俯身在床边捧着闻野的侧脸，心疼不已。她前半生忙忙碌碌，跟儿子见面的时间基本没有，好不容易有时间陪在他身边，想好好疼他爱他时，他却出事了。

闻野活了十七年，在她面前永远是阳光健康的模样，如今却因为……因为这个男孩……躺在病床上。

“乐乐。”兰舒擦了擦眼泪，站起身说，“你跟我出来一下。”

云乐的反应有些迟钝，过了几秒他才帮闻野把被角掩好，走了出去。

特需病房的楼层寂静无声，走廊里只有他们两个人。兰舒依旧是漂亮的，哪怕不带妆，还是好看得无可挑剔，闻野和她长得很像，只是五官硬朗许多。她叹了口气，轻声说：“乐乐，一直以来我们家对你还不错吧？”

云乐：“嗯……”

“阿姨，还有你叔叔，真的希望你们是无忧无虑的。你们还是高中生，还没有成年，还有漫长的人生去走，未来还有无数的风风雨雨要去面对，所以阿姨很怕。”兰舒说，“很怕哪一天，闻野因为你把命交出去。”

她看着云乐，有些难以开口，哽咽道：“你能体会阿姨作为母亲的心吗？”

云乐听得有些出神，盯着病房，点了点头，他懂兰舒话里话外的意思。

“阿姨。”云乐对上兰舒的目光，缓缓地跪在地上。

兰舒惊讶地后退两步：“你……你做什么？”

云乐哑着嗓子，极为平静地说：“对不起，阿姨，我能理解您的心情。我知道我们的路还很长，但我跟您保证，这是他最后一次因为我受到伤害。我以后，我以后会好好保护他。阿姨，我能不走吗？我不想离开……”

两人一跪一站，僵持了许久。兰舒确实想让他离开，她此刻的心情任何一个母亲都能理解，她有自己的忧虑，并没有松口。

天色渐渐地暗下来，云乐始终跪着没动。兰舒回家拿换洗衣服，闻和宇确定儿子没有大碍，还有工作要忙。闵川只是个外人，对闻家的事情根本插不上话，他试着让云乐起来休息，并没有得到回应。

半夜三点多，病房的灯突然亮了，门缝里透出一道光，打在云乐身上，晃得他睫毛动了动。

闻野穿着病号服走出来，因为麻药的关系睡了很久，现在才醒，此时蹲在云乐面前虚弱地说了声：“笨蛋。”

云乐说：“你醒了。”

闻野：“嗯。”

云乐问：“口渴吗？”

闻野说：“闵川哥帮我倒水了。”

“伤口还疼吗？”

闻野揉了揉他的头发说：“麻醉还没过，感觉不到。”

云乐面无表情地点了点头，用力绷着嘴角。他怕影响闻野恢复，想尽量控制自己的情绪。可太难受了，短短几个小时，他像死了一回，心口更像插了一把刀，疼得他动弹不得。

“你是故意的吗？”

闻野说：“是。”

“是你把段菲找来，又是你把云锦鹏提前放出来的吗？”

“嗯。”

“你真的给了他钱，让他去赌博吗？”

“嗯。”闻野主动说，“我还让龙刚告诉他你跟闻家的关系。”

“为什么？”云乐颤抖着嘴唇，带着哭腔问，“为什么要这么做？”

闻野帮他擦了擦湿润的眼角，弯着眼睛说：“因为我想让他们尽快在你的人生里消失，想让你冷血的母亲把话说清楚，想让你贪心的父亲在牢里住一辈子，想要你以后无忧无虑，想要你每天开开心心。

“乐乐，你怪我吗？”闻野说，“我们原本过得好好的，为什么要去做这些事情？”

云乐摇摇头，还没开口，闻野又说：“可这些事情，迟早都要面对。我其实很怕，很怕你恐惧等待，很怕几十年后你依旧活在段菲那句没有结果的承诺里，很怕云锦鹏在正常的时间段出狱，很怕他偷偷去学校找你，很怕他发现你跟闻家的关系会掐着你的脖子威胁你。可你绝对不会在这件事情上面求助我，你会保护我，担心云锦鹏打乱我的生活，所以你会拿着刀去伤人，甚至进监狱。而我只能在监狱外等你出来，不能陪在你身边，不能照顾你。你那么倔，又不会对生活服软，生病了怎么办？受欺负了怎么办？所以我做了这个决定，把这些不知什么时候会来临的事情全部攥在一起，让它们提前发生了。乐乐，你怪我瞒着你吗？你怪我多事吗？”

“不怪，不怪你，可是……”云乐突然控制不住地大哭出来，“可是我好疼啊！我的心好疼，像是被人用刀一下一下扎得血肉模糊，比我这十七年所受的一切都要疼。闻野，我好疼啊，你救救我吧，我好疼啊！”

兰舒第二天开车过来，打开车门，看见电梯门口站着一个人。韩宸挥着手跑过来，帮她提起手上的行李，清清嗓子说：“阿姨，早上好啊。”

兰舒戴着墨镜看起来依旧有些憔悴，笑了笑说：“是宸宸啊，好久不见。”

“嘿嘿。”韩宸说，“没有没有，我可是经常在电视上看到您！新电影我还包了场，请我们店所有员工一起看的！”

韩宸知道这一刻不适合开玩笑，但他这天带着任务来，尬聊半天，出了电梯才说：“那个……阿姨，您别担心，闻野昨天半夜就醒了。”

兰舒点点头，刚一抬眼就怔在原地，长长的走廊里静悄悄的，不远处的病房门口云乐依旧跪着，闻野打开门走出来，蹲在地上跟他说话，并没有让他起来。

韩宸抓紧时机，赶紧说：“阿姨，云乐在这里跪了一宿，其实这件事他也挺无辜的，他什么都不知道。”说着他停顿片刻，偷偷低头摊开手心，手心里密密麻麻地写了一堆字，看完他酝酿一番，有感情地背诵，“云锦鹏，也就是云乐的父亲，出狱之后到处赌博，债台高筑，发现云乐和闻野关系要好，立刻找上云乐要钱，不给就要去叔叔的公司闹。云乐为了保护闻野不被云锦鹏骚扰，想要跟他鱼死网破！”

韩宸特意加了重音：“阿姨，闻野那么……善良，怎么可能让云乐进监狱？您换位思考一下，如果当时您在现场，会眼睁睁地看着云乐动手吗？”韩宸又瞥了几眼手心，说，“而且现场那么混乱，出事在所难免，万幸闻野没有大碍……”

“宸宸。”兰舒看着病房门口的两个孩子，打断了背课文似的韩宸，“是闻野让你来说的吗？”

韩宸眨了眨眼，本想掩盖过去，但犹豫半晌还是主动承认：“是，但是他……”

兰舒说：“那你知道整件事情的经过吗？闻野既然让你来善后，是把整件事都告诉你了吧。”

“嗯……”

韩宸是唯一一个知道来龙去脉的人。他一早被安排了这个角色，被闻野委以重任。过程其实很简单，几句话就能说清道明，兰舒震惊得无以复加。

“我知道。”韩宸难得正经一回，把手里打的那些小抄揣进兜里，看着好友说，“可能是陪伴吧，您和叔叔都比较忙，闻野这么多年始终一个人，我们两个虽然关系好，但国内外的距离，联络上也并不多。云乐的出现弥补了他这么多年的空缺，您别看他表面温柔大度，但实际上心思特别沉，可能就是因为他沉稳懂事吧，这么多年才没让叔叔阿姨操一点心。其实我并不知道他会受伤，唯有这点他瞒着我，毕竟他身手那么好，十几个人都不一定能打倒他，他怎么可能被一个中年男人刺伤？”

兰舒摘掉墨镜，眼眶通红：“所以他……他真的是故意没抵抗的。”

“嗯，但是想想也可以理解。他不可能让云乐受更重的伤，也不可能拉个不相干的人来做挡箭牌，想来想去，只有他自己能掌控局面，所以才会……”

兰舒鼻子泛酸：“可他这么做，难道就没有想过我和他爸爸？他所有的一切都是为了云乐，想过我们吗？”

韩宸说：“他就是因为想着你们，才让我来当这个说客。阿姨，其实我这个任务完成得挺差的，哪怕闻野都告诉我怎么说了，我也说不好，但有一句话，他让我转达给您。”

“什么话？”

“他说……他活了十七年，从来没像个正常的孩子胡闹任性过，只有这一次让您和叔叔操心了，他对不起您，也对不起叔叔……”

“嗒嗒”的高跟鞋声从耳边传来，闻野和云乐同时抬头，看见了穿着灰色风衣的林遇。云乐并没有开口，又把头低了下去，闻野笑着跟她打了声招呼，把她请入了病房。

“你大可以……让我来受这份惩罚。”

林遇拎着包没有坐下，那天的事情她看得清清楚楚，当她要站起来阻止时，云锦鹏的刀已经先她一步刺入了闻野的胸口。

闻野靠在床头：“林总说笑了，我让您受了伤，那您和乐乐之间岂不是又要剪不断了？”

“我……”林遇叹了口气，“是我的问题，一直以来都是我太自私了。”

她又看着闻野说：“你小小年纪，果然不简单，我思来想去，也只有这个办法才能残酷地让我悔恨终生，才能让云锦鹏长久地住在监狱里。”一夜之间，林遇仿佛苍老了很多，“我没有任何立场去说话，哪怕我的儿子现在跪在门外，我都不能以一个母亲的身份去把他扶起来，但我想知道……你因为乐乐受伤，你的家人对他会不会……”

闻野透过门缝看着云乐单薄的身影，这是他早就预料到的事情，他不能让云乐站起来，也不能不管不顾地拖着自己受伤的身体陪他对抗父母。他造成了这个结，也要负责帮他们解开，所以拜托韩宸在一切结束之后说服母亲，可能很久，可能只需要一瞬间。

闻野出神地望着门外，突然红了眼圈。兰舒擦干了眼泪一步步地走过来，弯下腰扶起云乐，不知道对他说了什么，轻轻地将他拥入怀里。

短暂的寒假终于结束了。

开学第一天，瑞海高中发生了一件轰动全校的大事，所有学生都在交头接耳地偷偷讨论，放学后陈杨拿着手机和冯唐趴在桌子底下时不时发出一声声惊叹。

“太厉害了！”

冯唐问：“这到底怎么拍的啊？”

陈杨说：“摄像头吧，还是三百六十度无死角的。”

冯唐看了眼时间说：“行了行了，先别看了，赶紧走，别让哥等急了。”

“哦哦。”陈杨立刻锁屏，拎着书包跟冯唐跑了出去。

闻野在医院里住了一周，基本没什么大碍了，正捧着平板电脑上网。

云乐刚刚进门，放下塑料袋，坐在床边帮他削苹果，塑料袋里装着书本，他把书包扔了还没时间去买新的。

“这个怎么样？”

闻野坐在病床上，把平板电脑递给他，上面是几款书包，有花花绿绿的各种卡通人物。

云乐歪着头看了看，说：“要海绵宝宝的。”

“海绵宝宝？”

“嗯。”

闻野点击购买，问道：“海绵宝宝，不会觉得幼稚吗？”

云乐说：“不会啊，你喜欢海绵宝宝。”

闻野眨了眨眼：“我？”

“嗯！”云乐说：“你有三条内裤都是海绵宝宝的，所以我的书包也要海绵宝宝。”

闻野试图解释，想尽量恢复自己高大伟岸的形象：“其实那三条内裤，是……兰女士……”

“闻野哥哥！”

“我的野哥！啊啊啊！闻野哥哥，才十几天不见，你怎么就受伤住院了呢？！”

一串号叫后，病房的门被风风火火跑来的陈杨、冯唐撞开。

闻野把平板电脑放在一旁，笑着说：“发生了点小意外，还得休养几天。”

陈杨到他身边，一副着急的好奇神情：“哥，你今天没去学校可亏大了，我们学校发生了一件大事！BBS 都翻天了！”

“对啊对啊！”冯唐跟着附和，“幸好我们机智，趁着和谐之前存了高清无码的照片！”

闻野挑了挑眉，问："什么照片？"

陈杨看了眼还在继续削苹果的云乐，说："是（5）班的邹建！也不知道他惹到谁了，昨天晚上被爆出几十张大尺度照片！我都没眼看！"说着他拿出手机，拽着云乐围在一起，"现在论坛的照片全被删了，我怕兄弟没看见，专门帮你存了一份。"

闻野只瞥了一眼就觉得有些恶心，想把云乐支开，却发现他瞪着圆溜溜的眼睛看得十分认真，不知陈杨翻到了哪一张，云乐突然伸出手点在屏幕上。

陈杨扭头问："怎么了？"

"我……嗯？！"他话没说完，闻野已经抬手，一脸严肃地捂住了他的嘴。

陈杨和冯唐坐了半个多小时，打算周末带着游戏手柄再一起过来。

云乐这几天一直住在医院里，特需病房什么都有，小厨房、卫生间，不用公寓、医院两头跑。

送走陈杨、冯唐，云乐把去了皮的苹果切成小块，闻野笑眯眯地拿起牙签，把苹果塞进嘴里。

"甜吗？"云乐问。

闻野嚼了嚼，双眼泛光，夸张地说："好甜。"

"真的？"云乐疑惑，这就是普通的苹果啊，虽然他买的时候挑了半天，但看闻野的反应，还是有些好奇想尝尝味道。

"那我试……"

云乐的话还没说完，韩宸便进了门。

韩宸这么晚过来，明显有事，闻野拍了拍额头说："乐乐，帮我问问医生，还要多久才能出院好不好？”

云乐咽下嘴里的果肉，点点头，走了出去。

韩宸等云乐走远，才拽过一把椅子坐在床边，说：“我看你现在就能出院。”

闻野笑道：“云锦鹏那边怎么样？”

韩宸说：“你放心，律师说了，只要进去了，以他那种德性，有的是机会关他一辈子。”

闻野说：“谢了。”

韩宸说：“你跟我客气什么啊？都是朋友，但……”他话锋一转，又“嘿嘿”笑道，“你看我跑前跑后好几天，上次跟你说的事情，你是不是得帮我出个主意啊？这都开学了，我还等着重返校园呢。”

与此同时，六楼护士站，云乐说明来意，护士姑娘翻开闻野的病历档案，说：“如果没有特殊情况，十六号那天就可以出院了。”

云乐怔了怔，又问：“出院后有什么要注意的吗？”

护士说：“注意饮食清淡，忌食辛辣食物，不要做剧烈的运动，以防刚长好的伤口撕裂。这些事情出院当天，主治医师也会详细交代，不用担心。”

第二天一早，兰舒过来换班，云乐照常上课。

邹建的事情经过一晚上的发酵，愈演愈烈，搞得外校师生都知道了。瑞海高中对这件事暂时没能拿出较好的应对方式，只能让邹建回避，近期不要来校上课。

钟老师昨天有事没来，这天穿着一身套装，皱着眉站在讲台上，严肃地说：“学校最近发生了一些事，别的班我不管，但是我们班的同学全部就此打住，禁止课后讨论。”她揉了揉眉心，抬眼说，

“云乐，帮我发一下……”

她的话没说完便愣了一下，不少人顺着她的目光看过去，一同惊了。

“这是云乐吗？”

“我都没注意……”

“云乐长这样？等等，他昨天来了？”

“来了啊，邹建的事情一闹，谁还注意他啊？他是不是去整容了，咋突然变帅了？！”

“什么啊，他原来就长这样啊，就换了个发型嘛。”

“不不不，我觉得不是发型的问题，是气质，气质！”

钟老师咳嗽一声，示意安静，继续说：“云乐，把这套问卷发下去。好了，接下来我们上课，还有半个学期就要步入高三了，为了进一步了解现在的学习情况，教务处准备了这套个人问卷，以方便大家更好地学习进步。”

课后钟老师没急着走，而是来到云乐的座位前，不太放心地说：“你跟我出来一下。”

她有些担心，仅仅一个寒假的时间，云乐的变化实在太大了，根本不正常。

一直以来钟灵都十分关心他，虽然帮不上大忙，但无论生活还是学习，都尽了自己的那份力，与其说她是他的老师，不如说是一位真诚善良的大姐姐。

“你说什么？！”钟灵刚坐在办公桌前，端起养生茶喝了一口，又全数喷了出去，喷了对面老教师一脸，立刻抽出纸巾连连道歉。老教师吹胡子瞪眼，唠叨她毛毛躁躁，出去洗脸。

办公室里只剩下师生二人，她尽量平静下来说：“你把刚刚的话再说一遍。”

“哦。”云乐认真地说，“我搬出了那个家，和我的朋友一起住了。”

钟灵撸了一把光洁的额头，问:“是谁？校内校外？哪个班的？”

云乐说：“校内，（1）班的。”

“（1）班？叫什么名字？”钟老师再次端起养生茶，把（1）班留有印象的学生全部过了一遍，(1)班倒还好，成绩都挺不错……

“嗯。”云乐说，“是上学期的转校生闻野，他很好。”

“你……”钟灵教云乐这么久，对他还算了解，她问他，“这是你认真思考以后做出的决定吗？”

“嗯。”云乐目光坚定地说，“是他救了我。”

钟老师又问了一些细节，知道了这几个月的前因后果，颇为感慨，叹了口气叮嘱道：“你现在的状态很好，看来他对你的帮助真的很大。但是有一点很重要，一定要保持现在的成绩，高三非常关键，就算你的成绩一直不错，但你也不能因为其他事情松懈下来，知道吗？”

云乐说：“我知道。”

“我相信你。”钟老师温和地笑了笑，“你以前做得就很好，以后也会做得更好，这个发型不错，很帅。”

云乐应了一声，并没有离开，看起来有些苦恼，问道：“钟老师，我想请教您一个问题。”

云乐很少主动提问，钟灵微微惊奇，打算知无不言 ：“你问吧。”

“闻野出院那天刚好过生日，我想送他一份礼物，但不知道准备什么。”

钟老师人美心善，端起杯子润润喉，开口说：“生日礼物肯定要投其所好，男生的话可以选择皮带、钱夹、钢笔，高中生不允许抽烟但也可以送一个限量的打火机。”

云乐说：“他好像不喜欢这些。”

钟老师问：“那他缺什么？他缺什么你就送什么。”

云乐想了想，说：“他好像什么都不缺。”

“哦。”钟老师看了他两秒钟，转过身趴在桌上“唰唰”地写教案，“我帮不了你，你出去吧。”

云乐没想到也有老师解答不了的问题，走之前还不忘把地上的碎玻璃清理干净。他昨天从护士站得知闻野出院的日期，就一直在想这个问题，又趁着课间用手机搜了很久，结果和钟老师的回答差不多。

云乐本想放学后去图书馆一趟，或许可以找到相关的书籍，但出了校门，发现一辆黑色轿车停在门口，车外站着一个人，不自然地冲他笑了笑，喊了声：“乐乐。”

云乐平静地点了点头，一时间不知道该如何称呼她。

“要去医院吗？”来人正是林遇，化着淡淡的妆，依旧穿着那件灰色的长风衣。

云乐：“嗯。”

林遇停顿片刻，像是不知如何开口。

“我……我送你好吗？”

云乐倒是没犹豫，说了声：“好。”

一路上安安静静的，两人都没开口说话。他们分开了十年，第一次这样近距离地并排坐着。林遇握着方向盘直视前方，嘴角动了动。

“你还认识我吧？”红灯间隙，车子停在路口，云乐说，“我们第一次见面时，你是假装的吗？”

林遇长出了一口气，喉咙发紧，说了声“是”。

“为什么？”云乐扭头问她，眼中干干净净，没有一丝多余的情绪，像是问个路人，“是怕我缠着你吗？”

“对不起。”林遇说，“我……我不知道应该怎么面对你。”

“哦。”云乐点了点头，“没事，我以为你把我忘记了。”

林遇盯着红灯，犹豫半晌，问道：“乐乐，你怪我吗？”

“嗯。”

“我……”没想到他这么直白，林遇突然不知该如何说下去，只能低声道歉。

直到后面的车笛声响起，云乐才说：“你安心开车。”

距离医院不远有一条小路，道路两旁开着各式各样的快餐厅，方便前来探病的家属吃饭。林遇把车停在路边，双手没有离开方向盘，他们又彼此安静了许久。

云乐看了眼时间，不再等她调整好情绪：“你今天来找我，除了道歉，还有话对我说吗？”

林遇摇了摇头：“除了道歉，我真的不知道还能对你说些什么。”

“哦，那我想问你一个问题。”

林遇：“嗯。”

云乐说：“你走的那天让我等你，是借口吗？”

“是……”林遇说，“对不起，乐乐。我不知道你竟然一直等着我，我把你一个人丢在那个恶魔身边，我……我不奢求你的原谅，但我……”

“我原谅你。”

林遇猛地看向他，眼中满是不可思议之色：“你……”

云乐对上她的目光，说：“虽然这十年你并没有在我身边，也没有兑现给予我的承诺，但是你给了我生命，这一点不可否认。”他接着说，“我原谅你是想以这十年的等待，彻底地终止我们之间的关系。我知道，如果这样算还是我占了便宜，可是我不想认你做妈妈了，我叫不出口，也不知道怎么面对你，我知道，你应该也一样。与其让你一辈子活在对我的愧疚里，不如让你真的忘了我吧。”

林遇闭了闭眼，眼泪沾在长长的睫毛上。她知道这或许是最好的结果，也知道他们不可能冰释前嫌，闻野让她彻底地成为一个旁观者，没有给她任何能弥补的机会。

“你等我一下。”

云乐推开车门，跑进了一家小饭店，十几分钟后又跑了出去，手里拎着一个饭盒。林遇下了车，看清他买来的东西，怔了怔。他把饭盒递给她，里面装了一份热腾腾的红烧肉。

“你现在还喜欢吃这个吗？”云乐问道。

林遇说：“喜欢……”

“喜欢就好。”云乐说，“我小时候一直想要做给你吃，但总是没有机会，可能以后也没有机会了。但我问了老板，这个做法和我自己学的一模一样，味道应该差不多。你收下吧，请你吃。”

林遇再也控制不住，眼泪一下涌了出来。她颤抖地抱住云乐，难过得不能自已。

“那……那我可以给你打电话吗？一年，一年打一次好不好？”

云乐抿着嘴，过了许久才说：“不打了，你好好保重。”

树木林立，车辆拥挤，闻野站在病房的窗户前，看着云乐穿过熙熙攘攘的街道，挺着脊背走向院内。

兰舒站在他身边，轻声说：“你猜乐乐会做怎样的决定？”

闻野摇了摇头说：“我不知道。”

兰舒瞥他一眼：“还有你不知道的事情吗？小算子。”

闻野看向自己的母亲，弯着眼睛笑了笑，像个孩子似的，带着些撒娇的口吻说：“您原谅我了？”

兰舒耸了耸肩：“没有，我不会原谅你为了别人冒着生命危险去做的事，这是一个母亲最不能接受的事情。”

“那您……为什么还照顾我啊？”

兰舒白了他一眼：“你这不是废话？你是我儿子，就算你再调皮捣蛋，我也不能把你扔了啊。如果你还小，我和你爸肯定要拿起棍子打你的屁股！”她看向窗外，看着云乐那一抹小小的身影，“但是你现在已经长大了，你做的所有事情，肯定都有自己的定夺，我身为母亲，可以不满，但不能过分阻止，只是希望你以后再多为我们考虑考虑。所以在这件事上，妈妈不会原谅你，要让你记一辈子，你往自己身上戳的这一刀有多疼，就让我们的心有多疼。”

闻野说：“我知道。”

“知道就好，所以还要罚你们。”兰舒戳了戳他的额头，笑道，“罚你们以后都平平安安的！”

闻野被她逗得笑出来。

正如闻野不久前问云乐的那个问题，当他选择跳过陡峭的悬崖时，爱他、关心他的人势必会难过伤心，但他别无选择，这是他决定的事情，没办法牵连自己的家人，让他们跟着不安，所以必须过了这一关，才能真的海阔天空。往后无论几年，几十年，他都会满怀着敬意爱意，陪在他们身边，让他们平安顺遂，不受风雨侵袭。

云乐站在病房门口，淡漠的表情在看见闻野的那一刻垮掉了，眼角湿湿的，嘴角委屈地往下撇。闻野走过去揉着他的头发说：“怎么了？”

云乐呜咽地开口：“闻野……我没有家了，真的没有爸爸妈妈了……”

闻野知道他此一刻的心情，虽然云乐的父母不配，但至少他们存在，可这刻什么都没有了，空空的只剩他一个人。闻野在他耳边柔声说着：“原来的家没有了，你还有我和我的家人，我们重新组建一个新家。”

云乐红着眼睛，抬起头。

“乐乐。”闻野帮他擦干眼泪，笑着说，“这个家能为你遮风挡雨，从此以后，我的家能成为你的家吗？”

云乐没有出声，他的心脏“扑通扑通”地跳着，像是大声回答：可以！可以！

周五放学，陈杨、冯唐勾肩搭背地走出教室，讨论着明天带哪张游戏去医院通关，出门刚好看到楼梯口的云乐，招呼一声，走过去问：“闻野哥哥怎么样了？”

云乐说：“快出院了。”

“太棒啦！”陈杨夸张地手舞足蹈着，“隔壁班有个姓周的前几天把ST的变态关卡给过了，整天在我面前耀武扬威的。他是真没见过世面，我闻野哥哥去年到手二十分钟就全通了，回头当面较量，必须挫挫他的锐气！”

冯唐说：“周生啊？他不是挺菜的吗？”

“对！菜得抠脚！”

“等等，他都这么菜了，还能在你面前耀武扬威？”冯唐狐疑地说，“这游戏都出小半年了，你不会还没通关吧？”

陈杨眨了眨眼，往云乐身边凑凑打算转移话题，谁料想一抬头就看见迎面而来的乔霜。她怀里抱了一沓英语试卷，陈杨立刻抛开云乐，过去帮忙。

冯唐看他那副殷勤劲满脸嫌弃，问云乐：“对了，你们班的那个陈兵是不是转学了？”

云乐说：“我不清楚。”

“你可真是两耳不闻窗外事，我那天路过老师的办公室门口听见你们班主任说的，他要是转学可太好了，一下子少了两个祸害。”

陈杨帮乔霜抱完卷子，又屁颠屁颠地追了过来，“嘿嘿”傻乐着，嘴角都快咧到后脑勺了。

“我‘女神’太有礼貌了，不仅对我笑，还跟我说谢谢！”

冯唐说：“这不是基本礼貌吗？你臭美什么呢？”

陈杨说：“懂什么啊？！你这种没谈过恋爱的小青豆理解不了我的心情，云乐，是吧？”

云乐看他一眼，认真地说：“我也不懂。”

冯唐幸灾乐祸笑个不停，又说：“不过我觉得乔霜这学期好像变了，以前她哪会笑啊，这次开学明显温柔了好多。”

“对对对，我也有这种感觉，以前跟不食人间烟火的小龙女似的。”陈杨前后看看，偷偷说，“虽然我‘女神’怎么都好，但我太喜欢她那种冰山气质了！而且我听说她想学医，穿上白大褂的女医生，啊啊啊！”

陈杨握着拳头激动地幻想：“刀呢？！快给我一刀！让乔医生给我看病！”

闻野出院那天是个周一，云乐要上课，没有过来接他。闻和宇这段时间忙得没怎么露面，但儿子出院还是挤出时间赶来一趟。

闵川帮着办完手续，已经是下午三四点钟，他站在病房里说：“我已经在素菜馆订好位子了，闻野刚好，还不能吃太油腻的东西，但是生日还是要办，蛋糕也订好了。是先回家，还是去学校接上云乐同学一起去餐厅？”

兰舒站在门外接完电话，走进来问自家老公：“那家餐厅是不是距离儿子的公寓很近？”

“嗯。”闻和宇说，“不算远。”

兰舒说：“那先把儿子送回去，你陪我去买点东西。”

“买什么？”

兰舒说：“礼物啊！我都没来得及准备。”

“嗯？”闻和宇说：“礼物你不是已经让我……”

兰舒猛地拽了拽他的衣袖说：“不够，还要再买。”

闻野看了他们一眼，没往心里去，母亲这么神神秘秘的，应该是想准备一些生日惊喜。闻野笑着给云乐发了一条短信告诉他办完手续了，提着行李走出了病房。

时间过得飞快，闻野从医院出来，树上的新芽已经长成了绿叶，一片一片地随着风“沙沙”作响。大部分行人退去了冬装，走在阳光下，感受着春天的气息。

兰舒三人把闻野送到公寓门口，掉头走了。

闻野拿出钥匙开门，心里想着待会儿去接云乐放学，走进家门的一瞬间，却发现客厅里放着一个奇怪的大盒子，盒子四四方方，一米多高，上面系着巨大的蝴蝶结。“围巾”正趴在上面好奇地研究，看见闻野“喵呜”地叫了一声，跑过去在他脚边蹭来蹭去。

闻野挑挑眉梢，绕着盒子转了一圈，发现沙发上放着一部手机还有新买回来的书包，都是云乐的。

闻野故意咳嗽一声，系着蝴蝶结的大盒子果然上下耸动起来，发出一阵窸窸窣窣的声音，里面藏的人明显想要破壳而出，给他一个巨大的惊喜。但也不知道这盒子是哪里买的，质量出奇好，顶来顶去竟然没把盒子盖儿顶开。

闻野站在一旁笑出了声，怕他在里面憋坏了，抬手帮了他一把。

他猜想着云乐此刻的模样，猜云乐手里是捧着生日蛋糕，还是捧着一份沿街精选的小礼物，但不管是什么他都觉得惊喜，从看到这个盒子开始就感到惊喜。

闻野的手指离开蝴蝶结，盒子终于出现了一丝裂痕，“砰”的一声，彩带四散，闻野看清盒子里跳出来穿着卡通玩偶服的人，瞪着眼睛愣在原地。

云乐仰着笑脸，喊他：“闻野！”

云乐眨了眨眼，开心地说：“生日快乐。”

寒冬终于过去了，云乐冰封了十年的心，滚烫又热烈地跳动起来。

闻野将这份礼物一直收藏，从高中到大学，从大学到工作。

岁岁年年，未有风雨。

你是我的家乡，我的高山云野。

图书在版编目（CIP）数据

云野 / 一个米饼著. — 广州 : 广东旅游出版社，2023.1
ISBN 978-7-5570-2854-1

Ⅰ. ①云… Ⅱ. ①一… Ⅲ. ①长篇小说－中国－当代 Ⅳ. ① I247.5

中国版本图书馆 CIP 数据核字（2022）第 155746 号

云野
YUNYE

出 版 人：刘志松
总 策 划：曾英姿
责任编辑：何　方　李　丽
责任校对：李瑞苑
责任技编：冼志良

广东旅游出版社出版发行
地址：广州市荔湾区沙面北街 71 号首、二层
邮编：510130
电话：020-87347732（总编室） 020-87348887（销售热线）
投稿邮箱：2026542779@qq.com
印刷：湖南天闻新华印务有限公司
（湖南望城湖南出版科技园　电话：0731-88387578）
开本：880 毫米 ×1230 毫米　1/32
字数：203 千字
印张：8.75
版次：2023 年 1 月第 1 版
印次：2023 年 1 月第 1 次印刷
定价：48.60 元
